中華文史專刊 **19**

性別與話語權

女性主義小說的翻譯

劉劍雯 著

中 華 書 局

□ 責任編輯：阿 桶 熊玉霜

□ 裝幀設計：臧 娟

□ 排　版：盤琳琳

□ 印　務：林佳年

性別與話語權
——女性主義小說的翻譯

□
著者
劉劍雯

□
出版
中華書局（香港）有限公司
香港北角英皇道 499 號北角工業大廈一樓 B
電話：(852) 2137 2338　傳真：(852) 2713 8202
電子郵件：info@chunghwabook.com.hk
網址：http://www.chunghwabook.com.hk

□
發行
香港聯合書刊物流有限公司
香港新界大埔汀麗路 36 號
中華商務印刷大廈 3 字樓
電話：(852) 2150 2100　傳真：(852) 2407 3062
電子郵件：info@suplogistics.com.hk

□
印刷
美雅印刷製本有限公司
香港觀塘榮業街 6 號 海濱工業大廈 4 樓 A 室

□
版次
2016 年 7 月初版
© 2016 中華書局（香港）有限公司

□
規格
16 開（230 mm×153 mm）

□
ISBN：978-988-8394-88-3

序：揚帆

童元方

劉劍雯要出書了，書名是：《性別與話語權：女性主義小説的翻譯》，是根據她香港中文大學的博士論文精審整理而成。八年前她從廣州到香港，修讀性別研究課程。這課程的性質在跨領域，主要是以性別視角為理論基礎的研究，視議題而由他系支援。那年劍雯申請性別研究與翻譯，需要做翻譯研究的教授參與，她的全英語電話口試由我主問，她答得有來有去，座上諸君皆為所動，使沉悶的暮春下午，有如空山新雨之後，頓覺一片清涼。

這樣我成了劍雯的論文指導教授。根據學校規定，她跨越性別研究與翻譯兩個學科，要滿足兩科的學位要求，但研究室則擺在翻譯系，也就是我辦公室對面。如此開啟了一段深刻的師生緣。

劍雯在大陸已有一碩士學位，進入中大時由於學制與學額等問題，最後進了哲學碩士班。她自忖：既然如此，不如把基礎打得更堅實些，所以毫無怨言。一方面適應香港快速的生活節奏，一方面努力讀書。不想一年後出了一博士缺，大家均屬意於她。這意味着她要比預定計劃提早一年參加資格考。來自兩科的兩張硬書單，包括所有性別與翻譯研究的重要理論，以及隨之而至的筆試與口考，是真正的硬碰硬。她沉默地接下考驗，最終成為博士候選人。我親眼見證了她性格裏的堅持與堅

忍，是她名字中「劍」所代表的勇往直前的鬥志。

　　劍雯的研究興趣很清楚，是當代女性作家作品的翻譯，但要尋求一切入點，並不那麼容易。我發現：要談文學作品的翻譯，應先談文學作品的原作；要談女性主義作家的創作，應先談女性主義；要談舶來的女性主義，應先回溯女性主義傳入的歷史與影響。女性主義的理論主要是透過翻譯而引進的。亦即先有女性主義的視角，後才有女性主義的小說創作。所以劍雯的論題有兩個層次：一為女性主義理論的翻譯，一為女性主義作品的翻譯。至此，才又想到女性主義理論傳入台灣的時間比傳入大陸要早十多年，一篇論文難以涵蓋兩個不同的時空，所以就把劍雯論文的範圍鎖定在中國大陸的「女性主義」創作以及譯作。

　　上世紀八十年代初期，中共中央的文藝政策逐步開放，為作家帶來比較自由的創作環境，翻譯題材的限制也相對放鬆些，女性主義的文學理論在此時經由《世界文學》這份期刊大量譯介入大陸，之後，專書論著也逐一翻譯出版。比如，西蒙波娃的《第二性》，台灣版 1972 年出現，大陸版則是 1986 年才出版。為了細察女性主義思潮的沿革，劍雯把中大圖書館收藏的每一期《世界文學》都看了，爬梳出所有重要的文獻。

　　再舉一例來說明劍雯追索話語權與翻譯的關係。以福柯的著作為本，她界定了話語與權力的意義，以及其與女性主義寫作和翻譯的種種瓜葛。再以文化學派的翻譯觀，也就是「翻譯即重寫」，細細探討了譯者如何以翻譯建構女性話語權，又如何維護男性話語權。與其他範疇的翻譯不同，性別視點的差異

可以影響翻譯，<u>有心的譯者往往利用翻譯，來操縱性別所帶來的不同立場</u>。這一章足以見到劍雯的用功之深與用力之勤。

　　劍雯的論文尚未寫就，我就離開中大去幫東華三院成立新的學院。多少次夜裏看稿至三更，清晨再與她在火炭火車站露天的長椅上討論。冬日的風從不止歇，我們也不覺得冷。最後總是劍雯送我搭車，一起坐到或站到旺角。老遠看着我出站了，她再回頭返中大。

　　劍雯的論文得到委員會的一致讚賞。畢業後她也拿起木鐸，在香港樹仁大學為人師表。如今看見論文變成了書，劍雯再次待發清曉，我心欣然。

二〇一六年七月三日於東海大學

目　錄

第四章　解讀《自由女性》：比較女譯者版本
　　　　與男譯者版本

第五章　中英對譯中的話語權問題

第六章　結語·······················201

附錄

後記

圖表目錄

術語說明

新時期

「新時期」是大陸文學史分期的一個概念。根據丁帆在其文章〈新時期文學〉(《南方文壇》1999〔4〕) 的介紹,「新時期文學」這一文學概念源於「文革」後國家政治語境的變動。

一九七八年五月十一日《光明日報》刊載的〈實踐是檢驗真理的唯一標準〉一文,最早正式提出政治意義上的「新時期」概念:

「黨的十一大和五屆人大,確定了全黨和全國人民在社會主義革命和社會主義建設**新的發展時期**的總任務。」

一九七八年十二月二十四日《人民日報》登載的〈中國共產黨十一屆中央委員會第三次全體會議公報〉重申「新時期」的提法:

「我們黨所提出的**新時期**的總任務,反映了歷史的要求與人民的願望。」

「對政治氣氛極為敏感的」文藝界迅速作出了回應。大陸文學核心刊物《文學評論》及《文藝報》等相繼推出文學意義上的「新時期」

的概念。[1]

　　一九七九年十一月一日，時任中國文聯主席、中宣部副部長的周揚在第四次全國文學藝術工作者代表大會作了報告《繼往開來，繁榮社會主義新時期文藝》，正式確定「新時期」成為文學史分期的一個概念。[2]

女權主義與女性主義

　　「女權主義」和「女性主義」皆譯自英文的 feminism 一詞。兩種說法都有其歷史語境和歷史含義。feminism 在二十世紀初譯為「女權主義」，其中「權」字是根據 feminism 的政治主張和要求而意譯出來的，[3] 當時西方正轟轟烈烈地開展第一波女權運動，婦女為爭取平等權力（如選舉權等）而奔走吶喊。九十年代，「女性主義」的說法逐漸代替了「女權主義」。相對而言，「女性主義」不如二十世紀初的「女權主義」那麼強調「政治主張」，其涵蓋的性別議題卻更加廣泛。目前國內多用「女性主義」。在本書中，除了保留出現在直接引文中的「女權主義」之外，在一般的論述中，將統一使用「女性主義」。

1　《文學評論》刊載了周柯的文章〈撥亂反正，開展創造性的文學評論工作〉（1978〔3〕，1978.06.25），指出「我們正處在一個偉大的**新的歷史時期**，**新時期**的總任務向文學研究和評論工作提出了新的艱巨任務」。
　　《文藝報》發表了周揚的〈在鬥爭中學習〉（1978〔1〕，1978.07.15）一文，指出「現在**社會主義新時期**的總任務擺在我們面前，我們在文化大革命中所積累的經驗和知識大大武裝了我們的頭腦，使我們能夠更好地來觀察、研究和描寫這個**新時期**的各種錯綜複雜的鬥爭」。參見丁帆：〈新時期文學〉，《南方文壇》，1999（4），頁 25—28。

2　丁帆：〈新時期文學〉，《南方文壇》，1999（4），頁 25—28。

3　張京媛編：《當代女性主義文學批評》，北京：北京大學出版社，1992，頁 4。

婦女文學、女性文學、女性主義文學

　　婦女文學與女性文學的說法也有其特定的歷史語境。五四時期，現代女性和現代文學的結合產生了「女性文學」，當時也稱之為「女子文學」或「婦女文學」。這三個說法都指同一個概念。[4]

　　從二十年代後期到一九四九年直至「文革」時期，「婦女」與「婦女文學」的概念被政治化、功能化。「婦女」成為毛澤東時代共產黨為動員農村婦女參與國家政治而塑造的一個政治範疇；社會主義婦女觀提倡「婦女應該打破家庭觀念，服從國家的需要，投入到黨的政治活動中去」。[5] 這一時期的婦女文學帶有強烈的政治色彩，主張婦女應投身於社會革命、階級鬥爭、民族鬥爭中，在社會、階級的解放中解放自己；婦女文學作品的主人公多為各個社會、階級、集團鬥爭中的女英雄。[6]

　　新時期以來，「婦女文學」一詞重新進入人們的視野，但其所指已有別於「文革」結束前，不再是反映革命鬥爭、階級鬥爭的文學了。「婦女」與「婦女文學」二詞的政治色彩慢慢退卻。事實上，此時的「婦女文學」與英文 Women's Literature 相對應，是後者的中譯名詞，其實已經與「女性文學」所指屬同一概念了。[7]

　　八十年代中後期以來，大陸文學界逐漸摒棄了「婦女文學」的說法，而採用「女性文學」這個術語。

　　然而，術語的問題解決了，對於「何為『女性文學』」這個問題，

4　沈睿：〈她者的眼光——兩本女性主義的中國現代文學研究著作〉，《二十一世紀》，2002（1），頁 150，引自 Wendy Larson, *Women and Writing in Modern China* (Stanford: Stanford University Press, 1998), 45。

5　王政：〈美國女性主義對中國婦女史研究的新角度〉，鮑曉蘭編：《西方女性主義研究評介》，北京：三聯書店，1995，頁 269。

6　劉思謙：〈女性文學：女性‧婦女‧女性主義‧女性文學批評〉，《南方文壇》，1998（2），頁 16。

7　《世界文學》編輯部編譯的《美國當代文學》（北京：中國文藝聯合出版公司，1984）向大陸讀者介紹的「婦女文學」就譯自「Women's Literature」此英文術語。

即新時期女性文學的具體定義，大陸學界一直爭論不休，至今沒有統一的見解。由謝玉娥編撰的《女性文學教學參考資料》一書，收集了「女性文學」的種種定義，大致說來有以下幾種觀點：第一，由女作家創作的作品。第二，由女作家創作的，表現女性生活，體現女性風格的作品。第三，由女作家創作的，表現女性意識的作品。第四，（不考慮作家的性別）所有描寫女性生活和感受的文學。[8]

劉思謙則指出，按性別分類的方法遮蔽了女性文學誕生和發展的歷史條件，按寫作風格的分法則落入二元對立的思維模式，其他的定義或充滿歧義，或外延過於寬泛。因此，她提出以「女性主體在場與否作為界定女性文學的標準」，定義女性文學為「誕生於一定歷史條件下的以『五四』新文化運動為開端的具有現代人文精神內涵的以女性為言說主體、經驗主體、思維主體、審美主體的文學」[9]。于東曄則提出女性文學是「有着明確的女性主體意識的女作家的作品」。[10]

筆者認為，劉思謙的定義略顯冗長與抽象，而于東曄的定義表述中，「女性主體意識」這個概念也仍待商榷。為方便討論和避免重複上述冗繁的定義，本書所討論的「女性文學」採用一種最簡單直接的定義，即把所有由女作家創作的文學作品統稱為女性文學。

對於「女性主義文學」，學界也同樣沒有統一的定義。例如，馬森提出以下五種釋義：第一，女性書寫的文學；第二，具有女性視野的文學；第三，具有女權意識的文學；第四，解構父權意識形態（patriarchal ideology）的文學；第五，攻擊父權制向男性權力挑戰的文學等，從消極到積極的各種層次。[11]劉思謙認為女性主義文學是探索

8　謝玉娥編：《女性文學研究教學參考資料》，開封：河南大學出版社，1990，頁 10—23。
9　劉思謙：〈女性文學這個概念〉，《南開學報》，2005（2），頁 4。
10　于東曄：《女性視域：西方女性主義與中國文學女性話語》，北京：中國社會科學出版社，2006，頁 54。
11　馬森：〈從寫作經驗談小說書寫的性別超越〉，鄭振偉編：《女性與文學——女性主義文學國際研討會論文集》，香港：嶺南學院現代中文文學研究中心，1996，頁 115。

中國婦女，尤其是知識女性的精神成長和主體性建構的文學。[12] 于東曄則指出，「女性意識」是判斷一部作品是否是女性主義文學作品的標準，定義「女性主義文學」為女性文學中對男權歷史及秩序有着強烈的批判意識的作品。[13]

筆者認為，馬森提供的幾種女性主義文學的釋義中，前面兩種過於寬泛，而後三種釋義又過於接近。而劉思謙對於女性主義文學的界定又似乎過於偏重特定的群體，縮小了女性主義文學的範圍。于東曄提出的用女性意識作為女性主義文學的判斷標準，那麼「女性主義意識」呢？這兩者又有何區別？

王逢振認為應從女性主義文學的功能方面看女性主義文學。女性主義文學至少應包含下面一些作用：（一）作為婦女的論壇；（二）有助於達到文化上的「雌雄同體」或男女兩性的平等結合；（三）提供這種結合的例子；（四）促進婦女的「姊妹關係」（sisterhood）；（五）有助於提高婦女的自主意識。[14] 要取得這些效果，女性主義文學的創造者必須首先具有女性主義的意識，能自覺地去考慮男女所處的不同的社會地位，並將這些意識和思考體現在文學作品中。結合上述女性主義文學的各種定義表述，本書出現的「女性主義文學」指女性文學中反映作者關注婦女的命運，有意識地打亂男尊女卑的性別秩序，批判父權制，並自主地反抗這種制度的作品。

女性寫作與女性主義寫作

女性寫作（écriture féminine/feminine writing）最早由法國女性主

12　劉思謙：〈女性文學：女性・婦女・女性主義・女性文學批評〉，《南方文壇》，1998（2），頁16。

13　于東曄：《女性視域：西方女性主義與中國文學女性話語》，北京：中國社會科學出版社，2006，頁54—55。

14　王逢振編：《二十世紀外國文學大詞典》，南京：譯林出版社，1998，頁1080。

義作家及文學評論家西蘇（Hélène Cixous）在其文章〈美杜莎的微笑〉（"Le Rire de la Méduse" / "The Laugh of the Medusa", 1975）中提出。她將主流的文學語言的建構定義為男性／陽性寫作 (masculine writing)，並提出相對應的女性／陰性寫作 (feminine writing)。西蘇指出，陽性寫作根植於男權體制。由於一系列的社會的、文化的原因，陽性寫作一直駕馭於陰性寫作之上。因此，要改變這種狀態，女性作家必須掌握自己的語言，以自己的女性經驗和身體作為文學創作的來源去建構一種「陰性模式的寫作」（female mode of writing）。[15]

西蘇的文章連同此文學術語於一九九二年由張京媛主編的《當代女性主義文學批評》[16] 譯介到中國大陸，「女性寫作」於九十年代進入大陸文學評論界。但是，我們發覺，翻譯成中文的「女性寫作」，已經有別於西蘇當初所提出的，要反抗男性話語、具有女性主義意識的寫作——écriture féminine 了。在中文語境的實際運用中，「女性寫作」已成為一個幾乎與「女性文學」並用的術語。[17] 可見，此「女性寫作」已非 écriture féminine 了。

對於「女性寫作」與「女性文學」二詞，筆者認為，女性寫作的外延應該大於女性文學。女性寫作應包括女性作家的任何形式的寫作，並不限於小説、詩歌、散文、戲劇，[18] 還應包括評論性文章、檄文、宣言等等形式的寫作。同理，女性主義寫作也指包括女性主義文學在內的一切形式的女性主義寫作。

---

15 Rosemarie Tong, *Feminist Thought: A More Comprehensive Introduction* 2nd ed. (Boulder, Colo.: Westview Press, 1998), 200.

16 張京媛編：《當代女性主義文學批評》，北京：北京大學出版社，1992。

17 于東曄：《女性視域：西方女性主義與中國文學女性話語》，北京：中國社會科學出版社，2006，頁 55。

18 筆者採取《文學詞典》關於文學的定義。該詞典指出文學在現代通常分為詩歌、散文、小説、戲劇等四種體裁。見孫家富、張廣明編：《文學詞典》，武漢：湖北人民出版社，1983，頁 1。

翻譯研究中的性別視角與女性主義視角

在本書中，翻譯研究中的性別視角與女性主義視角是可以並用的兩個術語，因為目前有關翻譯與性別意識的著作文獻中，這兩個術語大多交替使用，性別視角往往就是女性主義視角。譬如說，對於加拿大翻譯學者費洛陶（Luise von Flotow）而言，「結合翻譯與性別問題的研究」（"work that combines gender issues with translation studies"）即意味着「以女性主義的方法研究翻譯」（"feminist approaches to translation studies"）；[19] 在斯奈爾杭比（Mary Snell-Hornby）的論述中，以性別視角為基礎的研究（gender-based perspective）幾乎等同於女性主義翻譯研究（feminist translation studies）。[20] 國內學者也有類似的表述，穆雷在其著作《翻譯研究中的性別視角》（2008）論述「女性主義、性別與翻譯理論的結合」的時候，就說：「性別視角逐漸進入翻譯研究領域，形成了女性主義翻譯理論。」[21] 還有更多的期刊論文，多互用「性別視角」和「女性主義視角」。[22]

筆者曾就此問題，寫信請教費洛陶。費洛陶坦言，最初西方女性學者研究翻譯中的性別問題時，是帶有女性主義立場或女性主義興趣的。因為將性別視角帶進翻譯的研究領域，一開始就具有濃厚的政

19　見 Luise von Flotow, *Translation and Gender: Translating in the "Era of Feminism"* (Shanghai：Shanghai Foreign Language Education Press, 2004), 3; 77.

20　見 Mary Snell-Hornby, *The Turns of Translation Studies: New Paradigms or Shifting Viewpoints?* (Amsterdam; Philadelphia, PA: John Benjamins, 2006), 100-103。

21　穆雷：《翻譯研究中的性別視角》，武漢：武漢大學出版社，2008，頁 11。

22　如：苑廣濱的〈性別與翻譯——論女性主義翻譯理論對傳統譯論的顛覆及其局限性〉（《哈爾濱學院學報》2008〔9〕），胡生琴的〈論翻譯的性別意識——女性主義翻譯〉（《連雲港師範高等專科學校學報》2008〔2〕），祝琳的〈以女性主義的方式再改寫——翻譯中的性別因素解讀〉（《宜春學院學報》2006〔3〕），韓靜的〈翻譯中的性別——論西方女性主義思潮與翻譯研究的結合〉（《社會科學論壇》2006〔4〕），等等。

治色彩。據她觀察，西方這種政治色彩現在沒有以前那麼濃厚了，非女性主義者也同樣可以探討性別的問題。費洛陶認為在中國，「性別」是一個新興的研究範疇，帶有性別意識而展開的研究會表現出某種政治立場，即女性主義的立場。[23] 筆者同意費洛陶的說法，女性主義在中國是比較新的思想，「性別」以一種分析範疇進入學術研究也是新近的事情。因此，具有性別意識的視角難免帶有女性主義的傾向，不可能完全擺脫女性主義的影響，只是受影響的程度有大小之分罷了。據此，在本書中，具有性別意識的視角會與女性主義視角互用，不再具體區分。

---

23 筆者於 2009 年 5 月 12 日至 5 月 14 日期間與 Luise von Flotow 通信。

第一章

導論

性別意識與翻譯研究的結合

　　二十世紀八十年代，西方翻譯研究經歷了一次「文化轉向」("The Cultural Turn")。這次文化轉向使翻譯走出了傳統的語言學框架，而與文化匯聚起來。翻譯研究從一個機械的、規約性的範式轉向一個動態的、描述性的範式。傳統的翻譯理論一直在探索「如何譯？何為正確翻譯？」的問題，描述性翻譯研究則將重點轉向討論翻譯的功能，及譯作如何在世界流通並產生迴響等問題。[1] 由於「文化轉向」，翻譯不再被視為靜態的語言符號之間的轉換，而被視為一種動態的書寫過程，文化與意識形態貫穿其中。

　　其後，在西方女權運動的影響下，性別意識及女性主義的視角也進入語言及翻譯研究的領域，引發女性主義翻譯觀。女性主義、性別意識與翻譯的結合成為文化轉向後，文化研究與翻譯研究聯姻的一個重要組成部分。[2] 費洛陶就指出，性別意識及女性主義的視角已經進入翻譯研究，即翻譯實踐、翻譯史、翻譯理論和翻譯批評四個領域中。[3]

　　帶有性別意識的翻譯比如，最早出現在加拿大的文學翻譯中，女性主義譯者在翻譯實踐中以女性主義的立場，介入譯文的產生，通過翻譯來達到宣揚女性主義的目的。換言之，翻譯也是女性主義譯者爭取

1　Sherry Simon, *Gender in Translation: Cultural Identity and the Politics of Transmission* (London: Routledge, 1996), 7.

2　穆雷:《翻譯研究中的性別視角》，武漢：武漢大學出版社，2008，頁 1。

3　Luise von Flotow, *Translation and Gender: Translating in the "Era of Feminism"* (Shanghai: Shanghai Foreign Language Education Press, 2004), 13.

話語權的手段。

　　性別意識和女性主義的視角與翻譯史的結合則引發了女性翻譯史的研究。這方面的研究主要是挖掘歷史上被忽略了的女譯者。瑪格麗特·派特森·漢娜（Margaret Patterson Hannay）編寫的《若無文字，早已沉默：都鐸王朝的女人／宗教作品的贊助人、譯者與作者》（*Silence but for the Word: Tudor Women as Patrons, Translators, and Writers of Religious Works*,1985）和蒂娜·克羅蒂里斯（Tina Krontiris）的《相反的聲音：英國文藝復興時期的女作家和女文學翻譯家》（*Oppositional Voices: Women as Writers and Translators of Literature in the English Renaissance*,1992）等就是這方面的研究成果。[4] 這些女譯者長期受到男性主導的譯評界的忽視而被埋沒在歷史的塵埃中，女性主義視角的介入使得這部分被忽略的翻譯群體逐漸進入公眾的視野，得以重新評估。

　　性別意識及女性主義的視角亦補充了傳統的翻譯理論，促進了譯者主體性的建構。在翻譯批評方面，性別意識及女性主義視角亦成為譯作評論的新視角。這一新視角淡化了翻譯等值的討論，納入了與性別有關的文化、權力以及意識形態等因素來評論譯作，而更加關注在文本的轉換過程中可能會出現的性別議題。嚴格説來，女性主義翻譯批評出現於二十世紀八十年代的西方翻譯界，在過去二十多年間，有了一些成果。然而，此研究方向在中國大陸仍處於初步的發展階段。[5]

　　就中國大陸而言，女性主義並非本土的產品，而是從西方輸入的意識形態。當代西方女性主義思潮在二十世紀八十年代初開始引進中國大陸；到八十年代中期，中國大陸的小說創作開始呈現「後毛澤東時代逐漸甦醒的女性主義意識」。[6] 因此，中國大陸的女性主義書寫並

4　穆雷：《翻譯研究中的性別視角》，武漢：武漢大學出版社，2008，頁10。（注：英文著作的中譯書名從穆雷書中引述，但在此稍微做了改動）

5　本書只討論中國大陸，暫不評述臺灣、香港等地區的相關研究。

6　Henry Y. H. Zhao, "The River Fans Out: Chinese Fiction since the Late 1970s", in *European Review*, 11:2(2003), 196.

無太長的歷史，而在此基礎上展開的女性主義文學批評也屬於剛起步的階段。[7] 在翻譯領域，帶有性別意識或女性主義意識的翻譯批評則在二十一世紀初才初露端倪。[8]

　　然而，中國大陸的女性主義寫作的起步雖晚，但後發勢力卻很強勁。過去二十多年，西方女性主義思潮在大陸的傳播影響了中國一代女作家的創作，產生一批具有鮮明的性別意識的小説文本。九十年代有了更前衛、更大膽的小説創作。這些小説表現出來的女性主義立場，及其對性愛場面的大膽描寫常引起大陸文學界譁然。[9] 新時期以來，中國大陸引進不少西方的女性主義著作。九十年代末，女性主義翻譯觀經譯介進入中國大陸，[10] 大陸翻譯學界開始關注翻譯中的性別視角的問題，並逐步出現相關的翻譯研究。

7　鄧利：《新時期女性主義文學批評的發展軌跡》，北京：中國社會科學出版社，2007。

8　如前文所述，在西方，性別意識進入翻譯實踐、翻譯史、翻譯理論和翻譯批評等四個領域。但在中國，性別意識與翻譯理論及翻譯批評的結合受到關注，與翻譯實踐及翻譯史的結合還不太明顯。

9　Henry Y. H. Zhao, "The River Fans Out: Chinese Fiction since the Late 1970s", in *European Review,* 11:2(2003), 202.

10　《中國翻譯》(1999〔2〕) 刊載了一篇穆雷對金聖華的訪談錄，其中談及譯者對性別因素的考慮，見穆雷：〈心弦——女翻譯家金聖華教授訪談錄〉，《中國翻譯》(1999〔2〕)，頁 36—38。在《當代西方翻譯理論探索》(2000) 一書中，廖七一在介紹西方的翻譯理論時，略微提及女性主義翻譯理論。見廖七一：《當代西方翻譯理論探索》，南京：譯林出版社，2000，頁 58。二〇〇一年出版的《語言與翻譯的政治》亦譯介西方女性主義翻譯理論，此書的第七篇文章〈翻譯理論中的性別〉就是譯自西蒙 (Sherry Simon) 的書 *Gender in Translation: Cultural Identity and the Politics of Transmission* (London: Routledge, 1996) 的第一章。見徐寶強、袁偉編：《語言與翻譯的政治》，北京：中央編譯出版社，2001。

大陸新時期女性文學的發展背景

在中國大陸，意識形態和文藝政策一直左右着文學作品的創作。在很長一段時間內，大陸左翼文學提倡文學作品要表現國家生活的宏觀敍述，[11] 文學一直從屬於政治，個人敍述的表達空間十分有限。一九七七年以後，政府清算「文革」時期的極「左」路線，調整原來的「文藝要為工農兵服務」的政策，逐步放鬆對文學取材的限制，因而各種思潮湧入，包括西方女性主義思潮；同時女性主義論著和文學作品逐漸譯介進來。文藝政策的調整和女性主義思潮的湧入，釋放了大陸新時期女性文學創作的潛力。

一、文藝政策

在中國大陸，政治意識形態長期規限作家在題材方面的選擇。「三十年代以來，左翼文學提倡寫社會、寫人生，鼓勵作家表現工人、農民等底層群眾的生活，鼓勵作家寫階級鬥爭和連綿不斷的民族戰爭及國內戰爭。」[12] 毛澤東於一九四二年在延安的文藝座談會的講話更明確限定了作家的作品取材，[13]「由提倡寫工農兵及其『戰鬥』生活

11　李子雲編：《中國女性小說選》，香港：三聯書店，1991，封面簡介。

12　李子雲：〈她們在崛起（代序）〉，李子雲編：《中國女性小說選》，香港：三聯書店，1991，頁 1。

13　毛澤東在這次講話裏面，明確地提出文藝從屬於政治，文藝服從於政治，文藝是解放鬥爭過程中的重要工具，文藝必須取材於工農兵。毛指出「中國的革命的文學家藝術家，有出息的文學家藝術家，必須到群眾中去，必須長期地無條件地全心全意地到工農兵群眾中去，到火熱的鬥爭中去，到唯一的最廣大最豐富的源泉中去，觀察、體驗、研究、分析一切人，一切階級，一切群眾、一切生動的生活形式和鬥爭形式」。見〈在延安文藝座談會上的講話（一九四二年五月）〉，《毛澤東選集第三卷》，北京：人民出版社，1969，頁 817。

變為只能取材於工農兵，鼓勵變成了規定。」[14]毛澤東的講話成為當時大陸文藝界的主流思想和主流話語。[15]這種文藝思想對文學的統領一直持續至「文革」結束以後。

在這種「文藝只能取材於工農兵、必須為工農兵服務」的政策之下，作家的個人表達空間受到嚴格的限制，女作家也就自然無法抒發自己的情感了。在此期間，左翼女作家在作品中自覺地掩蓋起自己的女性特點，在取材角度、題材處理、表現方式等方面向政府的政策看齊，在創作中抹殺女性的特點。[16]「文革」結束後，中共推出新的文藝政策，逐步放鬆對作品選材的限制。

一九七九年，中國文學藝術工作者第四次代表大會在北京召開，鄧小平發表了祝辭，總結中共的文藝工作，抨擊「四人幫」的「猖獗作亂」，並且指出，在堅持毛澤東提出的「文藝為最廣大的人民群眾，首先為工農兵服務的方向」的前提下，允許「在藝術創作上提倡不同形式和風格的自由發展，在藝術理論上提倡不同觀點和學派的自由討

14　李子雲：〈她們在崛起（代序）〉，李子雲編：《中國女性小說選》，香港：三聯書店，1991，頁 2。

15　張清民：《話語與秩序》，北京：中國社會科學出版社，2005，頁 275。

16　李子雲：〈她們在崛起（代序）〉，李子雲編：《中國女性小說選》，香港：三聯書店，1991，頁 2。早期寫《莎菲女士日記》（1928）的丁玲，後來轉寫反映土地改革鬥爭的《太陽照在桑乾河上》（1950），此外，她所寫的文章〈三八婦女節有感〉（延安《解放日報》，1942.03.09）後來也受到批判。

《文藝報》（1958〔2〕）登出兩篇文章：〈種瓜得瓜，種豆得豆〉（頁 7—8）、〈莎菲女士在延安〉（頁 9—11），分別批判丁玲的〈三八婦女節有感〉和小說《在醫院中》（1942）。

〈三八婦女節有感〉被指是「反黨的綱領」的文章，將延安天堂寫成「女人的地獄」，不但在「婦女問題上向黨向人民射出了毒箭」，而且把矛頭「指向新的社會制度」。見《文藝報》，1958（2），頁 7。

《在醫院中》的女主人公陸萍，被指是莎菲女士的化身；小說是「反黨小說」，體現了「極端的個人主義」，否定工農兵，攻擊延安，攻擊黨。見《文藝報》，1958（2），頁 11。

論」。[17] 鄧小平還指出，共產黨對文藝工作的領導——

> 不是發號施令，不是要求文藝藝術從屬於臨時的、具體的、直
> 接的政治任務，而是要根據文學藝術的特徵和發展規律，幫助
> 文藝工作者獲得條件來不斷繁榮文學藝術事業，提高文學藝術
> 水平。[18]

鄧小平的講話乃是「文革」結束後，中共高層指示文藝工作
的第一次講話。雖然仍持謹慎的態度，強調文藝要為群眾服務，但
是，鄧小平的此次講話率先打破了毛澤東當年在延安講話所定下的
論調，從中可見當時的管制政策已略微鬆動，沒有毛澤東時期那麼
嚴緊了。

在這次全國文藝工作者代表大會上，當時的中宣部副部長周揚，
也針對文藝工作作了報告、發表了看法。報告的題目為《繼往開來，
繁榮社會主義新時期的文藝》。在講到文藝思想的解放時，周揚說：
「必須從文學教條主義、藝術教條主義和形形色色的唯心主義、形而
上學觀念的影響下解放出來，要使我們的文藝真正沿着符合社會主義
文藝創作發展規律的軌道前進。」[19]

第四次文學藝術工作者代表大會後，《人民日報》（一九八〇年一
月二十六日）發表了名為《文藝為人民服務，為社會主義服務》的社
論，提出「文藝為人民服務，為社會主義服務」的新口號，取代原來
的「文藝從屬於政治」及「文藝為政治服務」的口號。[20]

17　鄧小平：〈在中國文學藝術工作者第四次代表大會上的祝辭〉，載中共中
　　央書記處研究室文化組編：《黨和國家領導人論文藝》（北京：文化藝術
　　出版社，1982），頁 185。

18　轉引自吳秀明：《當代中國文學五十年》（浙江文藝出版社，2004），頁
　　130。

19　周揚：〈繼往開來，繁榮社會主義新時期的文藝〉，轉引自吳秀明編：《當
　　代中國文學五十年》，杭州：浙江文藝出版社，2004，頁 130。

20　吳秀明編：《當代中國文學五十年》，杭州：浙江文藝出版社，2004，頁
　　130。

　　其後，胡耀邦在一九八〇年《在劇本創作座談會上的講話》及一九八一年《會見全國故事片創作會議代表的講話》中提出文學創作可以表現愛情生活，但「不應當宣傳愛情高於一切，一切為了愛情」，文藝作品要「激勵和鼓舞人們為祖國的社會主義現代化建設事業獻身」。[21] 雖然胡耀邦當時仍然強調文藝要為社會主義事業服務，但同時也給作家放下了一定的創作自由，指出「堅決不許對文藝作品妄加罪名，無限上綱，因而把作家打成反革命！」[22]

　　一九八四年底，時任中央書記處書記的胡啟立更是進一步提倡創作自由，他《在中國作家協會第四次會員代表大會上的祝詞》中指出，「創作必須是自由的……作家必須用自己的頭腦來思維，有選擇題材、主題和藝術表現方法的充分自由，有抒發自己感情、激情和表達自己的思想的充分自由……我們黨、政府、文藝團體以至全社會，都應該堅定地保證作家的這種自由。」[23]

　　從以上國家領導人有關文藝的講話，可以看出中共逐步放鬆文藝創作、言論管制的態度。政府逐步開放政策，作家的創作也就不再局限於「必須為工農兵服務」的範圍之內。作家有了「抒發自己感情、激情和表達自己的思想的自由」，[24] 文學於是從「服務他人」慢慢轉向「表達自己」。這與新時期中共領導人提出的「文藝思想」有直接的關係。

　　一九八八年出臺的《國務院批轉文化部〈關於加快和深化藝術表演團體體制改革意見〉的通知》以及一九八九年二月發出的《中共中央關於進一步繁榮文藝的若干意見》等文藝政策，都給八十年代帶來

21　胡耀邦：〈在劇本創作座談會上的講話〉，〈堅持兩分法　更上一層樓（會見全國故事片創作會議代表的講話）〉，中共中央書記處研究室文化組編：《黨和國家領導人論文藝》，北京：文化藝術出版社，1982，頁235、271。

22　胡耀邦：〈在劇本創作座談會上的講話〉，中共中央書記處研究室文化組編：《黨和國家領導人論文藝》，北京：文化藝術出版社，1982，頁247。

23　胡啟立：〈在中國作家協會第四次會員代表大會上的祝詞〉，《文藝研究》，1985（2），頁5。

24　同上。

較為寬鬆的文藝氛圍。

上述第一份文件（即《通知》），指出大陸藝術表演團體長期實行的由國家統包統管的體制已經不適應藝術表演事業的發展，其主要問題是：「管理權高度集中於國家，藝術表演團體在業務活動和經營活動中缺乏必要的自主權。」《通知》的主旨就是把自主權下放給藝術表演團體，允許藝術表演團體獨立運作，自主經營；[25] 第二份文件（即《意見》）則指出，中共對文藝事業的領導是政治原則、政治方向的領導，對具體的文藝作品和學術問題，要少干預，少介入；一般學術和藝術問題，不能用行政命令來解決，而只能作民主、平等的討論。[26]

這種相對寬鬆自由的文藝氣氛也給大陸女作家的創作提供了條件。誠如大陸文學評論家李子雲（1930—2009）所言，「發揚藝術民主，給予作家創作自由，是促使女作家創作繁榮昌盛的必要條件」。[27]

茹志鵑 1960 《杜鵑》

二、西方女性主義著作的譯介和大陸的女性文學創作

同一時期，中國大陸引進西方女性主義論著及文學理論，介紹西方女性主義文學，結果也帶動了本土女性文學的創作。一九八一年，《世界文學》刊載了朱虹的〈美國當前的「婦女文學」——美國女作家

---

25 〈國務院批轉文化部《關於加快和深化藝術表演團體體制改革意見》的通知〉，湖北省黃石市行政服務中心官方網站，http://www.hsxzzx.gov.cn/content_list.asp?id=1980&r=3&m=17&s=107，2009.10.16。

26 〈中共中央發出「關於進一步繁榮文藝的若干意見」〉，董兆祥、彭小華編：《中國改革開放 20 年紀事》，上海：上海人民出版社，1998，頁768。

27 李子雲：〈滿天星斗煥文章〉，《當代女作家散論》，香港：三聯書店，1984，頁 124。

作品選〉[28] 一文，開啟了國內介紹西方女性主義文學的先河。

《世界文學》是大陸介紹外國文學的重要期刊，由中國社會科學院外國文學研究所主辦，刊物的前身是魯迅於三十年代創辦的《譯文》雜誌。「文革」前，它是中國唯一專門介紹外國文學作品與理論的刊物。在新時期，《世界文學》譯介並引進西方各種文學流派，如現實主義、象徵主義、未來主義、女性主義、意識流、黑色幽默、荒誕派戲劇等等，[29] 是大陸讀者了解世界文學經典和文學發展動向的主要媒介。國外女性主義經典論著，如波伏娃（Simone de Beauvoir, 1908-1986）的《第二性》（Le Deuxième Sexe）、米列特（Kate Millet）的《性政治》（Sex Politics）以及吉‧格里厄（Germaine Greer）的《女太監》（The Female Eunuch）等作品，最初都是由《世界文學》介紹進來的。

朱虹是新時期最早把西方女性主義文學流派引入中國大陸的學者，其早期引介或評論英美女性文學的文章多刊載於《世界文學》。此外，她編選的《美國女作家短篇小説選》[30]、《奧斯丁研究》[31] 和《外國婦女文學詞典》[32] 等，是大陸文學愛好者了解英美女性文學或文學批評的重要參考書。

在《世界文學》登載的〈美國當前的「婦女文學」——美國女作家作品選〉一文中，朱虹首先介紹美國六十年代後期女權運動的興起，評述運動興起的歷史背景、發展現狀，提及運動在社會學、經濟學、史學、人類學、心理學、神學等學科上的反映，重點介紹了女權運動對文學批評的影響。朱虹指出，西方以「『婦女意識』為中心的文藝觀」，就是在女權運動的影響下形成的。

其次，朱虹還以「婦女意識」為主題，介紹了波伏娃（Simone de

28　朱虹：〈美國當前的「婦女文學」——美國女作家作品選〉，《世界文學》，1981（4），頁 280—281。這篇文章也是朱虹編譯的《美國女作家短篇小説選》（北京：中國社會科學出版社，1983）的序言。

29　鄭萬隆：〈走出陰影〉，《世界文學》，1988（5），頁 267。

30　朱虹編：《美國女作家短篇小説選》，北京：中國社會科學出版社，1983。

31　朱虹編：《奧斯丁研究》，北京：中國文聯出版公司，1985。

32　朱虹、文美惠編：《外國婦女文學詞典》，桂林：灕江出版社，1989。

Beauvoir）的《第二性》（*Le Deuxième Sexe*）、伍爾芙（Virginia Wolf, 1882-1941）的《一間自己的屋子》（*A Room of One's Own*）以及米列特（Kate Millet）的《性政治》（*Sex Politics*）等西方女性主義經典著作。

此外，朱虹也在其文章中推介當時的西方女性主義文學批評論著，如《誘惑與出賣》（*Seduction and Betrayal*）、《小說中的婦女形象》（*Images of Women in Fiction: Feminist Perspectives*）、《現代英國小說中的婦女意識》（*Feminine Consciousness in the Modern British Novel*）、《現代英國小說中的瘋狂與性的權術》（*Madness and Sexual Politics in the Modern British Novel*）、《閣樓中的瘋女人》（*The Mad Women in the Attic*）等等。[33] 這些以「婦女意識」為主導的西方女性主義文學批評檢視婦女的形象，指出西方文學史中關於婦女的描寫存在某些類型，如「女神」、「色情狂」、「狐狸精」等等程式化的角色，是遭到歪曲醜化的婦女形象，其所以如此，是因為塑造這些角色的作品，受到以男性為中心的社會所影響。[34]

一九八三年，《美國女作家短篇小說選》[35] 以上述文章為序，向中國讀者譯介美國女性主義作家的短篇小說，其中包括凱特·蕭邦（Kate Chopin, 1850-1904）和蒂麗·奧爾遜（Tillie Olsen, 1912-2007）的作品。

八十年代初，國人對女性主義所知甚少；朱虹的推介，對推進國人了解和認識女權運動和女性主義文學，具有啟蒙的意義。[36]

其後，霍夫曼（Daniel Hoffman）主編的《美國當代文學》（*Harvard Guide to Contemporary American Writing*）[37] 經《世界文學》編輯部編譯

33　朱虹：〈美國當前的「婦女文學」——美國女作家作品選〉，《世界文學》，1981（4），頁280—281。英文著作的中文書名為朱虹所譯，並非正式出版的中譯本書名。

34　同上，頁281。

35　朱虹編：《美國女作家短篇小說選》，北京：中國社會科學出版社，1983。

36　陳駿濤：〈當代中國（大陸）三代女學人評說〉，《文藝爭鳴》，2002（5），頁43。

37　丹尼爾·霍夫曼（Daniel Hoffman）著，《世界文學》編輯部譯：《美國當代文學》，北京：中國文藝聯合出版公司，1984。

後，於一九八四年在大陸出版。此書有「婦女文學」一章，由美國知
名女性文學評論家伊莉莎白‧詹威（Elizabeth Janeway, 1913-2005）撰
寫，鄭啟吟翻譯。此章專門介紹美國「婦女文學」的歷史傳統，初步
界定「婦女文學」的範疇，評述了女性主義意識在文學上的表現。

　　八十年代中後期，英美女作家不斷通過譯介進入中國讀者的視
野。例如，《世界文學》在一九八五年第四期譯介了伍爾芙的文章《英
國三位女作家的畫像》，以較長的篇幅介紹三位英國女作家，即英國
女權運動先驅瑪麗‧沃爾斯頓克拉夫特（Mary Wollstonecraft, 1759-
1797），日記作家桃樂西‧華茲華斯（Dorothy Wordsworth, 1771-1855）
及十九世紀女詩人克莉絲蒂娜‧羅塞蒂（Christina Rossetti, 1830-
1894）。[38]

　　這段時間翻譯出版的西方女性主義論著有波伏娃（Simone de
Beauvoir）的《第二性》（Le Deuxième Sexe）[39]、貝蒂‧弗里丹（Betty
Friedan, 1921-2006）的《女性的奧祕》（The Feminine Mystique）；[40]
文學批評著作則包括伍爾芙（Virginia Woolf）的《一間自己的屋子》
（A Room of One's Own）[41]、伊格爾頓（Mary Eagleton）編著的《女權主
義文學理論》（Feminist Literary Theory: A Reader）[42] 等等。其中《第二
性》從哲學、歷史、文學、生物學和古代神話等角度，指出女性角色

38　弗‧伍爾芙（Virginia Wolf）著，劉炳善譯：〈三位英國女作家的畫像〉，
　　《世界文學》，1985（4），頁 279。
39　西蒙‧波伏娃（Simone de Beauvoir）著，桑竹影、南珊譯：《第二性‧女
　　人》，長沙：湖南文藝出版社，1986。
40　此書於一九八八年被譯成不同版本在大陸兩家出版社出版。
　　貝蒂‧弗里丹（Betty Freidan）著，程錫麟、朱徽、王曉路譯：《女性的
　　奧祕》，成都：四川人民出版社，1988。
　　而黑龍江教育出版社以《女性的困惑》為名出版。貝蒂‧弗里丹（Betty
　　Freidan）著，陶鐵柱譯：《女性的困惑》，哈爾濱：黑龍江教育出版社，
　　1988。
41　弗‧伍爾芙（Virginia Wolf）著，王還譯：《一間自己的屋子》，北京：三
　　聯書店，1989。
42　瑪麗‧伊格爾頓（Mary Eagleton）著，胡敏、陳彩霞、林樹明譯：《女權
　　主義文學理論》，長沙：湖南文藝出版社，1989。

被扭曲的現象。作者也以其名言 "One is not born but rather becomes a woman" 指出，社會文化如何塑造性別，認為女性群體在「存在意義上的鬥爭中不是主體」而是「他者」，不是「主動追求穩定的自我，而是通過屈從達到自我」。[43]《女性的奧祕》被視為「標誌女權主義者自我意識新浪潮出現的一份文獻」。[44] 在書中，作者抨擊社會對婦女活動範圍的限制，呼籲開展一個以解放婦女為目標的運動，拓展婦女的發展空間。伍爾芙則在其書中指出，女性要有一間自己的屋子，才能獨立寫作。一間自己的屋子，既指物質的棲身之所，也指女性的私人性和自我意識，使女性可以擺脫男權文化和男性話語的控制。[45]

這些女性主義理論和文學理論所表現的女性獨立意識，影響了新時期女作家的創作。[46] 新時期的女性作家如張抗抗、張辛欣、殘雪、徐坤等都曾在《世界文學》上發表過評論文章。

八十年代初期，大陸女性作家在其文學創作中，開始自覺地展示女性的意識，塑造「性別群體」形象。[47] 這一時期的代表作家及主要

---

43 朱虹：〈美國當前的「婦女文學」──美國女作家作品選〉，《世界文學》，1981（4），頁 279。

44 伊莉莎白・詹威（Elizabeth Janeway）著，《世界文學》編輯部譯：〈婦女文學〉，《美國當代文學》，北京：中國文藝聯合出版公司，1984，頁 514。

45 于東曄：《女性視域：西方女性主義與中國文學女性話語》，北京：中國社會科學出版社，2006，頁 157。

46 外國文學影響大陸新時期的文學創作是不爭的事實，關於這一點，不少文學評論者都有所表述。如劉再復說到：「外國文學對中國現代文學、當代文學的整體面貌產生了巨大的影響，這已經是一種無法抹殺的事實。因此，研究我國現代的文學思潮和當代的文學思潮，就不能不考察外國文學對中國文學的衝擊和滲透，離開這種考察，想清楚地說明我國文學的現狀，幾乎是不可能的。」（見劉再復：〈筆談外國文學對我國新時期文學的影響〉，《世界文學》，1987〔6〕）鄭萬隆也注意到「使中國小說翻開新一頁得力於大批外國文學的引進」，大批西方的優秀作品被譯介到中國來，組成一股聲勢浩大的潮流，中國文學發生巨大的變化。（見鄭萬隆：〈走出陰影〉，《世界文學》，1988〔5〕）

47 于東曄：《女性視域：西方女性主義與中國文學女性話語》，北京：中國社會科學出版社，2006，頁 162。

的作品有：張潔的《愛，是不能忘記的》(1980)[48]、《方舟》(1983)[49]，張抗抗的《愛的權利》(1980)[50]、《北極光》(1981)[51]，張辛欣的《我在哪兒錯過了你》(1980)[52]、《同一地平線上》(1985)[53]，等等。這些作品反映女性在中國社會所面臨的男女不平等的問題，展示女性所面對的事業發展與家庭職責之間的矛盾，[54]「在大陸文學的題材上打開了一個閉封已久的領域」。[55] 這一時期的作家嘗試探索兩性關係，不過方式較為保守。換言之，作家對兩性關係的探索忽略了性的問題。張潔、張辛欣一方面反對男權文化的專制，另一方面又迴避，甚至否定女性作為性愛主體的慾求。[56] 例如在張潔的《愛，是不能忘記的》中，小説裏面的主人公鍾雨與自己所愛的人連手都沒有握過一下，小説展現得更多的是「柏拉圖式」愛情，[57] 還沒有從性的角度來表達女性的需求和慾望，對性方面採取的是保守態度。

八十年代中後期，更多西方女性主義的著作譯介出版，女性主義思想進一步推廣。這時期的作家，如王安憶、鐵凝、池莉、徐坤等，在作品中也表現出更加明顯的女性自主意識。她們肯定女性的慾望，在作品中加入了相當篇幅的性描寫。王安憶就説過：「要真正地寫出人性，就無法避開愛情，寫愛情就必定涉及性愛……如果寫人不寫性，是不能全面表現人的，也不能寫到人的核心，如果你是一個嚴肅

48　張潔：《愛，是不能忘記的》，廣州：廣東人民出版社，1980。

49　張潔：《方舟》，北京：北京出版社，1983。

50　張抗抗：《愛的權利：短篇小説集》，成都：四川人民出版社，1980。

51　張抗抗：《北極光》，天津：百花文藝出版社，1981。

52　最早發表在《收穫》(1980〔5〕)。

53　張辛欣：《張辛欣小説集》，哈爾濱：北方文藝出版社，1985。

54　Li Ziyun, "The Disappearance and Rivival of Feminine Discourse", in *Feminism/Femininity in Chinese Literature*, Peng-hsiang Chen and Whitney Crothers Dilley (eds.), (Amsterdam; New York : Rodopi, 2002), 123.

55　李子雲：〈她們在崛起（代序）〉，李子雲編：《中國女性小説選》，香港：三聯書店，1991，頁4。

56　于東曄：《女性視域：西方女性主義與中國文學女性話語》，北京：中國社會科學出版社，2006，頁165。

57　同上，頁163。

的、有深度的作家，性這個問題是無法迴避的。」[58]

因此，王安憶的小說《小城之戀》（1986）[59]、《荒山之戀》（1986）[60] 都突出了性愛的描寫。在這兩部作品裏，幾位女主人公都在性行為中掌握了主動權，推翻傳統文化給女性塑造的被動角色，肯定了女性的慾望，透露出一種自主的女性意識。[61] 鐵凝的作品《麥秸垛》（1986）[62] 和《玫瑰門》（1989）[63] 則側重性心理的描寫。戴錦華這樣評論鐵凝：「她是當代文壇女性中絕少被人『讚譽』或『指斥』為女權主義的作家，但她的作品序列，尤其是 80 年代末至今的作品，卻比其他女作家更具有鮮明的女性寫作特徵，更為深刻、內在地成為對女性命運的質詢、探索。」[64]

進入九十年代，中國女性文學再向前發展。與八十年代的作家相比，九十年代的女作家更直接標榜自己的性別立場，表明自己的女性主義意圖。這時期的女性代表作家如林白和陳染分別說到：「作為一名女性寫作者，在主流敘事的覆蓋下還有男性敘事的覆蓋（這二者有時是重疊的），這二者的覆蓋輕易就能淹沒個人。我所竭力與之對抗的，就是這種覆蓋和淹沒」；[65]「我們在男人的性別停止的地方，繼續思考……從我們女性的邊緣的文化角度，思考如何在主流文化的框架結構中，發出我們特別的聲音，使之成為主體文化『合唱』裏的一聲強有力『獨唱』。」[66]

繼波伏娃的《第二性》為代表的存在女性主義（existentialist

58　王安憶、陳思和：〈兩個 69 屆初中生的即興對話〉，《上海文學》，1988 （3），頁 78。

59　最早發表在《上海文學》，1986 （8）。

60　最早發表在《十月》，1986 （4）。

61　于東曄：《女性視域：西方女性主義與中國文學女性話語》，北京：中國社會科學出版社，2006，頁 165。

62　最早發表在《收穫》，1986 （6）。

63　鐵凝：《玫瑰門》，北京：作家出版社，1989。

64　戴錦華：〈真淳者的質詢——重讀鐵凝〉，《文學評論》，1994 （5），頁 14。

65　林白：《林白文集》，南京：江蘇文藝出版社，1997，頁 296。

66　陳染：《陳染文集》，南京：江蘇文藝出版社，1996，頁 272。

feminism）於八十年代傳入中國之後，法國後現代女性主義也於九十年代譯介過來。以西蘇（Hélène Cixous）、伊利加瑞（Luce Irigaray）[67]和克麗絲多娃（Julia Kristeva）為代表的法國後現代女性主義流派注重語言的研究，主張通過中斷父權語言符號的象徵秩序來提升婦女的地位。[68]由於法國後現代女性主義理論與語言及寫作密切相關，國內文學界在譯介的時候通常稱其為「法國女性主義文學理論」。[69]

九十年代初，系統地介紹法國女性主義寫作理論的《性與文本的政治——女權主義文學理論》（*Sexual/Textual Politics: Feminist Literary Theory*）[70]譯為中文在大陸出版；此外，張京媛編譯的《女性主義文學批評》[71]一書也收錄了上述三位法國女性主義作者的文章。當時，中國的女性文學觀念還「不成系統」，與西方女性主義文學相比，中國文壇對於文本與政治的理解「狹隘多了」，[72]因此，以上兩書的編者指出，編譯書本的目的是要為中國讀者介紹當代女性主義文學理論，[73]讓中國文人借鑒西方的理論和實踐，推動中國文壇的發展。[74]大陸文學評論界一般認為，後來出現的「女性身體寫作」潮流或多或少都受到法國女

---

67 也有譯為「伊麗格瑞」、「伊里加拉」、「依里加蕾」的，本書統一採用「伊利加瑞」的譯法。

68 「象徵秩序是拉康的術語，指個人使用的語言中的秩序，象徵秩序的載體是父親形象。」引自張京媛編：《當代女性主義文學批評》，北京：北京大學出版社，1992，頁3。

69 例如以下兩本譯作就採取了如此做法：《性與文本的政治——女權主義文學理論》和《當代女性主義文學批評》。

70 莫依（Toril Moi）著，林建嶽、趙拓譯：《性與文本的政治——女權主義文學理論》，長春：時代文藝出版社，1992。

71 張京媛編：《當代女性主義文學批評》，北京：北京大學出版社，1992。

72 莫依（Toril Moi）著，林建嶽、趙拓譯：《性與文本的政治——女權主義文學理論》，長春：時代文藝出版社，1992，頁2、7。

73 張京媛編：《當代女性主義文學批評》，北京：北京大學出版社，1992，頁15。

74 莫依（Toril Moi）著，林建嶽、趙拓譯：《性與文本的政治——女權主義文學理論》，長春：時代文藝出版社，1992，頁8。

性主義寫作理論的影響。[75]

　　法國女性主義文學流派主張探索並書寫女性的身體、慾望和心理特徵。九十年代，大陸的女性寫作也表現出這種傾向。林白、陳染的寫作通常從個人的角度出發，描述女性的生命經驗。她們的寫作帶有明確的性別意識，常被歸類為「私人化」寫作。[76]例如陳染在《無處告別》(1993)[77]、《凡牆都是門》(1996)[78]，林白在《一個人的戰爭》(1996)[79]等作品中，都用「坦然直白的敍說話語寫下了為傳統男性中心文學書寫諱莫如深、為傳統的文學閱讀審美心理大為驚訝的女性獨特的生命經歷，使寫作以從未有過的形式回到個人生活」[80]。這一代作家流露出一個共同點，就是在自己私人經驗的基礎上加工虛構寫成小說，且在小說中以第一人稱代替以往常見的第三人稱的敍述方式。如林白所言，這種建立在個人經驗和個人記憶之上的自傳性寫作，目的在於對抗主流敍事與男性敍事。[81]

　　戴錦華也指出，九十年代的女性寫作脫離男性精英知識分子的「宏大敍事」和「民族寓言」的筆法，關注得更多的是女性的日常生活。其中最引人注目的，是一批出生於六十年代的青年女作家。這些作家，開始以自傳、準自傳的形式，大膽書寫「我的身體」、「我的自我」，記述自己的性別經歷、性經歷，甚至對同性戀的恐懼與渴望。[82]

75　見陳駿濤：〈關於女性寫作悖論的話題〉，陳惠芬、馬元曦編：《當代中國女性文學文化批評文選》，桂林：廣西師範大學出版社，2007，頁 161；西慧玲：《西方女性主義與中國女作家批評》，上海：上海社會科學出版社，2003，頁 131。

76　于東曄：《女性視域：西方女性主義與中國文學女性話語》，北京：中國社會科學出版社，2006，頁 182。

77　陳染：《無處告別》，長春：時代文藝出版社，1993。

78　陳染：《凡墻都是門》，北京：華藝出版社，1996。

79　林白：《一個人的戰爭》，呼和浩特：內蒙古人民出版社，1996。

80　于東曄：《女性視域：西方女性主義與中國文學女性話語》，北京：中國社會科學出版社，2006，頁 162。

81　林白：《林白文集》，南京：江蘇文藝出版社，1997，頁 295。

82　戴錦華：〈重寫女性：八、九十年代的性別寫作與文化空間〉，譚琳、劉伯紅編：《中國婦女研究十年（1995—2005）》，北京：社會科學出版社，2005，頁 601。

在這一批青年女作家中，虹影是其中的佼佼者。出生於一九六二年的虹影以自傳的形式創作了《飢餓的女兒》。[83] 在這部作品中，虹影以冷靜的筆觸回憶自己的人生歷程，記錄自己的性別經歷、性經歷，同時也描述六十年代生活在重慶一處貧民窟的婦女的處境，觸及與性別有關的眾多議題，如婦女墮胎問題、強姦、家庭暴力等，並抨擊父權。虹影的寫作前衛大膽，在作品理直氣壯地暴露自己的隱私，第一人稱的敘述方式更加強了文本給讀者造成的視覺衝擊。用第一人稱的敘述具有一種挑戰意味，文學批評的觀點就認為「第一人稱敘述等於在直截了當地宣稱作為女性的『自我』完全可以執掌自己的話語權」[84]。因此，作家運用第一人稱的敘述來講自己的成長經驗，表明女性可以敘說女性的世界，而不用被書寫，被代言。[85] 這可以看出，進入九十年代，女性寫作的女性主義立場愈趨明確，女性寫作進一步得到發展。

　　綜上所述，大陸新時期的女性寫作興起之際，正是「文革」結束，輿論相對開放之時，文藝政策的調整保障了女作家「表現婦女生活」的自由，而體現女性主義思想的西方女性主義著作的譯介更促進了大陸女性寫作的發展。

83　在此之前，虹影還創作了另一部自傳體小說《背叛之夏》。此小說是虹影的第一部自傳體小說，但其影響力不如《飢餓的女兒》。

84　西慧玲：〈八九十年代中國女性寫作特徵回眸〉，《文藝評論》，2001（5），頁 50。

85　但戴錦華也指出，某些打着女性主義名號，描寫作家性經歷的作品不免有為追求商業利益，而迎合、討好消費者的嫌疑。見戴錦華：〈重寫女性：八、九十年代的性別寫作與文化空間〉，譚琳、劉伯紅編：《中國婦女研究十年（1995—2005）》，北京：社會科學出版社，2005。

國內外結合性別意識
與翻譯的研究情況

一、性別意識與西方翻譯批評

國外帶有性別意識的翻譯批評可以追溯至早期的女性主義學者對《聖經》英譯本的批評。這要從女權運動的興起説起。

西方第一次女權運動的浪潮，從十九世紀下半葉開始一直持續到二十世紀初，是以爭取婦女在選舉、教育、就業等方面的平等權利為主要的目標。第二次女權運動的浪潮則出現在二十世紀六十到七十年代之間。此次浪潮中，女性主義者從社會、政治、文化等層面批判性別主義和男性權力，認為當時女性雖然擁有了法律規定的權利（如選舉權），但這種表面上的性別平等其實掩蓋了實際上的不平等。[86] 儘管第一次浪潮的重點議題不在於語言，但當時還是有女性主義者注意到語言方面的問題。[87] 隨着第二次浪潮的興起，更多女性主義者將目光投向語言領域，關注婦女在語言領域所受到的壓制。

女性主義者視語言與社會結構相融相通，語言反映並強化社會現實固有的觀念，而社會觀念或行為的轉變亦影響人們對語言的使用。[88] 所以，要提升婦女地位，達到男女平等，婦女必須獲得語言的解放。因此，早在西方第一波女權運動興起之時，就有女性主義者

86　參見李銀河：《女性主義》，臺北：五南圖書出版股份有限公司，2003，頁 25—50。

87　例如下文將要説到的伊莉莎白・史丹唐（Elizabeth Cady Stanton）。

88　Letty M. Russell, *The Liberating Word: A Guide to Nonsexist Interpretation of the Bible* (Philadelphia: The Westminster Press, 1976), 16.

抨擊《聖經》英譯本蘊涵的父權思想。十九世紀末促成《婦女聖經》
（*The Woman's Bible*）面世的美國女權運動活躍分子伊莉莎白‧史丹唐
（Elizabeth Cady Stanton, 1815-1902）就對《聖經》作以下評述：

> 《聖經》向人們灌輸這樣一種教導：女人把罪惡與死亡帶到世上，
> 加劇人類的墮落，她於天庭的審判席上接受連串盤問、譴責、審
> 訊之後被判刑。從此，婚姻對她來說只是一套枷鎖；她要受盡生
> 育的苦難；在緘默和服從中扮演一個絕對依附於男人的角色；事
> 無大小她均得向丈夫請示。這就是婦女在《聖經》裏面的地位。[89]

史丹唐痛斥翻譯給《聖經》造成的錯誤詮釋，由此，她發起一項
重新闡釋《聖經》的活動——撰寫《婦女聖經》一書，將原有《聖經》
版本裏面凡涉及婦女之處，重新編撰，並加以注釋。《婦女聖經》的
出版在當時引起轟動，受到牧師和教會的譴責；[90] 當時，語言的問題還
不是重點的性別議題。因此，隨着第一波女權運動高潮的漸退，女性
主義對《聖經》翻譯的批評也趨向平靜。

六、七十年代，歐美地區第二波女權運動興起，《聖經》的
語言及性別問題再次進入女性主義者的視野。蕾提‧盧瑟（Letty
Russell）的 *The Liberating Word*（1976）[91] 和菲麗絲‧崔柏（Phyllis
Trible）的 *God and the Rhetoric of Sexuality*（1978）[92] 是這時期《聖經》
批評的代表著作。這兩本書向人們「提供閱讀和理解《聖經》的新

---

89 Elizabeth Cady Stanton, *The Women's Bible* (New York: Arno Pr, 1972)，7,
    cited in Sherry Simon, *Gender in Translation: Cultural Identity and the Politics
    of Transmission* (London: Routledge, 1996), 115. 筆者譯。如無另外說明，
    本書在引述英文著作時，中譯文部分皆為筆者所譯。

90 Sherry Simon, *Gender in Translation: Cultural Identity and the Politics of
    Transmission* (London: Routledge, 1996), 116.

91 Letty M. Russell, *The Liberating Word: A Guide to Nonsexist Interpretation of
    the Bible* (Philadelphia: The Westminster Press, 1976).

92 Phyllis Trible, *God and the Rhetoric of Sexuality* (Philadelphia: Fortress Press,
    1978).

視角」。[93] 前者站在女性主義的立場檢視了《聖經》呈現出來的宗教父權傳統，並分析了《聖經》裏面婦女的形象；後者則從一個女性的視角描繪上帝的肖像。書中凡引用《聖經》文本的地方，若涉及語言的性別問題，崔柏揚言她對舊有的翻譯作了修改，盡量使用兼顧兩性的語言（inclusive language），而棄用性別歧視的語言（sexist language）。[94]

第二波女權運動之後，女性學者倡導的《聖經》研究的聲勢不斷壯大，介入《聖經》的女性主義視角愈趨明顯，研究成果也逐漸成熟。[95] 在女性主義者對《聖經》的猛烈批評下，英文的《聖經》翻譯開始注意語言的性別中立問題。如一九六二年至一九七三年出版的新猶太版本（New Jewish Version, NJV），一九八三年出版的 *An Inclusive Language Lectionary*，一九八九年出版的新標準修訂版（New Revised

---

93 Carol A. Newsom and Sharon H. Ringe (eds.), *The Women's Bible Commentary* (London: Westminster/John Knox Press, 1992), xiv.

94 Phyllis Trible, *God and the Rhetoric of Sexuality* (Philadelphia: Fortress Press, 1978), xvii. 崔柏主要參考的《聖經》版本是標準修訂版（Revised Standard Version），書中所引用的第一段《聖經》中，就將原文的 "fathers" 改為 "ancestors"。

95 在 Letty Russell 和 Phyllis Trible 的著作的問世後，由女性學者開展的《聖經》研究不斷湧現。如：(1) Elizabeth Schüssler Fiorenza, *Bread Not Stone: The Challenge of Feminist Biblical Interpretation* (Boston: Beacon Press, 1984)；(2) Phyllis Trible, *Texts of Terror: Literary-Feminist Readings of Biblical Narratives* (Philadelphia: Fotress Press, 1984)；(3) Adela Yarbro Collins (ed.), *Feminist Perspectives on Biblical Scholarship* (Chico,Calif.: Scholars Press, 1985)；(4) Renita Weems, *Just a Sister Away: A Womanist Vision of Women's Relationships in the Bible* (San Diego, Calif.: LuraMedia, 1988)；(5) Alice Bach (ed.), *The Pleasure of Her Text: Feminist Readings of Biblical and Historical Texts* (Philadelphia: Trinity Press International, 1990)。二十世紀九十年代至二十一世紀初女性主義《聖經》批評的重要著作有由布雷娜（Athalya Brenner）編撰的系列叢書，名為 "A Feminist Companion to the Bible"，由 Sheffield Academic Press 出版，分為兩個系列。第一個系列是用文本分析從女性主義角度解讀《聖經》，此系列一九九三年至一九九七年出版，共十一冊。第二個系列重在討論當代女性主義的方法論、宗旨和策略等對《聖經》研究的啟示，此系列一九九八年至二〇〇一年出版，共八冊。

Standard Version, NRSV)，一九九六年出版的新國際版本（New International Version: Inclusive Language Edition, NIVI）均在不同程度上採用了兼顧兩性的語言。其中，新猶太版本（NJV）是一本相對接近希伯萊文的翻譯，也是第一本棄用 men 及 sons of men，而採用 everyone on earth 這樣的譯文的英文《聖經》版本。[96]

　　新版本的出現為研究《聖經》翻譯的學者提供了素材。奧林斯基（Harry M. Orlinsky）和布萊切爾（Robert G. Bratcher）合著的一本書，*A History of Bible Translation and the North American Contribution*（1991），[97] 有一章 "Male Oriented Language Originated by Bible Translators"，專門討論《聖經》譯者。在這一章裏面，作者比較了新猶太版本（NJV）與標準修訂版（RSV），且用例子說明《聖經》譯者如何在翻譯過程中臆造以男性價值為取向的語言。請看下面的例子（譯文分別取自標準修訂版〔RSV〕和新猶太版本〔NJV〕）：

The fathers shall not be put to death for the children, nor shall the children be put to death for the fathers; every man shall be put to death for his own sin. (Deut 24:16, RSV)

Parents shall not be put to death for children, nor children be put to death for parents; a person shall be put to death only for his own crime. (Deut 24:16, NJV)[98]

　　作者指出兩個版本的譯文出現的偏差，不是源於希伯萊《聖經》文本，而是源於譯者。在書中，作者也指出，很多英譯本將源自希伯萊文的 abot 和 ish——對應的英文應為 parent(s) 及 person，分別錯譯

96　Harry M. Orlinsky and Robert G. Bratcher, *A History of Bible Translation and the North American Contribution* (Atlanta, Ga.: Scholars Press, 1991), 268.

97　同上。

98　同上，頁 272。

為 fathers 和 man；將 banim 譯為 sons 而不是 children，把 daughters 排除在外。[99]

作者比較了兩個版本的英文《聖經》，以及一些希伯萊文與英文的詞彙，指出《聖經》裏面婦女的角色和婦女的參與受到翻譯希伯萊文的譯者的抑制，這些譯者在不經意之間錯譯了希伯萊文的《聖經》文本（unwittingly mistranslating it）。[100] 在書中，以上兩位作者通過實例來分析《聖經》翻譯中譯者的行為，但對譯者並無太多苛責，將譯者的錯譯歸結為「無心之過」，其批評留有餘地。

在九十年代中後期，加拿大翻譯學者西蒙（Sherry Simon）和費洛陶（Luise von Flotow）也分別在她們的著作《翻譯中的性別因素：文化身份與文化傳遞過程中出現的政治問題》（*Gender in Translation: Cultural Identity and the Politics of Transmission,* 1996）[101] 和《翻譯與性別意識：女性主義時代的翻譯》（*Translation and Gender: Translating in the "Era of Feminism"*, 1997）[102] 從不同角度討論《聖經》翻譯的性別問題。前者從宏觀的視角討論女性主義框架之下的《聖經》（the *Bible* in feminist frame），包括梳理女性主義陣營內部對於是否應提

99　Harry M. Orlinsky and Robert G. Bratcher, *A History of Bible Translation and the North American Contribution* (Atlanta, Ga.: Scholars Press, 1991), 270. 另見頁 273，注 12。

100　同上，頁 270。

101　Sherry Simon, *Gender in Translation: Cultural Identity and the Politics of Transmission* (London: Routledge, 1996)。中文書名先暫譯如此，因目前尚無此書的中譯本出版。

102　Luise von Flotow, *Translation and Gender: Translating in the "Era of Feminism"* (Ottawa: University of Ottawa Press, 1997)。中文書名先暫譯如此，因目前尚無此書的中譯本出版。

倡在《聖經》翻譯中使用兼顧兩性的語言的爭論；[103] 後者則通過具體的文本分析指出，《聖經》翻譯採用兼顧兩性的語言這一舉措的社會意義。

費洛陶書中的例子取自標準修訂版（RSV）和由郝哲勒德（Joann Haugerud）重譯的版本 *The Word for Us* (1977)。此版本包含約翰福音、馬可福音、羅馬書、迦拉太書。[104] 下面以《馬可福音》第六章第三十五至三十七節為例，看看英文標準修訂版（RSV）和郝哲勒德的重譯版如何使用人稱代詞。

標準修訂版（RSV）：

Jesus said to them, I am the bread of life; *he* who comes to me shall not hunger, and *he* who believes in me shall never thirst...and *him* who comes to me I will not cast out.

而 Joann Haugerud 則譯為：

Jesus said to them, I am the bread of life; *anyone* who comes to me shall not hunger, and *anyone* who believes in me shall never thirst... ；and *those* who come to me I shall not throw out.[105]

---

103 西蒙在書中分別提到女性主義內部陣營的兩種對立的觀點，贊成提倡使用兼顧兩性的語言的一派，如 Joanna Dewey，指出使用性別中立的語言，意味着修復（restore）被埋沒的現實中的婦女生活和婦女的聲音。而反對的一派女性主義者則認為，《聖經》的父權思想再明顯不過，它是一種歷史文獻，應當保留起來讓世人觀看，讓人一起見證父權對婦女的排斥和壓迫；這一派女性主義者認為，現在將歧視女性的語言修正過來，即意味着跟父權和解，此舉還為時過早（premature reconciliation）。詳見西蒙書，頁 124—131。

104 Luise von Flotow, *Translation and Gender: Translating in the "Era of Feminism"* (Shanghai: Shanghai Foreign Language Education Press, 2004), 53.

105 同上，頁 54。費洛陶特別用斜體強調人稱代詞。

費洛陶指出，女性主義者改譯《聖經》，重點不在內容，而在語言形式。《聖經》翻譯使用<u>涵蓋兩性</u>的語言的意義在於，它不但會削除父權權威和對男性的偏袒，這一舉措也有利於營造二十世紀後期的社會發展所需要的包容性。[106] 上述兩位加拿大學者都從性別觀點出發討論《聖經》翻譯，但她們的重點都放在語言的問題上，沒有怎麼探討譯者的性別身份與翻譯的關係。

《聖經》翻譯之外的女性主義翻譯批評源於美國哲學教授西蒙斯（Margaret A. Simons）於一九八三年發表的一篇文章，〈波伏娃之沉默：《第二性》英譯本中甚麼東西不見了？〉（"The Silencing of Simone de Beauvoir: Guess What's Missing from the The Second Sex"）。[107] 在這篇文章裏，西蒙斯從女性主義的立場出發，批評《第二性》的英譯。通過比較波伏娃的法文原著與帕什利（Howard M. Parshley）的英譯，西蒙斯發現後者刪除了原著約百分之十的內容，包括原作「已婚婦女」（La Femme Mariée）這一章的一半內容，七十八位女性歷史人物的名字，以及所有關於社會女性主義（socialist feminism）的引用文獻。[108] 西蒙斯指出，這些刪減「嚴重破壞了波伏娃在分析一些問題的時候，其思路的整體性和連貫性；而這些問題涉及十九世紀歐美地區的婦女參政運動，及社會女性主義在法國的發展情況等」。[109]

雖然西蒙斯的文章率先指斥《第二性》英譯的不足，但是她的發現並無引起太大的反響。差不多二十年後，《第二性》英譯涉及的性別問題才重新得到評論界的關注。進入二〇〇〇年，好幾篇文章不約

---

106 Luise von Flotow, *Translation and Gender: Translating in the* "*Era of Feminism*" (Shanghai: Shanghai Foreign Language Education Press, 2004), 56.

107 Margaret A. Simons, "The Silencing of Simone de Beauvoir: Guess What's Missing from *The Second Sex*", in *Women's Studies International Forum,* 6:5 (1983), 559-564.

108 同上，頁 560、562。

109 同上，頁 560。

而同地討論到這個問題。[110] 其中莫依（Toril Moi）的文章〈等待中：關於《第二性》英譯的一些筆記〉（"While We Wait: Notes on the English Translation of *The Second Sex*"）詳盡地分類討論了帕什利的翻譯，進一步證明了西蒙斯的結論。除此之外，莫依也發現了譯者帕什利還偷換波伏娃著作的某些哲學概念，而扭曲了原著的精神。[111]

　　這些研究推動性別視角進入翻譯批評的領域，開拓了翻譯批評的研究空間。[112] 然而，另一方面，上述文獻也呈現出明顯的局限性。這些文章只在對照原文與譯文的基礎上羅列譯文錯譯或刪減的地方，指出它們如何曲解波伏娃的原意，最後呼籲大家關注翻譯的問題，但並沒有深入地從社會、文化的角度討論出現這些錯譯漏譯的原因，也沒有討論譯者的性別身份是否會對譯文造成影響。

　　事實上，現有的文獻中研究譯者的性別身份與翻譯的關係的並不多。漢妮蒂柯（Valerie Henitiuk）的文章〈解讀女人：從男人眼中讀女人〉（"Translating Woman: Reading the Female through the Male"，1999)[113] 是這方面為數不多的研究之一。漢妮蒂柯通過比較日本古典女性文學《蜻蛉日記》[114] 的三個英譯本，討論在男性文學評論者和男性譯

---

110 這幾篇文章包括：（1）Elizabeth Fallaize, "Le Destin de la Femme au Foyer: Taduire 'La Femme Mariée' de Simone de Beauvoir", in *Cinquantenaire du Dexième Sexe,* C. Delphy and S. Chaperon (eds.), (Paris: Editions Syllepse, 2002)；（2）Toril Moi, "While We Wait: Notes on the English Translation of *The Second Sex*", in *The Legacy of Simone de Beauvoir*, E. Grosholz (ed.), (Oxford: Clarendon, 2004)；（3）Sarah Glazer "Essay; Lost in Translation", in *New York Times* (August 22, 2004)。

111 Toril Moi, "While We Wait: Notes on the English Translation of *The Second Sex*", in *The Legacy of Simone de Beauvoir*, Emily Grosholz (ed.), (Oxford: Clarendon, 2004), 47。莫依在文章舉出的一個例子就是法文 authentique 的翻譯。

112 多得這些學者及女性主義者的努力，新的版本終於在 2009 年出版：Beauvoir, Simone de. 2009. *The Second Sex.*, translated by Constance Borde and Sheila Malovany-Chevallier. London：Jonathan Cape。

113 Valerie Henitiuk, "Translating Woman: Reading the Female through the Male", in *Meta,* 44:3 (1999), 469-484.

114 此書的作者為日本平安時代（八世紀至十二世紀）的一位貴族女子，藤原道綱母。

者的解讀之下的英譯本如何影響了原著女作者與讀者的對話。漢妮蒂柯認為人們對文學範式 (literary paradigms)、比喻 (metaphors)，以至整體意義 (meaning in general) 的理解都深受作者與讀者 / 譯者的性別身份所影響。[115] 除了基於英語語境的研究之外，近年來，帶有性別意識的翻譯批評也在歐洲展開。根據斯奈爾杭比（Mary Snell-Hornby）的介紹，結合性別意識來做翻譯批評的研究包括下列諸項：從女性主義的視角考察牙買加小説的德譯本，從女性主義的視角考察不同譯者如何建構小説中的女性人物，此外還有比較分析由女權先驅瑪麗·沃斯通克拉夫特（Mary Wollstonecraft）撰寫的宣言〈為女權辯護〉（"A Vindication of the Rights of Woman"，1792）的幾種德譯本，等等。[116]

　　從上述文獻看來，儘管這些研究都帶有性別意識，多數研究只關注文本的對比分析，通過比較原作和譯作，羅列譯作誤譯、錯譯、漏譯或刪減的地方，然後分析這些翻譯行為所導致的譯作效果。換句話説，文章多是純粹的文本分析，很少有理論的支撐。同時，上述研究也鮮有論述翻譯活動中作者和譯者的性別權力關係的問題。漢妮蒂柯的論文儘管探析了譯者的性別身份對譯文所產生的影響，但並沒有進一步討論作者與譯者的性別關係所涉及的權力問題。

二、當代中國結合性別意識與翻譯的研究情況

　　結合性別意識與翻譯的研究在中國大陸起步較晚。進入二十一世紀，受西方翻譯研究的影響，中國大陸的學界才開始注意到翻譯中性別視角的問題，並展開相關的研究。筆者從學術期刊論文、碩士 / 博

---

115 Valerie Henitiuk, "Translating Woman: Reading the Female through the Male", in *Meta*, 44:3 (1999), 469.

116 Mary Snell-Hornby, *The Turns of Translation Studies: New Paradigms or Shifting Viewpoints?* (Amsterdam; Philadelphia, PA: John Benjamins, 2006), 103.

士論文、專著／譯著三個方面查閱大陸學界結合性別意識與翻譯的研究成果，有以下發現：

截至二〇一五年七月，筆者收集到國內發表的結合翻譯與性別意識的研究論文三百九十五篇。[117] 其中包括：二〇〇二年兩篇，二〇〇三年兩篇，二〇〇四年十五篇，二〇〇六年十九篇，二〇〇七年二十八篇，二〇〇八年五十三篇，二〇〇九年三十三篇，二〇一〇年五十篇，二〇一一年四十四篇，二〇一二年四十七篇，二〇一三年四十四篇，二〇一四年三十七篇，二〇一五年二十一篇。其中評介西方女性主義翻譯理論的研究論文佔大多數，其次是翻譯批評方面的論文，再次是介紹國內外女性主義譯者或女性譯者和女性翻譯史的論文。從這裏也可以看出，國內學界結合性別意識與翻譯的研究仍停留在引介和評述國外相關理論的階段，理論方面並沒有太大的發展。

在碩士／博士論文方面，根據香港中文大學圖書館萬方數據庫的檢索，截至二〇〇九年[118]，國內發表了關於性別意識、女性主義與翻譯的碩士論文有二十六篇。[119] 其中二〇〇五年三篇，二〇〇六年七篇，二〇〇七年十二篇，二〇〇八年四篇。在二十六篇碩士論文中，評述西方女性主義翻譯理論和以女性主義視角評論譯作的論文各有十一篇。在翻譯批評方面，有三篇評論《簡愛》的中譯本，兩篇評論《呼嘯山莊》的中譯本；此外，《傲慢與偏見》中譯、《名利場》中譯、《聖經》翻譯以及《水滸傳》英譯各一篇。截至查閱日期為止，還沒有這方面的博士論文發表。在譯著方面，北京中央編譯出版社於二〇〇一年出版了《語言與翻譯的政治》，書中第七篇文章〈翻譯理論中的

---

117 一百五十二篇論文中，有一百五十一篇是根據中國期刊網的檢索結果，用的是「主題」和「精確」方法搜索；另外一篇是從楊自儉編的翻譯論文集《英漢語比較與翻譯》（上海：上海外語教育出版社，2002）搜集得來的論文：王曉元：〈性別，女性主義與文學翻譯〉，頁618—630。詳細的論文清單見附錄。

118 由於中文大學萬方數據庫停用，二〇〇九年之後的資料不可得，在此只能列出截至二〇〇九的數據。

119 詳細清單見附錄。

性別〉譯自西蒙（Sherry Simon）的重要著作《翻譯中的性別因素：文化身份與文化傳遞過程中出現的政治問題》(*Gender in Translation: Cultural Identity and the Politics of Transmission*, 1996) 的第一章；二○○八年武漢大學出版社出版了穆雷的專著《翻譯研究中的性別視角》。

從上述檢索結果看出，國內對於性別意識、女性主義與翻譯的研究起步較晚，二○○二年才出現第一篇這方面的研究論文。從文章的數量上看，絕大多數論文以轉述西方女性主義翻譯理論為主，獨創的觀點並不多；其次是翻譯批評方面的文章，其數量雖不及前者，但也足以說明性別意識已經逐漸得到國內翻譯批評界的關注；而研究女譯者或女性翻譯史的論文則屈指可數，這也說明目前國內對女性翻譯史的研究仍很貧乏。儘管如此，性別意識及女性主義與翻譯的結合已經進入人文社會科學研究的範疇，在二○○四年後發展迅速，已經成為翻譯理論和翻譯批評的熱點。

介紹西方女性主義翻譯理論的期刊論文中，最早出現的文章，是二○○二年潘文國的〈當代西方的翻譯學研究——兼談「翻譯學」的學科性問題〉（《中國翻譯》2002〔3〕）。此文對西方翻譯學作了整體的評介，重點在於介紹翻譯的解構主義流派與後殖民主義學派等，對於女性主義翻譯理論只是一筆帶過。較為全面地介紹西方女性主義翻譯理論的文章，有二○○三年葛校琴的〈女性主義翻譯之本質〉（《外語研究》2003〔6〕）和二○○四年蔣驍華的〈女性主義對翻譯理論的影響〉（《中國翻譯》2004〔4〕）。前者闡述女性主義翻譯思想的起源，女性主義翻譯的理論和實踐方法及其對翻譯文學批評的貢獻；後者則以女性主義翻譯理論和實踐為依據闡述西方女性主義對翻譯研究的影響。此外，徐來的文章〈在女性的名義下「重寫」——女性主義翻譯理論對譯者主體性研究的意義〉（《中國翻譯》2004〔4〕）則重點介紹女性主義翻譯理論對譯者主體性研究的貢獻，張景華的〈女性主義對傳統譯論的顛覆及其局限性〉（《中國翻譯》2004〔4〕）評述了西方女性主義譯論與傳統譯論的迥異之處。這幾篇文章為最早引介西方

女性主義翻譯理論的期刊論文，較為嚴謹；後來評介女性主義翻譯理論的文章內容大同小異，多有重複之處。

在收集到的期刊論文中，李永紅的〈找尋「失落」的群體——對我國女性翻譯史研究的思考〉（《牡丹江大學學報》2008〔10〕）以翻譯史為主題；李紅玉有兩篇論文，第一篇論文，〈女性主義翻譯的先鋒——芭芭拉‧戈達爾德〉（《外國語》2009〔2〕），專門介紹加拿大女性主義譯者芭芭拉‧戈達爾德（Barbara Godard）；第二篇論文，〈性別與翻譯——論翻譯中的性別視角在國內的發展與現狀〉（《廣東外語外貿大學學報》2007〔1〕），統計了到二〇〇六年為止國內發表及出版的關於性別視角與翻譯的文章和書籍，是總結國內這方面研究的一份階段性文獻綜述。在翻譯批評方面，已發表的論文顯得較為龐雜，也有不少論文為結合中國語境、帶有性別意識的翻譯批評。其中王曉元的文章具有開拓性的意義。王的〈性別，女性主義與文學翻譯〉（2002）[120] 簡要地介紹西方的文學批評和翻譯研究的女性主義方向，並以具體的譯例說明性別視角如何介入翻譯批評。通過評論《傲慢與偏見》的十二個中譯本，王曉元指出某些譯文不自覺地透露出譯者的「男性視角」。[121] 然而，作者並沒有對小說的中譯本「進行系統的評論，只是零星地選取了幾句話或幾個段落」，[122] 譯例分析顯得不夠周密，結論也不太能令人信服。儘管如此，王的文章率先在大陸從性別視角去討論翻譯，實屬一次難能可貴的嘗試。

在專著方面，穆雷的《翻譯研究中的性別視角》（2008）闡釋女性主義與翻譯研究的結合，在女性主義譯作評論部分以葛浩文翻譯的《飢餓的女兒》英譯本為例，指出了譯文一些不恰當之處，並提供了相應的譯文作為參考。穆雷的譯論著作是迄今國內出版的第一部結合

---

120 王曉元：〈性別，女性主義與文學翻譯〉，楊自儉編：《英漢語比較與翻譯》，上海：上海外語教育出版社，2002，頁 618—630。

121 同上，頁 628。

122 陳麗娟：〈女性主義：譯作評論的新視角〉，《廣東外語外貿大學學報》，2006（2），頁 50。

翻譯研究與性別視角的著作，具有里程碑的意義。此書以宏觀的角度介紹女性主義、性別意識與翻譯研究的結合，探索帶有性別意識的翻譯研究的發展前景等。在翻譯史方面，有金培爾（Denise Gimpel）著的《陳衡哲》，[123] 討論陳衡哲作為一個學者及文化譯者在歷史上的貢獻。

過去十年，性別意識已經進入國內翻譯研究的領域，大量有關這方面的論文發表，標誌着性別意識與翻譯的結合已得到學術界的認可，並逐漸成為一個穩定的研究方向。然而，我們也可以看到，這方面的研究仍有不足之處，主要是不夠深入，也不夠開闊。在已發表的文章當中，大部分只是簡單的模仿和重複。諸如以「女性主義翻譯理論實質」、「女性主義翻譯理論之初析」、「女性主義翻譯探究」、「論女性主義翻譯觀」、「女性主義翻譯理論研究淺析」等等為標題的文章俯拾皆是。另外，所發表的文章中，參考書目數量不多，引文雷同，參考文獻相對貧乏。再者，大部分論文或只介紹西方女性主義翻譯觀，或只針對譯本作分析，評價譯本的好壞，並沒有怎麼討論其他牽涉性別議題和翻譯問題的事項，如話語權力的問題。涉及兩性關係的話語權力是一個重要的議題。性別意識與翻譯的結合，其中一個表現在於女性主義譯者利用翻譯來倡導女性話語權力。

前人的研究是本書寫作的基石，而翻譯與女性權力的問題是本書所要討論的重點。筆者將結合列夫維爾（André Lefevere）提出的「翻譯即重寫」的論述以及女性主義文學批評的觀點，探證譯者的性別身份、女性主義文學翻譯與話語權之間的關係。本書總體上分三個部分展開：一是從翻譯理論、女性主義理論、女性主義文學批評、翻譯批評等多個領域汲取養分，搭建一個跨學科的框架；二是對小說及譯作進行文本分析；三是在跨學科的理論框架下詮釋譯者的翻譯行為。

在譯作評論（即第二部分）的中譯英部分，筆者將討論當代中國

---

123 Gimpel, Denise. 2015. *Chen Hengzhe:A life between Orthodoxies*, Lanham；Boulder；New York；London：Lexington Books. 中文書名先暫譯如此，因目前尚無此書的中譯本出版。

女性主義作家虹影的作品《飢餓的女兒》的翻譯情況。本書主要分析葛浩文的英譯，並在適當的地方把他的譯文與國內女學者穆雷的譯文作對比，加以分析。而英譯中部分會討論二○○七年諾貝爾文學獎得主、英國小說家萊辛及其《金色筆記》（*The Golden Notebook*）中獨立成篇的中篇小說《自由女性》（*Free Women*）的翻譯。*The Golden Notebook* 被奉為西方女性主義文學的經典。此書在八十年代後期首次譯成中文，此後陸續出現了幾個譯本。筆者收集到的譯本有三個，分別是顧濤譯本、程惠勤譯本、陳才宇劉新民譯本。筆者將從性別角度，考察分別由男女譯者翻譯的文本，審視不同性別身份的譯者如何處理文本涵蓋的性別問題（gender issues），如何在翻譯中處理原作所彰顯的女性話語權，進而探析性別、話語與權力在翻譯這個場域交會的情形。

第二章

話語權力與翻譯

法國思想家福柯[1]（Michel Foucault, 1926-1984）認為，「人類的一切知識都是通過話語獲得的，任何脫離話語的事物都不存在，人與世界的關係是一種話語關係。話語既是解釋和理解世界的一種手段和方法，又是掌握和控制世界的一種武器和權力。」[2] 話語何以如此重要？它與權力又有何關係？翻譯又如何涉及話語權的問題？

話語/權力理論進入中國

八十年代末，福柯思想經譯介進入中國。八、九十年代之交，國內對福柯的譯介，主要是上海科技文獻出版社出版的《性史》[3] 一書以及《讀書》雜誌所刊載的介紹福柯著作的書評。

《性史》根據英譯本譯出，主要的譯者是張廷琛，他一九八三至

1　臺灣多譯為「傅柯」。本書在一般論述時採用大陸譯名「福柯」。在參考書目中則保留原有譯作的譯名。但在本書出現的傅柯與福柯皆指同一人。

2　但昭彬：《話語與權力：中國近現代教育宗旨的話語分析》，濟南：山東教育出版社，2008，頁19。

3　八、九十年代之交，除了《性史》一書出了中譯版外，福柯的其他著作的中譯本還沒有出現。一九八九年上海科學技術文獻出版社出版了《性史》中譯本，由張廷琛、林莉、范千紅等根據英譯本譯出。張廷琛曾以哈佛燕京學者的身份在哈佛做了一年研究，一九八四年回復旦教書，目前情況不詳。林莉、范千紅可能是他的學生。從時間上看，此書出版於《讀書》刊登頭兩篇福柯書評之後。

一九八四年間以哈佛燕京學者的身份在美國做研究。在譯序中，譯者介紹此書是「有世界影響的名著」。[4] 想譯者必是在美研究期間得知此書，再介紹給國內讀者。然而，一九八九年出版的《性史》，當時並不為太多人所知；從媒介傳播效力來看，當時《性史》的出版，其影響力沒有《讀書》雜誌的影響力那麼大。中國讀者最初得以認識福柯，國內《讀書》雜誌所刊載的一系列評介福柯著作的文章，扮演了重要的角色。

《讀書》是一本「以書為主題的思想評論刊物」，[5] 一九七九年四月份創刊，每月出版；刊物所定位的讀者對象是知識分子，[6] 內容涉及重要思潮及文化現象，在大陸知識界、文化界擁有相當影響力。創刊號的「頭條」文章〈讀書無禁區〉曾在當時引起巨大的反響，成為文化界的標誌性事件。[7] 許多知名文人曾為此刊物撰稿，在八十年代的《讀書》中不難找到以下撰稿人：費孝通、卞之琳、馮友蘭、季羨林、呂叔湘、楊絳、王蒙、巴金、李子雲、王佐良、楊憲益、劉再復等等。[8] 因此，《讀書》是大陸文化界一份十分重要的刊物。

八十年代末至九十年代初，《讀書》所刊登的評介福柯的文章有：杜聲鋒〈瘋態、理性與人──福柯《古典時代的瘋病史》評介〉（1988〔10〕），尚志英〈西方知識考古：福柯與《詞與物》〉（1988〔12〕），蕭程〈性、系譜、主體：讀福柯《性史》〉（1989〔7─8〕），[9] 李培林〈微型權力專家：福柯──巴黎讀書札記〉（1989〔2〕），趙一凡〈福柯

4　米歇爾・福柯（Michel Foucault）著，張廷琛、林莉、范千紅譯：《性史》，上海：上海科學技術文獻出版社，1989，頁 7。

5　〈編者的話〉，《讀書》，1979（1），頁 152。

6　見沈昌文：〈知識分子──我們的對象〉，《閣樓人語：〈讀書〉的知識分子記憶》，北京：作家出版社，2003，頁 1。沈昌文在一九八六至一九九六期間，擔任《讀書》的主編。

7　《讀書》創刊號上這篇文章的作者李洪林，是當時的中宣部理論處處長。文中，作者痛訴「文革」時期，四人幫的禁書、焚書政策對文化的摧殘。作者提倡，要打破「書的禁區」，解除「禁書政策」，還人民讀書的自由。文章轟動當時中國知識界。全文見附錄。

8　上述文人中，絕大多數在八十年代的《讀書》中多次發表文章。

9　由於雜誌調整欄目，這一年第 7、8 期合刊出版。見本期〈編後絮語〉。

的知識考古學〉（1990〔9〕）、〈哈佛讀書札記：福柯的話語理論〉（1994〔5〕）。

上述書評所涉及的福柯著作有《癲狂與文明》（*Folie et déraison/Madness and Civilization*, 1961）[10]、《詞與物》（*Les mots et les choses/The Order of Things*, 1966）、《知識的考古學》（*L'archéologie du savoir/The Archaeology of Knowledge*, 1969）、《話語的秩序》（*L'ordre du discours/The Order of Discourse*, 1971）、《規訓與懲罰》（*Surveiller et punir/Discipline and Punish*, 1975）、《性史》（*Histoire de la sexualité/History of Sexuality*, 1976）等，幾乎囊括了福柯所有重要的著作。

撰寫上述書評的作者，多有留學背景，因而得以推斷，早期中國讀者所知道的福柯，由直接接觸西方學說的學者介紹進來。[11] 上述所列的作者當中，〈瘋態、理性與人——福柯《古典時代的瘋病史》評介〉一文的作者杜聲鋒，一九八三年於武漢大學畢業後考上留法研究生，一九八四年七月起就讀於巴黎第一大學，其文章發表在《讀書》之時，正在巴黎攻讀哲學博士學位。[12]

李培林，巴黎第一大學社會學博士。[13] 在〈微型權力專家：福柯——

10　此年份為原法語著作出版的時間。下同。福柯此著作中，書名中的 folie 和 déraison，都有 madness 的意思（參見 *The Oxford-Hachette French Dictionary* 3rd ed. [Oxford：Oxford University Press, 2001], 252, 374），不知為何英譯作將其譯為 *Madness and Civilization*，而中譯書名《癲狂與文明》，相信是根據英譯本所譯的。實際上，正確的譯法，應為《癲與狂》或《瘋癲與瘋狂》。

11　雖然蕭程的文章：〈性、系譜、主體：讀福柯《性史》〉（1989〔7—8〕），發表時間在《性史》中譯版出版之後，但筆者細讀過蕭程的文章，發現作者很可能是直接讀福柯的原著，而非譯著，而撰寫書評的。詳見下文分析。

12　一九八八年十月，香港三聯書店所出版的《拉康結構主義精神分析學》（杜聲鋒著）中，「作者簡介」那部分介紹了作者的教育背景。據該簡介，此書出版之時，作者正在巴黎第一大學攻讀博士學位，而其文發表在《讀書》的時間正好為一九八八年十月刊，且此文的落款為「一九八八年三月二十九日於巴黎」，由此得出上述結論。

13　參見李培林：《另一隻看不見的手：社會結構轉型》，北京：社會科學文獻出版社，2005，作者簡介。

巴黎讀書札記〉一文中，作者介紹福柯的《規訓與懲罰》一書，文章開頭說：「這本著作目前在法國已成為行政管理學的必讀書，在美國則被視為越軌行為社會學的傑作。福柯的這本書的用詞怪異，語義模糊……讓我們這些讀慣方塊字的中國學生費力耗神，頗感頭痛。」[14] 此外，文章的副標題是「巴黎讀書札記」，相信此文也是作者在巴黎求學期間所撰。

趙一凡，一九八一至一九八六年在美國哈佛大學攻讀博士學位。[15] 在〈福柯的知識考古學〉一文中，作者講述在美求學期間，「受老師驅迫，開始讀福氏的書」。[16] 在〈福柯的知識考古學〉與〈哈佛讀書札記：福柯的話語理論〉二文中，作者所參考的福柯文獻均為英譯本，說明作者是在讀了英文版的福柯著作後，再把它介紹給國內讀者。

〈性、系譜、主體：讀福柯《性史》〉一文的作者蕭程，教育背景不詳，但登在《讀書》的這篇文章裏，出現福柯術語的地方，作者提供了法文對照，並在一處腳注裏討論了法文 Sexualité 的中譯問題。[17] 此外，文章的落款處寫着「一九八九年五月於格勒諾布爾」。[18] 格勒諾布爾（Grenoble）是法國東南部的城市。因此，雖不能確定作者是否曾留學法國，但可以說明，作者撰寫此文時身在法國。最後，〈西方知

14　李培林：〈微型權力專家：福柯——巴黎讀書札記〉，《讀書》，1989（2），頁 36。

15　趙一凡現為中國社會科學院外國文學研究所研究員，其教育背景參考該所官方網站之「研究人員」的介紹。http://foreignliterature.cass.cn/chinese/NewsInfo.asp?NewsId=1710，2009.11.01。

16　趙一凡：〈福柯的知識考古學〉，《讀書》，1990（9），頁 93。

17　原注的內容：
　　「這個概念（筆者按：Sexualité）在此應譯為『性性』，而不是『性慾』。前一個『性』指兩性的性，後一個『性』指本性的性。由於此譯拗口，一時又想不出更好的方法，故將 *Histoire de la sexualité* 含糊地譯作《性的歷史》。」
　　作者在正文中多次提及此著作，一律用「《性的歷史》」，而非已有的中譯本譯名《性史》。這或許也可以證明，作者當時是直接參閱福柯的法文著作所寫的書評。

18　蕭程：〈性、系譜、主體（讀福柯《性史》）〉，《讀書》，1989（7—8），頁 45。

識考古：福柯與《詞與物》〉一文的作者尚志英，是復旦大學現代外國哲學專業的博士，其留學背景亦不詳。但在此文中，作者向讀者介紹《詞與物》一書，標明參考「《詞與物》法文版」，行文結尾處有「中譯本即將由三聯書店出版」[19] 的字樣。因而也可以說明，文章是作者直接讀法文著作後用中文寫的書評。

綜上所述，福柯能進入中國，為中國文化界所知，上述西學學者的介紹至為關鍵。他們直接接觸福柯的學說，進而向國內讀者介紹其所讀所學，經《讀書》雜誌，把福柯思想帶入中國。

九十年代開始，國內其他報刊也相繼介紹福柯，如（一九九五年之前發表的部分文章）：[20] 王逢振〈米歇爾·福柯──基本觀點述評〉（《外國文學》1991〔1〕），馬丁〈真理、權力、自我──與福柯的談話〉（《國外社會科學文摘》1991〔3〕），蘇力〈福柯的刑罰史研究對法學的貢獻〉（《比較法研究》1993〔2〕），莫偉民〈福柯與理性批判哲學〉（《中國社會科學》1994〔4〕），呂一民〈作為歷史學家的米歇爾·福柯〉（《世界歷史》1995〔1〕），等等。

一九九五年，出現了第一本國內學者研究福柯思想的專著：《福柯思想肖像》（劉北成，北京師範大學出版社）。[21] 在福柯著作的中譯方面，除了上海科學技術文獻出版社於一九八九年出版了《性史》之外，其餘的福柯著作都是九十年代末以後出版：《福柯集》（杜小真

19　尚志英：〈西方知識考古：福柯與《詞與物》〉，《讀書》，1988（12），頁 30。

20　一九九五年之後，有關福柯的論文篇數每年大幅度增長，由於篇幅有限，在此不再細列。

21　此後出現的專著包括：
　　莫偉民：《主體的命運：福柯哲學思想》（上海：三聯書店，1996），陸楊：《後現代性的文本闡釋：福柯與德里達》（上海：三聯書店，2000），李銀河：《福柯與性：解讀福柯〈性史〉》（濟南：山東人民出版社，2001），汪民安：《福柯的界線》（北京：中國社會科學出版社，2002），高宣揚：《福柯的生存美學》（北京：中國人民大學出版社，2005），黃華：《權力，身體與自我：福柯與女性主義文學批評》（北京：北京大學出版社，2005），孫運梁：《福柯刑事法思想研究：監獄、刑罰、犯罪、刑法知識的權力分析》（北京：中國人民公安大學出版社，2009）。

編譯，上海遠東出版社，1998），《知識考古學》（謝強、馬月譯，北京三聯，1998），《瘋癲與文明》（劉北成、楊遠嬰譯，北京三聯，1999），《規訓與懲罰》（劉北成、楊遠嬰譯，北京三聯，1999），《性史》（姬旭升譯，青海人民出版社，1999），《性經驗史》（佘碧平譯，上海人民出版社，2000），《臨床醫學的誕生》（劉北成譯，譯林出版社，2001），《詞與物》（莫偉民譯，上海三聯，2001）。[22]

此外，九十年代至今，國外研究福柯的多種著作也在國內出了中譯版。經粗略統計，現列如下：《求真意志》（*The Will to Truth*/ 阿蘭‧謝里登〔Alan Sherridan〕著；尚志英、許林譯，上海人民出版社，1997），《福柯》（*Michel Foucault*/ 麥克尼〔Lois McNay〕著；賈湜譯，黑龍江人民出版社，1999），《福柯的面孔》（汪民安等編譯，文化藝術出版社，2001），《福柯》（*Foucault*/ 吉爾‧德勒茲〔Gilles Deleuze〕著；于奇智、楊潔譯，湖南文藝出版社，2001），《福柯的生死愛欲》（*The Passion of Michel Foucault*/ 詹姆斯‧米勒〔Jim Miller〕著；高毅譯，上海人民出版社，2003），《福柯十講》（布萊恩‧雷諾〔Bulaien Leinuo〕著；韓泰倫編譯，大眾文藝出版社，2004），《福柯與酷兒理論》（*Foucault and Queer Theory*/ 塔姆辛‧斯巴格〔Tamsin Spargo〕著，趙玉蘭譯，北京大學出版社，2005），《福柯的迷宮》（*Das Foucaultische Labyrinth*/ 馬文‧克拉達〔Mawen Kelada〕著、格爾德‧登博夫斯基〔Ge'erde Dengbofusiji〕編；朱毅譯，商務印書館，2005）。此外，還有國內學者所編譯的福柯訪談錄：《權力的眼睛》（包亞明編，嚴鋒譯，上海人民出版社，1997）。[23]

22　其中，上海科學技術文獻出版社出版的《性史》、青海人民出版社出版的《性史》以及上海人民出版社出版的《性經驗史》是 *Histoire de la Sexualité/History of Sexuality* 的三個不同的中譯版本。

23　上述所列之中譯文獻，大部分是譯自英文版，甚少譯自原法文版本（《權力的眼睛》一書譯自法文）。本書在參考福柯文獻時，以英譯本為主，中譯本為輔。在引用一些已有中譯本的福柯著作時，有時候因中譯本有些地方不太清楚，筆者另據英文版本，參考中譯本作了重譯（因所參考的中譯書刊繁多，在此恕不一一列出）；而沒有中譯版的文獻（如文章），筆者在引述時自行作了翻譯。

福柯理論傳入中國，啟發了中國的性別研究學者。中國女性文學評論者孟悅和戴錦華在《浮出歷史地表》（1993）一書中，就結合福柯的權力理論，討論了中國古代的父權社會和婦女的發言權問題；[24] 當代中國性別研究的學科帶頭人李小江在《女性／性別的學術問題》（2005）一書中，同樣提到福柯的哲學思想；[25] 李銀河甚至專門研究了福柯，出版了《福柯與性：解讀福柯〈性史〉》（2001）一書。[26] 福柯理論與中國的性別研究正逐漸走到了一起。本書的寫作也是撮合這兩者聯姻的一次嘗試。下面，筆者將論述福柯的話語權力理論，梳理話語與權力的關係，進而結合討論話語權力與女性主義寫作及翻譯的問題。

話語與權力

一、話語

話語（discourse）這一概念，在二十世紀五十年代，首先在語言學界流行起來。[27] 按照語言學的解釋，話語是在語義和語用上相連貫的、用來實現某種交際目的的表現形式；可以是書面體，也可以是口語體。[28] 具體而言，詩歌、小說、文章、談話、便條、書信，都可視為

---

24 見孟悅、戴錦華：《浮出歷史地表》，臺北：時報文化，1993，緒論部分。
25 見李小江：《女性／性別的學術問題》，濟南：山東人民出版社，2005，頁 93。詳見下文「話語權力與女性主義」部分。
26 李銀河：《福柯與性：解讀福柯〈性史〉》，濟南：山東人民出版社，2001。
27 陳永國：〈話語〉，趙一凡等主編：《西方文論關鍵字》，北京：外語教學與研究出版社，2006，頁 222。
28 李悅娥、范宏雅：《話語分析》，上海：上海外語教育出版社，2002，頁 163。

話語。[29]

福柯的話語卻有不同的涵義。在《知識的考古學》（*L'archéologie du savoir /The Archaeology of Knowledge*, 1969）[30] 一書中，福柯説，他所使用的話語包括三種：第一，泛指人們所陳述的語句（statements）；第二，指具體的、關於某個話題的陳述語句之總和；第三，管制人們説話的規範（"regulated practice that accounts for a number of statements"）。[31]

對於上述話語的定義，米爾斯（Sara Mills）這樣解讀：第一，「人們所陳述的語句」指的是人們所説的話，或曰陳述（statements）。第二，「關於某個話題的陳述語句之總和」指的是可以歸為某一類別的言説或陳述，是獨立存在的話語體系，如政治話語、性別歧視的話語等等。第三，「管制規範」指的是一系列潛在的規則，這些規則影響人們的説話或陳述行為。[32] 這三個層次的話語概念，都與社會體制及權力相結合。話語是「一個社會團體根據某些成規將其意義傳播於社會中，並為其他團體所認識的過程」。[33] 話語運用的過程即施展影響力的過程。

二、權力

本書所討論的權力，為福柯所謂之「微觀的權力」。[34] 福柯認為，

29　黃國文：《語篇分析概要》，長沙：湖南教育出版社，1988，頁 7。

30　此年份為原法語著作出版的時間。

31　Michel Foucault, *The Archaeology of Knowledge,* A. M. Sheridan Smith (trans.), (New York: Pantheon Books, 1972), 80.

32　Sara Mills, *Routledge Critical Thinkers: Michel Foucault* (London: Routledge, 2003), 53.

33　孟悦、李航、李以建：《本文的策略》，廣州：花城出版社，1988，頁 154。

34　米歇爾‧福柯（Michel Foucault）著，劉北成、楊遠嬰譯：《規訓與懲罰》，臺北：桂冠，1992，頁 25。

權力遍佈社會各個角落，但權力關係不會固定不變，因權力一直處於流動的狀態。權力不是商品或財富，它不會停留在某個地方，也不會永遠掌握在某個人手裏。權力關係組成一個巨大的權力網絡。個人不僅在「權力之網」的脈絡之間流轉，而且，在受權力支配的同時，又行使着權力。[35]

換言之，一個人「有權力」，不是因為他／她可以像擁有一件物品般將權力據為己有，而是他／她處在一個可以行使權力的位置上（"power is exercised rather than possessed"[36]）。福柯說：

> 權力之所以無所不在，並非因為它有多麼強大，能夠收攬一切，而是因為它不斷出現——權力總是伴隨着社會關係而出現。權力之所以無處不在，不是因為它包羅萬象，而是它來自四面八方（"Power is everywhere; not because it embraces everything, but because it comes from everywhere"）。[37]

由此看來，權力關係存在於各種社會關係之中，譬如男女之間，上下級之間，醫生與病人之間；甚至在知識分子與文盲之間，都存在一種權力關係。[38]

---

35 Colin Gordon (ed.), *Power/Knowledge: Selected Interviews and Other Writings by Michel Foucault, 1972-77* (Brighton: Harvester, 1980), 98.

36 Alan Sheridan, *Michel Foucault: The Will to Truth* (London; New York: Routledge, 1990), 139.

37 Michel Foucault, *History of Sexuality I*, Robert Hurley (trans.), (New York: Penguin, 1978), 93.

38 李育春：《權力・主體・話語：20世紀40—70年代中國文學研究》，武漢大學 2002 年博士論文，頁 2。

三、話語與權力的關係

權力影響人們的生活，而人們又生活在話語中，因此，權力與話語就難免有所牽連。福柯說：「話語是一種權力，並且權力是通過力量對比來顯現的；沒有不受權力影響的話語存在，權力與話語相互作用糾結在一起密不可分。」[39]

首先，「話語即權力」，[40] 話語是權力的表現形式，能夠掌握話語即意味着擁有權力。以瘋子被排斥在理性世界之外為例，瘋子之所以被排斥在理性世界之外，最主要的原因是他們「沒有說話的能力」。「瘋子的話語不像其他人的話語，無法在社會上流通，也不具備任何可信度和效力」。[41] 也就是說，瘋子是社會上最邊緣化的人群之一，他們的言說被視為非理性及無價值的話語，因此受到主流話語的排斥，或者可以說，「瘋子的話語根本不曾存在」，[42] 因而對瘋子而言，也就不存在所謂的話語權力了。

其次，權力促進話語的建構。在福柯看來，在任何社會裏，話語的產生都會受到若干程序的控制、篩選，然後傳播開來，這個過程牽涉複雜的權力關係。[43] 話語就是權力關係運作下的產物。以性話語為例，十九世紀至二十世紀中期，同性戀行為被視為惡習、病態，甚至犯罪；[44] 同性戀者要接受醫學治療——電擊、激素注射，甚至睾丸移植的手術來矯治。同性戀者被貼上「不正常」的標籤，受到社會的排

39　米歇爾·福柯（Michel Foucault）著，佘碧平譯：《性經驗史》，上海：上海人民出版社，2000，頁 93。

40　Michel Foucault, "The Order of Discourse", Ian Mcleod (trans.), in *Untying the Text: A Post-Structuralist Reader*, Robert Yong (ed.), (London: Routledge & Kegan Paul, 1981), 53.

41　同上。

42　同上。

43　同上，頁 52。

44　赫曼著，北美華人性別與性傾向研究譯：《精神病學、心理學和同性戀》，北京：愛知行研究所，2001，頁 15。

擠和打壓。圍繞同性戀這一主題所建構起來的話語，[45] 或所謂的科學知識，其實是異性戀者向同性戀者施行霸權的結果。

以上例子說明，話語之建構受制於權力，權力的運作在話語中表現出來。同性戀群體是邊緣的弱勢群體，只能作為被動的對象由話語來建構，於是就有了「同性戀等同於道德墮落或精神變態」等消極、負面的話語；更甚者，這些話語被賦予醫學權威，一度作為科學知識而存在。然而，現在我們回顧起來，這些話語（或所謂的科學知識）其實是由權力（異性戀的霸權）所建構的。權力的施展，就會製造出「知識」（或話語）的新對象和新形式。這些新對象和新形式又會使某種權力模式更加鞏固起來。[46] 因此，權力是通過話語來執行的。

最後，話語雖然受制於權力，但另一方面，話語也有抵抗權力的作用。總而言之，話語與權力緊密聯繫，相互影響。話語是權力的表現形式，也是權力的組成部分。話語處在權力關係中，由於權力的不穩定性，話語也處於一個動態的建構過程，能加強或削弱權力。

四、話語與主體

在福柯看來，人類主體不具有某種本質，相反，主體通常是在各種社會、政治、經濟和文化因素建構下的產物。[47]「個體如同一個虛擬的真空，先是不同話語的彙集點，而後逐漸由話語所充實」。[48]

比如說，福柯認為，作為人文科學研究對象的「人」就是權力話語的產物。他說：

45　比如說，包括觀念、法律、習俗、價值觀等等。

46　孟悅、李航、李以建：《本文的策略》，廣州：花城出版社，1988，頁 164。

47　莫偉民：《主體的命運——福柯哲學思想研究》，上海：三聯書店，1996，頁 332。

48　Madan Sarup, *An Introductory Guide to Post-structuralism and Postmodernism* (Athens: University of Georgia Press, 1993), 73.

在人文科學裏，所有門類的知識的發展都與權力的實施密不可分⋯⋯總的來說，當社會變成科學研究的對象，人類行為變成供人分析和解決的問題，我認為，這一切都與權力的機制有關⋯⋯所以，人文科學是伴隨着權力的機制一道產生的。[49]

福柯認為，「科學知識」、主體與權力息息相關。這也在他研究瘋子如何被醫學話語、同性戀者如何被醫學話語及性學話語所建構的過程中得到論證。「現代社會中的主體是在種種權力／知識關係中被建構、被監管的主體」。[50]

綜上所述，社會歷史文化由話語構成，人們處於話語與權力相互交織的網絡中，一方面受權力的支配，另一方面又在執行權力。而主體生活在話語中，由權力話語所建構。因此，誰擁有話語權力，其主體的建構就越明顯、越具有優勢，在權力關係中越佔據有利的地位，而這也會反過來鞏固權力。

譬如說，中國傳統的古話「唯女子與小人為難養也」或「女子無才便是德」便能說明話語權力的運作方式。以前者為例，「唯女子與小人為難養也」出自中國儒家大聖人孔子之口，為其弟子記錄於《論語》中而流傳下來。這一句話在兩千多年的流傳過程中，幾乎成為傳統的男權社會的一句至理名言。為甚麼會這樣？我們可以用福柯的理論，從「權力建構話語，話語鞏固權力」這一邏輯來分析。

在兩千多年前的古代社會裏，雖然孔子在仕途上並不得意，但他的性別身份及學者身份都使他享有女性所沒有的話語特權。孔子的男性學者身份使他得以參與社會活動、發表言論。也就是說，孔子當時的性別身份、社會地位賦予他說話的權力，而產生「唯女子與小人為難養也」的話語。歷經兩千多年，此話語以旺盛的生命力流傳下來，

49　包亞明編，嚴鋒譯：《權力的眼睛——福柯訪談錄》，上海：上海人民出版社，1997，頁31。

50　夏光：《後結構主義思潮與後現代社會理論》，北京：社會科學文獻出版社，2003，頁244。

為當今人們所熟知。由此，我們看到，男權建構了男性話語。

另外，此話語與「女子」的主體性直接相關。「女子」等同於「小人」，是無道德、無品行的代名詞，而這些皆指向婦女主體性的負面。「女子」成為被動的話語對象，雖心有不甘卻無力辯駁。然而，推崇父權制度的既得利益者倒是無任歡迎這樣的話語，他們奉之為「聖人聖言」，動輒以「古語有云」、「聖人有云」將「古訓」搬出來，藉此打壓婦女，限制婦女的發展空間，將她們排除在社會公共領域（public sphere）之外，從而維護以男性為中心的社會統治，並鞏固男權。至此，話語又反過來鞏固權力。接着，權力又開始以新的輪迴操縱話語，建構主體，強化權力。[51]

福柯的話語權力理論給女性主義者帶來啟示。[52] 為了擺脫既有的權力體系的控制，女性主義者非常重視以建立女性的話語，來述説自己的經驗、構築自己的話語權力。女性主義者認為，現實是由話語所構成，在父權社會中，統治集團通過控制言論來控制現實，並剝奪了婦

---

51 這種性別歧視的話語在國內外名人語錄中並不乏見。例如（以下語錄轉引自安妮・史蒂布〔Anne Stibbs〕所編撰的《女人語錄》〔Words of Women, London: Bloomsbury, 1993〕）。注：英文原書所收集的語錄，作者並無注明出處的頁碼；以下中譯文引自安妮・史蒂布著，蔣顯璟譯:《女人語錄》，北京：中國社會科學出版社，2001：

亞里士多德説：

「男人是主動的，他很活躍，在政治、商業和文化中有創造性。男性塑造社會和世界。在另一方面，女人是被動的。她天性就是待在家中的。」（《政治學》第一卷，前4世紀）（史蒂布，3）

「男人天生高貴，女人天生低賤；男人統治，女人被統治。」（《政治學》第一卷）（史蒂布，4）

「男人的勇氣在指揮中表現出來，女人的勇氣在服從中表現出來。」（《政治學》第一卷）（史蒂布，4）

黑格爾説：

「女人擔任政府首腦時，國家就立即陷入危險，因為她們不是靠普遍標準來辦事，而是憑一時之見和偏好來行事。」（《權利哲學基礎》，1821）（史蒂布，32—33）

52 對於福柯的理論，女性主義內部也有不同的看法，有一些女性主義者並不認同福柯的觀點，詳見 Up against Foucault: Explorations of Some Tensions between Foucault and Feminism, edited by Caroline Ramazano lu (London; New York: Routledge, 1993)。

女的發言權；[53] 女性要打破沉默，衝出父權的樊籬，就要有自己的話語，發出自己的聲音，以獲得更多的權力。

話語權力與女性主義寫作

福柯的論述給性別研究提供了理論依據，其中，後現代女性主義關於話語的論述可以總結為：一、注重話語中蘊含的抵抗力量；二、試圖建立新的女性話語來重塑婦女主體。[54] 上述兩點的目的皆在獲取女性話語權。

一、話語的抵抗力量

福柯指出，「有權力的地方就會有抵抗」，[55] 有抵抗就會產生反面的話語；這些反面的話語組成新的知識並構成新的權力。「後現代女性主義的抱負之一就是要發明女性的話語」，[56] 以對抗主流的男性話語。比如說，後現代女性主義者勒克勒（Annie Leclerc）曾說：「這個世界用的是男人的話語。男人就是這個世界的話語」（"The world is man's word. Man is the word of the world."）；[57]「我要的是我自己的聲音」（"All

---

53 康正果：《女權主義與文學》，北京：中國社會科學出版社，1994，頁12。

54 黃華：《權力，身體與自我：福柯與女性主義文學批評》，北京：北京大學出版社，2005，頁42。

55 Michel Foucault, *History of Sexuality I*, Robert Hurley (trans.), (New York: Penguin, 1978), 95.

56 李銀河：《女性主義》，臺北：五南圖書出版股份有限公司，頁97。

57 這句話的中文翻譯參考上注。

I want is my voice."）。[58] 再比如說，維登（Chris Weedon）就提出「對抗話語」（counter discourse）和「倒置話語」（reverse discourse）的概念，用來解構男性話語。

「對抗話語」指的是，以直接對立的態度，挑戰主流的話語或知識形式，來抵抗並顛覆權力，最終達到產生新話語的目的。「倒置話語」指的是，通過重新評價被主流話語所貶抑的話語及主體位置等，來達到顛覆主流話語的目的。[59] 比如，傳統文化所定義的女性氣質（例如，陰柔、感性、會關心和照顧人等等）通常被認為不如相應的男性氣質（例如，陽剛、理智、雄心壯志等等）。[60] 也就是說，男性特徵代表着正面的價值，女性特徵則與之相反。[61] 但是，女性主義將這種一直被貶抑的女性文化氣質倒轉過來，賦予正面的價值，並將其作為女性話語的基礎。[62] 她們正面看待男女之間的性別差異，強調傳統的女性氣質有其獨特珍貴之處，不必事事「以男性為標準」，[63] 因而貶低女性的文化氣質。

話語權力理論也給中國的女性主義學者帶來啟示。中國女性文學評論者孟悅和戴錦華在《浮出歷史地表》（1993）一書中指出，中國古代的父權社會給婦女立下種種規矩，制定了倫理秩序、概念體系等去統治婦女，剝奪婦女的發言權。父權社會的統治不僅以經濟權、政

---

58 Annie Leclerc, "Woman's Word", in *Feminist Philosophies: Problems, Theories and Applications,* Janet A. Kourany, James P. Sterba and Rosemarie Tong (eds.), (Upper Saddle River, N.J.: Prentice Hall, 1999), 436-437.

59 黃華：《權力，身體與自我：福柯與女性主義文學批評》，北京：北京大學出版社，2005，頁43。

60 Alison M. Jaggar, "Feminist Ethics", in *Encyclopedia of Ethics*, Lawrence Becker and Charlotte Becker (eds.), (New York: Garland, 1992), 364, cited in Rosemarie Tong, *Feminist Thought: A More Comprehensive Introduction* 2nd ed. (Boulder, Colo.: Westview Press, 1998), 48。

61 康正果：《女權主義與文學》，北京：中國社會科學出版社，1994，頁7。

62 Chris Weedon, *Feminist Practice and Poststructuralist Theory* (Cambridge, MA: Blackwell Pub., 1997), 107.

63 Nancy Fraser, "Equality, Difference and Democracy: Recent Feminist Debates in the United States", in *Feminism and the New Democracy,* J. Dean (ed.), (London: Sage, 1997), 101.

權、法律、社會結構為標誌，而且「還有更微妙也更深刻的標誌：男性擁有話語權，擁有創造密碼、附會意義之權，有説話之權與闡釋之權」。[64] 在緒論中，兩位學者以「妻，與己齊也」為例，説明在古代父權社會中，男性如何壟斷話語權。在她們看來，雖然「齊」有匹敵之意，從字面含義中看不出男女有高下尊卑之分；但此論述中，説話的主體卻顯然是男性：

> 在陳述中的「己」（男性、夫）是先在的和第一位的，是「妻」向之「齊」的標準，是衡量雙邊匹敵關係的中心標尺……「己」既是説話者的自稱，又是説話者和與話者的共稱。説話者和與話者在「己」的稱謂下形成了一個男性同性的話語同盟。而「妻」則是同為「己」的男性之間談論的「他」者。[65]

因此，在此話語語境中，男性是説話的主體，而女性卻是被指向的客體，即所謂的「他者」。又如《釋名》：

> 天子之妃曰后，后，後也，言在後不敢以副言也；諸侯之妃曰夫人，夫，扶也，扶助其君也；卿之妃曰內子，子，女子也，在閨門之內治家也；大夫之妃曰命婦，婦，服也，服家事也，夫受命於朝，妻受命於家也；士庶人曰妻，妻，齊也，夫賤不足以尊稱，故齊等言也。[66]

孟悦等指出，在上面引述中，規定詞義、發佈話語、作為主體和第一性標尺的仍是男性。「后」、「夫人」、「內子」、「命婦」及「妻」等的解釋乃根據其所後、所扶、所齊的男性而定。這樣的話語論述

64　孟悦、戴錦華：《浮出歷史地表》，臺北：時報文化，1993，頁 13。
65　同上。
66　同上，頁 14。

不勝枚舉。在中國古代社會中，男性的話語權力操縱着整個語義系統。[67] 婦女在此話語領域中沒有任何發言權。因此，女性要獲得發言權，首先要掌握自己的話語，改寫舊有的父權話語，從而掌握話語權力。這也是當代女性寫作的宗旨。

當代中國性別研究的學科帶頭人李小江在談及父權話語與中國女人時，説道：

> 長期以來，被動地接受話語的過程，實際上是一個被控制的過程。當我們開始自己製造話語並且用它來思考的時候，無形中可能已經顛覆了某一種權力。[68]

上述「對抗話語」、「倒置話語」或女性話語，皆從女性的立場出發，希望利用話語的抵抗力量，來解構傳統的男權話語。

二、女性主義寫作與重塑婦女主體

女性主義者除了重視話語的抵抗力量之外，也從「話語建構主體」的論述中得到啟示。

美國後現代女性主義者巴特勒（Judith Butler）就運用福柯的理論，提出「性別操演理論」（gender performative theory），來解釋性別及婦女主體的建構過程。操演指的是一種「話語實踐」，「通過不斷重複既有的規範來塑造被命名的對象」。[69] 巴特勒指出，性別（gender）——即男人與女人的差別——並不是本質的、先天的；而是

---

67 孟悦、戴錦華：《浮出歷史地表》，臺北：時報文化，1993，頁 14。
68 李小江：《女人讀書：女性／性別研究代表作導讀》，南京：江蘇人民出版社，2005，頁 268。
69 哈定（Jennifer Harding）著，黃麗珍、林秀麗譯：《性的扮演》，臺北：韋伯，2008，頁 4。

在社會實踐中、在不斷操演一套由規範約定的角色中建構起來的。[70] 比如，當我們評論一個人的舉止作風「不像女人」或者「不像男人」的時候，我們的頭腦中已經有了一套關於男人、女人的性別規範了。這套規範深深地嵌入我們的文化中，告訴我們男人和女人應該有各自相應的舉止與表現，來扮演相應的性別角色。[71]

然而，個體最初並無所謂的性別特質，即男性化或女性化 (masculine or feminine)，但就是通過不斷操演（perform）這套規範，建構了自己的性別。例如，男孩子不該玩洋娃娃，女孩子不該舞刀弄槍；男生要多關心時事政治，女生要學唱歌跳舞；男人不能柔弱，要堅毅不屈（所謂「男兒有淚不輕彈」），女人則要溫柔體貼；等等。如此，一個人便通過反覆操演話語所限定的性別角色，建構了自己的性別身份。[72] 因此，巴特勒認為，性別並不具有某種本質的屬性，而往往是霸權話語的產物。一個人的性別就是在不斷地操演話語所規定的角色中形成的；[73] 所謂「女人」也並非一個穩定的、永恆不變的概念，而婦女主體是在話語實踐中、在不斷地操演行為中建構起來的。[74]

維登（Chris Weedon）在其著作《女性主義實踐與後結構主義理論》（*Feminist Practice and Poststructuralist Theory*, 1987）中，談到話語、主體及主體能動性之間的關係。她認為，主體能動性的發揮關乎

---

70 Elizabeth M. Perry and Rosemary A. Joyce, "Past Performance: The Archaeology of Gender as Influenced by the Work of Judith Butler", in *Butler Matters: Judith Butler's Impact on Feminist and Queer Studies*, Margaret S. Breen and Warren J. Blumenfeld (eds.), (Hampshire: Ashgate, 2005), 115.

71 Lynne Tirrell, "Language and Power", in *A Companion to Feminist Philosophy*, Alison M. Jaggar and Iris Marion Yong (eds.), (Malden, Mass.: Blackwell, 1998), 141.

72 黃華：《權力，身體與自我：福柯與女性主義文學批評》，北京：北京大學出版社，2005，頁 46。

73 Judith Butler, "Performance Acts and Gender Constitution: An Essay in Phenomenology and Feminist Theory", in *The Feminist Philosophy Reader*, Alison Bailey and Chris Cuomo (eds.), (New York: McGraw-Hill, 2008), 97.

74 Judith Butler, *Gender Trouble: Feminism and the Subversion of Identity* (New York: Routledge, 1990), 2.

話語權力的實施效果。此乃因為，只有個人認同話語所設定的主體位置時，權力才能發揮最大的作用；如果「話語所設定的主體位置與個人利益發生衝突，個體便可能抵制此主體位置。而抵制父權話語，常常是女性寫作的一個特點」。[75] 因為，抵制父權話語，其實就是抵制父權話語給婦女所設定的主體位置。

後現代女性主義者認識到話語的力量，也意識到發揮能動性的重要性。她們否定舊有的、以男性為中心的主流話語給婦女所設定的主體位置。她們拒絕「唯女子與小人為難養也」、「女子無才便是德」、「女人天生低賤」等論述，她們要利用話語的抵抗力量，來推翻父權統治，使婦女的聲音得到社會的承認並獲得影響力，從而提高婦女的地位。

女性主義寫作便體現了這種主張。後現代女性主義作家西蘇（Hélène Cixous）就提倡用寫作來達到此目的。她說：「婦女必須參加寫作，必須寫自己，必須寫婦女……婦女必須把自己寫進本文——就像通過自己的奮鬥嵌入世界和歷史一樣。」[76] 西蘇認為，只有通過寫作，婦女才能確立自己的地位；婦女要打破沉默，不應再被動地去接受「一塊其實只是邊緣地帶或閨房後宮的活動領域」。[77]

西蘇提倡一種所謂的「陰性模式的寫作」（female mode of writing）。她將主流的文學語言的建構定義為男性／陽性寫作（masculine writing），並提出相對應的女性／陰性寫作（feminine writing）。西蘇指出，陽性寫作植根於男權體制。由於一系列的社會文化原因，陽性寫作一直凌駕於陰性寫作之上。因此，要改變這種狀態，女性作家必須掌握自己的語言，去建構一種「陰性模式的寫

75　Chris Weedon, *Feminist Practice and Poststructuralist Theory* (Oxford, UK: B. Blackwell, 1987), 109.
76　西蘇（Hélène Cixous）著，黃曉紅譯：〈美杜莎的笑聲〉，張京媛編：《當代女性主義文學批評》，北京：北京大學出版社，1992，頁 188。注：「本文」和「文本」都是英文「text」一詞的中譯文，但前者常見於早期的文論譯作，後者現在用得比較多。
77　同上，頁 195。

作」。[78] 西蘇呼籲婦女書寫自己，並強調通過陰性寫作，婦女可以改變西方傳統的思維方式及言行方式。[79]

其實，女性主義寫作，或所謂的「陰性寫作」，其目的並非重新製造語言，而在於賦予語言新的意義。如康正果所言，雖然語言在父權社會中發揮性別歧視的作用，但是語言本身並無所謂性別差異。不同性別（或階級）的人始終使用着同一種語言，但為了各自的利益，在權力鬥爭中會利用語言這個工具。[80] 女性主義所提倡的寫作就是要賦予語言新的意義，使語言為女性的政治利益服務，藉此來改變不平等的性別權力關係。總之，女性主義寫作的目的，就是要解構男性話語霸權，推翻霸權話語給女性設定的主體位置，並以女性自己的聲音、自己的話語建構一個女性具有話語權的世界。

女性主義寫作經譯介進入中國，影響了一部分中國女作家和她們的文學創作。受西方女性主義思潮的影響，中國女作家也逐漸意識到話語權力的重要性。大陸女作家徐坤[81] 在一次採訪中談到她寫作的目的。她説：

> 實際上女性一直沒有自己的話語，話語權一直在男性手中，正是在對男性話語霸權的顛覆和消解中，女性寫作表現為爭得一份屬於她們自己的話語權力，並以此形成它的獨立存在，顯示出它的意義……它注重的是在爭得説話權力的過程中表現不同於男性的生命體驗，表現女性的壓抑、憤懣、焦灼和對於愛與善與美的呼喚與渴望……所有這些長久地深深地被淹沒着，以至於必須以一

---

78 Rosemarie Tong, *Feminist Thought: A More Comprehensive Introduction* 2nd ed. (Boulder, Colo.: Westview Press, 1998), 200.

79 同上。

80 康正果：《女權主義與文學》，北京：中國社會科學出版社，1994，頁 136。

81 徐坤，中國社會科學院文學博士，北京作家協會專業作家。主要作品有《先鋒》（1995）、《女媧》（1995）、《廚房》（2002）等。

種對抗的姿態出現才能凸現她們，確證她們的「存在」。[82]

這裏以一種「對抗的姿態出現」的話語，與維登所提出的「對抗話語」不謀而合。女性主義寫作的政治立場，就在於建構女性話語，解構霸權話語，使婦女得以「浮出歷史的地表」。[83] 總而言之，女性主義寫作彰顯女性話語權力。

話語權力與翻譯

如上所述，話語權與女性主義寫作的關係，在於前者是後者爭取的對象。然而，話語權與翻譯的關係則相對複雜。首先，翻譯作為兩種語言的中介，在轉換語碼的過程中，本身就具有重新闡釋文本的作用。翻譯可以使一部女性主義小説更加激進，也可以淡化小説中的女性主義色彩。其次，文化轉向拓展了翻譯的討論空間，文化學派所提倡的「翻譯即重寫」更放寬了「等值翻譯」的標準，因而譯者有了更大的自由，可以更加理直氣壯地介入翻譯、「重寫」文本。因此，翻譯是一個生產話語、重新製造話語的過程。翻譯成為話語的中轉站，多種意識形態和權力在這裏發生衝突、交涉、協商，並參與了譯本的產生過程。

一、「翻譯即重寫」説

早在二十世紀二十年代，本雅明（Walter Benjamin, 1892–1940）

82　林舟：〈在顛覆與嬉戲之中──徐坤訪談錄〉，《江南》，1998（3），頁138。
83　參考孟悦、戴錦華所著的《浮出歷史地表》（1993）書名。

在其文章〈譯者的任務〉（"The Task of the Translator," 1923）中，就提出「翻譯無對等」的觀點。[84]「當其他翻譯理論家還在竭力理解『對等』的時候，本雅明率先指出，翻譯不可能與原作相等，因為原作通過翻譯已經起了變化；況且，沒有蛻變，『後起的生命』也不可能產生」。[85]可見，本雅明算是打破翻譯「對等」的先驅了。但是，翻譯範式的轉變，從深刻的意義上顛覆了「對等」，卻要從文化學派的興起說起。

以巴斯奈特（Susan Bassnett）和列夫維爾（André Lefevere）為代表的文化學派認為，翻譯的討論不應該受語言學框架的束縛，應把翻譯放在文化語境中研究它與文化的關係。受多元文化系統理論以及操縱學派的影響，列夫維爾關注的是影響翻譯活動的「十分具體的因素」（"very concrete factors"），如權力、意識形態、規範、操縱行為等。[86]列夫維爾指出，文學翻譯受到詩學（poetics）意識形態（ideology）以及贊助人（patronage）的制約。在《翻譯，重寫，操縱文名》（*Translation, Rewriting, and the Manipulation of Literary Fame*, 1992）[87]一書中，列夫維爾開宗明義地指出，翻譯即重寫原作，並參與了譯入語的文化建構——「翻譯當然是重寫原作。無論重寫的目的是甚麼，都反映了某種意識形態或詩學觀」。[88]在此書的第四章，列夫維爾舉了一個有趣的例子，說明譯者操縱文本，其翻譯反映了譯者的意識形態。

列夫維爾所舉的例子，是古希臘劇本《呂西斯忒拉忒》

84　陳德鴻：〈譯者的任務〉（導言部分），陳德鴻、張南峰編：《西方翻譯理論精選》，香港：香港城市大學出版社，2000，頁 197。

85　同上。

86　André Lefevere, *Translation, Rewriting and the Manipulation of Literary Fame* (London; New York: Routledge, 1992), 2, cited in Jeremy Munday, *Introducing Translation Studies: Theories and Application* (London; New York: Routledge, 2001), 128.

87　中文書名先暫譯如此，因目前尚無此書的中譯本出版。

88　André Lefevere, *Translation, Rewriting and the Manipulation of Literary Fame* (London; New York: Routledge, 1992), vii.

(*Lysistrata*)[89] 裏面一句臺詞的不同英譯版本。在這齣劇的尾聲，女主人公請象徵和平女神的一個角色，去把斯巴達的和平使者帶來，並吩咐説：「要是他不肯把手伸給你，就拉着他的陽具走吧。」[90]（原文為："En mē dido tēn cheira, tēs sathēs age." 英文直譯為："If he doesn't give you his hand, take him by the penis."）

對於這句臺詞，一九〇二年希基（William James Hickie）譯為「要是有人不肯把手伸給你，就鈎住他的鼻子走吧」（"If any do[sic] not give his hand, lead him by the nose"）；一九三四年韋伊（A. S. Way）的版本譯為「如果他們不肯伸手，伸腿也行」[91]（"If they don't give a hand, a leg will do"）；一九五四年菲特斯（Dudley Fitts）的版本，改動的幅度更大，譯為「女士們，拖着他們的手吧；要是他們不願意，那麼隨便拖甚麼也行」（"Take them by the hand, women/ or by anything else if they seem unwilling"）；一九六四年帕克（Douglass Parker）所譯的版本，用「把手」（handle）代替了陽具；一九七〇年，迪金森（Patrick Dickinson）則把這句話譯為「要是他們不肯把手給你，就客氣一點地拉着他們的命根子走吧」（"But if they *won't*/ Give you their hands, take them and tow them, *politely,*/ By their...life-lines"）。[92]

由此可見，不同譯者對同一句臺詞作出了不同的解讀，得出了不

89　古希臘劇作家阿里斯托芬（Aristophanes, 450–380 BC）的作品。

90　在此出現的臺詞中譯文，如無另外説明，均引自謝聰所譯的〈翻譯的策略：救生索、鼻子、把手、腿：從阿里斯托芬的《呂西斯特拉忒》説起〉，陳德鴻、張南峰編：《西方翻譯理論精選》，香港：香港城市大學出版社，2000，頁 175－184。

91　此句為筆者所譯，在〈翻譯的策略：救生索、鼻子、把手、腿：從阿里斯托芬的《呂西斯忒拉忒》説起〉這篇譯文中，謝聰只説「韋伊（A.S.Way）一九三四年的譯本用『腿』取代了陽具」。見《西方翻譯理論精選》，頁 177。

92　斜體字為英文版原有。此句是筆者重譯的，謝聰的譯文原是「要是他們不肯把手伸給你，就温文地拖他們的救生索（lifeline）吧」。
　　這句臺詞也能找到改寫過的中譯版。中譯本《利西翠姐》把這句話譯為「牽他們的手過來。如果他們不識相，不讓你牽手，仁至義盡就隨你們高興了」。見呂健忠譯：《利西翠姐》，臺北：書林出版有限公司，1989，頁 65。

同的譯文，譯者的意識形態影響了譯本的產生。[93] 換言之，譯者重寫了文本。

　　文化學派打破了傳統譯論的成規，不再單純地認為翻譯只是語言符號之間的轉換，而將關注的重點從文本本身轉移到影響文本的外部因素上。翻譯受權力、意識形態及文學規範的干預，而翻譯的過程是重寫文本的過程。

二、話語權與翻譯

　　文化學派的翻譯觀——「翻譯即重寫」，拓展了翻譯與話語權這個問題的討論空間，使我們得以用開放的視角來看翻譯，而不必拘泥於語言形式上的對等。如上所述，翻譯是重釋文本的過程，此過程涉及權力問題。從性別角度來看翻譯與話語權的問題，就翻譯女性主義作品而言，存在三種情況：一、翻譯建構／鞏固女性話語權——女性主義翻譯；二、翻譯維護男性話語權——以男性價值為取向的翻譯；三、翻譯傳遞話語權——相對忠實的翻譯（不刻意操縱文本）。

（一）翻譯建構女性話語權

　　第一種情況（即翻譯建構／鞏固女性話語權）帶有削弱或解構男性話語權、強調女性話語權的意圖，表現為女性主義翻譯。與女性主義寫作一樣，女性主義翻譯同樣重視女性的話語權力。女性主義翻譯學派推翻傳統的忠實翻譯觀，強調譯者的主體性，縱容譯者干涉、操縱譯文。女性主義翻譯有明確的政治目的——在翻譯中解構源文的父權話語，放大女性的聲音，宣揚女權意識，爭取女性話語權力，並最

93　André Lefevere, *Translation, Rewriting and the Manipulation of Literary Fame* (London; New York: Routledge, 1992), 44.

終「取得政治能見度」（"achieving political visibility"）。[94] 換言之，女性主義譯者用翻譯來表達女權，而不在乎作者本來的意圖。

傳統譯論強調翻譯等值，重視源語與目的語在語言單位上的對稱，而譯者應盡量避免以自己的立場介入翻譯，譯者的身影在譯作中越不為人所知越好。然而，女性主義一派卻認為，這種翻譯觀蘊含了二元對立的觀念，因其預設了源語與目的語之間存在一一對等的絕對關係，將翻譯視為不具甚麼原創性的活動。[95] 女性主義翻譯觀反對「翻譯等值論」，重視譯者的作用和創造性，並聲稱「翻譯是原創，而不是複製品」（"Translation is production, not reproduction"）。[96]

女性主義翻譯觀強調譯者的能動性，倡導譯者以女性主義的立場去操縱意義、改寫文本，翻譯的創造性就在於譯者能夠發揮能動性。改寫，或操縱，對女性主義翻譯而言，是符合女性主義宗旨的。因此，女性主義譯者甚至提出，翻譯即「女性化操縱」（"womanhandle"）文本：

> 女性主義譯者在翻譯中凸顯自己的重要性，在反覆解讀、書寫文本的過程中，她們留下了操縱文本的印跡。「女性化操縱（womanhandling）」譯文，意味着女性主義譯者將以往謙卑謹慎、不露鋒芒的傳統譯者的形象取而代之。[97]

---

94 Luise von Flotow, *Translation and Gender: Translating in the "Era of Feminism"* (Shanghai: Shanghai Foreign Language Education Press, 2004), 43.

95 Sherry Simon, *Gender in Translation: Cultural Identity and the Politics of Transmission* (London; New York: Routledge, 1996), 22.

96 Barbara Godard, "Theorizing Feminist Discourse/Translations", in *Translation, History and Culture*, Susan Bassett and André Lefevere (eds.), (London ; New York : Pinter Publishers, 1990), 91.

97 同上。另見 Sherry Simon, *Gender in Translation: Cultural Identity and the Politics of Transmission* (London; New York: Routledge, 1996), 13.

　　那麼，女性主義譯者如何操縱文本？看看下面這個例子。[98] 在法語劇本《打亂象徵符號》（*La nef des sorcières /A Clash of Symbos*,1976）[99] 中，作者布羅薩德（Nicole Brossard）刻畫了眾多女性角色，其中涉及一位女作家的角色，有一句臺詞 "Ce soir, j'entre dans l'histoire sans relever ma jupe"（英文直譯為 "Tonight I shall enter history without lifting up my skirt"）。作者通過劇本人物之口說出這句臺詞，意在表明女性已掌握話語權，不再依附男人，從而獲得獨立身份的重大意義：女性如今可以以作家的身份參與社會活動，取代以往的「女人只能靠男人（成為男人的情人）才能混跡於社會」的刻板印象。

　　這部劇本譯成英文，搬上舞臺表演。而這句臺詞，嘉波莉奧（Linda Caboriau）譯為 "Tonight I shall enter history without opening my legs"。嚴格說來，譯者改動了原文的意思，是有意的誤譯了。然而，譯者誇大了原臺詞的含義，給觀眾帶來更強烈的衝擊，也加強了舞臺表演的效果。此外，「"without opening my legs" 與下一句臺詞——"I step into history opening my mouth not my legs" 相呼應」，[100] 表明女性可以「以己之口」來表達自己的訴求，而不再靠性去取悅別人。譯者操縱了意義，改寫了文本，使原作的女性主義意識更激烈、更鮮明。

　　由此可見，女性主義譯者干涉和操縱文本的意義，帶有明確的女性主義目的。女性主義譯者通過所謂的「女性化操縱」（"womanhandling"）文本，使譯文符合女性主義的要求——為婦女說話，重塑婦女主體，爭取女性話語權。如西蒙（Sherry Simon）所言，女性主義翻譯與女性主義寫作一樣，都在意義的生產過程中「凸現婦女的主體性」（"foreground female subjectivity in the production

---

98　例子轉引自 Luise von Flotow, *Translation and Gender: Translating in the "Era of Feminism"* (Shanghai: Shanghai Foreign Language Education Press, 2004), 19。

99　中文書名先暫譯如此，因目前尚無此書的中譯本出版。

100 Luise von Flotow, *Translation and Gender: Translating in the "Era of Feminism"* (Shanghai: Shanghai Foreign Language Education Press, 2004), 19.

of meaning"）。[101]

又如，女性主義譯者哈伍德（Lotbinière-Harwood）也如此旗幟鮮明地表達自己的女性主義立場：

> 可以說，我從事翻譯活動，有如我從事一項政治活動，目的是用語言來為女人說話。因此，我在譯本的署名表明：我已用盡一切翻譯策略使得種種女性因素見諸語言（make the feminine visible in language）。這麼做，是要使女人在現實世界中被看見、被聽見，而女性主義也就是這麼一回事。[102]

可見，女性主義譯者利用翻譯，以女性主義的立場來操縱和改寫文本的意義，從而達到解構父權話語，宣揚女性主義意識的目的。也可以說，對於女性主義譯者而言，翻譯是建構女性話語權、奪取社會話語權的手段。

翻譯可以用來倡導女權，也可以用來維護男權。這就涉及翻譯與話語權的問題的另一種情況：用翻譯來維護男性話語權。

（二）翻譯維護男性話語權

與第一種情況不同，翻譯研究並無所謂「男性主義翻譯」的流派。然而，沒有這樣一個名稱，沒有這樣一個流派，並不表示在翻譯領域中不存在男權思想。一方面，男性話語是主流的社會話語，它無須像女性主義那樣生造一個術語來表明自己的立場。就如同社會上會出現「女性主義」，卻不見「男性主義」這樣的詞語流行。另一方面，雖然隨着社會的發展，性別平等的思想得以推廣，女性主義的力量也

---

101 Sherry Simon, *Gender in Translation: Cultural Identity and the Politics of Transmission* (London; New York: Routledge, 1996), 13.

102 Lise Gauvin, *Letters from an Other*, S. de Lorbiniere-Harwood (trans.), (Toronto: Women's Press, 1989), 9, cited in Sherry Simon, *Gender in Translation: Cultural Identity and the Politics of Transmission* (London; New York: Routledge, 1996), 15.

日益壯大，但是，擁有深厚歷史背景的男權思想，仍統領着文化價值的取向，只是與女權運動興起之前相比，方式較為委婉。因此，在翻譯領域中沒有所謂的男性主義流派，並不表示在翻譯實踐中不存在偏向於維護男性立場的做法。

事實上，以男性價值為中心的翻譯思想一直隱藏於傳統的翻譯實踐中。《第二性》的英譯就是一個例子。研究波伏娃（Simone de Beauvoir）的學者 [103] 指出，《第二性》的英譯本與原法語著作有很大的出入，英譯本大量刪除了原作中有關女性主題的段落。最早發現這個問題的是西蒙斯（Margaret A. Simons）。她於 1983 年發表的文章〈波伏娃之沉默：《第二性》英譯本中甚麼東西不見了？〉（"The Silencing of Simone de Beauvoir: Guess What's Missing from *The Second Sex*"）裏，從性別視角指出英譯本的刪減和錯譯如何扭曲了原作的女性主義精神。1953 年由紐約諾夫出版公司（Alfred A. Knopf, Inc.）出版的英譯本，由帕什利（Howard Madison Parshley）所譯。

美國作家格雷澤（Sarah Glazer）也在《紐約時報》撰文指出，美國讀者所讀到的並非真正的波伏娃著作，由男譯者帕什利翻譯的 *The Second Sex* 錯漏百出：

> 譯本除了經常曲解波伏娃的哲學術語之外，更擅自刪除了原法語文本百分之十五的篇幅（大約 145 頁），大大削減了原文討論女性文學與女性歷史的段落。此外，作者用來支撐自己的觀點，從眾多女性小說、女性日記中引述的許多材料，在英譯本中也不見了。被引述的女作家包括伍爾芙（Virginia Woolf）、科萊特（Colette）[104] 以及索菲·托爾斯泰（Sophie Tolstoy）等等。此外，一些女性歷史人物挑戰傳統社會角色的篇幅，也在譯文中消失了

---

103 詳見 Emily R. Grosholz 編輯的論文集 *The Legacy of Simone de Beauvoir*（Oxford: Clarendon, 2004）。

104 Colette 為 Sidonie-Gabrielle Colette（1873–1954）的筆名，法國小說家。——筆者注。

蹤影（比如説，在法語原作，作者就講述了文藝復興時期貴婦指揮軍隊的事跡）。[105]

英譯本與原作相去甚遠，刪除了的篇幅都涉及女性主題，而譯者又是男性，這不禁令人將翻譯與譯者的性別身份及性別立場聯繫起來。雖然譯者否認了外界對他的指控，但這掩蓋不了干預文本的事實。[106] 帕什利的英譯本確實刪除了大量關於女性主題的篇幅，因而扭曲了原作的精神。這種翻譯行為削弱了原作的女性聲音，體現了以男性為中心的思想，間接維護了以男性為中心的話語秩序。

與女性主義翻譯所提倡的「為女性説話」的主張相反，一部分男譯者站在維護男性利益、鞏固男權的立場説話，並通過翻譯來達到此目的。翻譯這種產生話語的手段，被用來削弱女權，鞏固男權。

（三）翻譯傳遞話語權

如上文所述，就翻譯女性主義作品而言，話語權的問題可以分成三種情況來討論。第一種是女性主義譯者旗幟鮮明地介入翻譯，加強原作的女性主義意識，張揚女性話語權力；第二種表現為，譯者採取一種以男性價值為中心的翻譯，淡化原作的女性主義意識，維護男性的話語權；上述兩種情況中，譯者都操縱了譯文，明顯帶有自己的性別立場。然而，還存在第三種情況，那就是，從譯本裏看不出譯者干涉意義的痕跡。也就是説，譯者在翻譯的過程中，相對忠實地保留了原作的女性主義信息，並無刻意刪減或改動源文文本，也無所謂加強或減弱原有的女性主義意識；換言之，譯者沒有以自己的性別立場來

---

105 譯自 Sarah Glazer 的文章 "Essay: Lost in Translation"，刊登於 *The New York Times* (August 22, 2004)。

106 譯者帕什利（H. M. Parshley）在回應外界對其指責時説到，他所做的刪除都經由波伏娃同意，但後者否認了這一説法。實際上，波伏娃在 1982 年從西蒙斯（Margaret Simons）的來信中才知道英譯本刪除原作內容的事情。她後來給西蒙斯回信説，對出版社和譯者的這種做法感到難過。參見 Sarah Glazer, "Essay: Lost in Translation"。

操控翻譯活動。

這種翻譯行為可以有兩種不同的解讀。首先，我們可以說它反映了譯者性別中立的立場，譯者由於不願意介入性別議題的爭論，因而採取一種中立的態度來傳達原作的信息，做的只是純粹的翻譯工作；也就是說，原作有甚麼，譯者就譯甚麼。另外一種解讀是，譯者本身關注性別議題，也意識到了原作的女性主義傾向，冀通過翻譯來推廣原作的女性主義思想，只不過採取的是保守的翻譯策略，以一種相對忠實的方式在譯入語中再現原作，而不像前面所講到的女性主義翻譯學派那麼激進地去干預譯文。但是，在兩種情況中，無論譯者的意圖如何，其實際的翻譯都反映了重要的一點：傳遞了原作所表現的女性話語權及女性主義精神，從而參與了目的語的女性話語權的建構。只是與女性主義翻譯相比，後者建構女性話語權的慾望更強烈，爭取話語權的主動性也更明顯。

因此，在翻譯女性主義作品的時候，譯者就有了上述三種方式去處理話語權的問題；換言之，翻譯可以用來傳遞及建構女性話語權，也用來維護男性的話語權。在實際的翻譯中，不同的譯者可能會採取不同的做法，這在某種程度上，則取決於譯者的意識形態及性別立場了。在接下來的兩章中，我們將細讀並分析女性主義小說及其翻譯情況，從而探究在女性主義作品的中英對譯中，話語權會如何表現。

第三章

「飢餓的女兒」不「飢餓」？

——《飢餓的女兒》及其英譯

本章討論虹影的作品《飢餓的女兒》，以及美國譯者葛浩文（Howard Goldblatt）的英譯本 *Daughter of the River*，看原作的女性主義意識及話語權在譯作中如何表現。

作者及小説簡介

一、女性話語權與《飢餓的女兒》

　　中國的女性主義在二十世紀八十年代從西方引進，是「舶來品」。「文革」後，八十年代初，中國政府改革開放，調整了原來的「文藝要為工農兵服務」的文藝政策，放鬆了對文學取材的限制，女性主義及西方其他思潮得以進入中國，並帶動了中國女性文學的創作。一部分中國女作家開始以自覺的性別立場進行小説創作，初步接掌女性「自己説自己」的話語權力。

　　八十年代初的作品（如張潔、張抗抗等的作品），開始探索兩性關係以及女性所面對的事業與家庭之間的矛盾。八十年代中後期的作家，比如説，王安憶、鐵凝等，則在作品中表現出更明顯的女性意識及性別立場，其寫作維護了女性的話語權力。進入九十年代，女作家的性別意識更加明顯。與八十年代的作家相比，她們更敢於表明自己的女性主義立場，以及以寫作爭取話語權力的意圖。比如説，這個時

期的代表作家林白和陳染都說過，她們的創作就是要發出女性自己的聲音，去對抗主流的男性話語，並解構主流文化。[1]另一位女作家徐坤也曾說，女性寫作就是要「爭得一份屬於……自己的話語權力」。[2]九十年代的女性寫作中，有一批出生於六十年代的女作家，以自傳的形式，記述自己的性別經歷及性經歷，並帶有明顯的女性主義意識；[3]這些多是作者以自傳或準自傳的形式創作出來的，其大膽的性愛描寫及女性主義的立場常引來中國文學界譁然。[4]「1949年以後的中國女性寫作第一次以驚世駭俗的方式進入文化視野。」[5]

在此「驚世駭俗」的女作家群中，虹影是代表作家之一。這位作家的兩部作品，《裸舞代》（後改名為《背叛之夏》）（1992）以及《飢餓的女兒》（1997），都是作者根據親身經歷所創作出來的。在這兩部作品中，作者都大膽講述了自己的性經歷。其中，《裸舞代》採用第三人稱的敘事方式；到了《飢餓的女兒》，作者就直接以第一人稱的方式講述自己的成長經歷了。此外，《飢餓的女兒》也探討了更多性別議題（如強姦、家庭暴力、陽具歆羡等等）。在這部作品中，虹影採用了第一人稱的敘述方式。文學批評的觀點向來認為「第一人稱敘述等於在直截了當地宣稱作為女性的『自我』完全可以執掌自己的話語權」[6]。因此，《飢餓的女兒》也是女作家執掌話語權的表現。

---

1 林白：《林白文集》，南京：江蘇文藝出版社，1997，頁296。陳染：《陳染文集》，南京：江蘇文藝出版社，1996，頁272。

2 林舟：〈在顛覆與嬉笑之中——徐坤訪談錄〉，《江南》，1998（3），頁138。

3 戴錦華：〈重寫女性：八、九十年代的性別寫作與文化空間〉，譚琳、劉伯紅編：《中國婦女研究十年（1995－2005）》，北京：社會科學出版社，2005，頁601。

4 Henry Y. H. Zhao, "The River Fans Out: Chinese Fiction since the Late 1970s", in *European Review,* 11:2(2003), 202.

5 戴錦華：〈重寫女性：八、九十年代的性別寫作與文化空間〉，譚琳、劉伯紅編：《中國婦女研究十年（1995－2005）》，北京：社會科學出版社，2005，頁601。

6 西慧玲：〈八九十年代中國女性寫作特徵回眸〉，《文藝評論》，2001（5），頁50。

二、作者及作品簡介

　　虹影，中國女性主義作家的代表。一九六二年生於四川；一九八三年初次發表作品；一九八九年至一九九一年間，先後就讀於北京魯迅文學院及上海復旦大學中文系；早期的創作以「老虹」為筆名。[7]

　　《飢餓的女兒》是虹影的成名作。[8] 小說最早是在臺灣出版（爾雅出版社，1997），獲得臺灣聯合報一九九七年最佳書獎。在此自傳體小說中，虹影化身為主人公「六六」，在重慶貧民窟的一個家庭中長大。父親是水手，母親是搬運工人。家中有六個小孩，「六六」排行最小。主人公出生的那一年，即一九六二年，是大陸持續三年的「大饑荒」結束後的那一年，社會上的政治氣氛依然沉重、壓抑。「飢餓」是作者所表達的主題，這種飢餓不僅是由於糧食短缺所造成的身體飢餓，還有精神上的飢餓。之所以如此，很大一部分原因是當時連綿不斷的政治運動及當局的高壓統治，長期奴役着社會大眾的精神生活，而苦悶、空虛、壓抑多是這一代知識分子的精神寫照。[9]

　　小說觸及眾多敏感的政治事件（如「反右」、「大躍進」、「大饑荒」、「文革」等），這或許是它先在臺灣出版的原因。一九九八年上海文藝出版社以《十八劫》為名再次出版此小說，但刪去了與政治事件、性愛描寫有關的一些內容。二〇〇〇年四川文藝出版社以原名

7　如小說《裸舞代》，臺南：文化生活新知出版社，1992。

8　小說獲得臺灣一九九七年聯合報讀書人最佳書獎；譯成二十多種國家語言文字出版；一九九八年十二月，英國 BBC 每日分段播出此小說，二〇〇〇年八月，改編成舞臺劇在英國木蘭劇院上演。參見劉希珍：《虹影小說的情／慾》，臺灣國立政治大學中國文學系 2007 年碩士論文，頁132。

9　虹影自己也說過：「長久政治高壓，偽善道德，導致我們這一代人身心壓抑，精神空虛，渴望得到解放，叛逆世俗和傳統。」見彭蘇：〈「苦難的女兒」虹影〉，《南方人物周刊》，2009（51），頁76。
再如，劉再復也說過，「由於政治活動、體力勞動消耗掉青春時代，所以我直到七十年代後期才開始真正的精神生活。」見劉再復：〈我的文學小傳（代自序）〉，《劉再復集——尋找與呼喚》，哈爾濱：黑龍江教育出版社，1988，頁3。

《飢餓的女兒》出版，但內容同樣有刪減。本書討論臺灣版本。

　《飢餓的女兒》觸及敏感的政治事件，並以其為背景，講述了六十年代出生的一代人的成長經歷。由於小說帶有自傳性質，裏面的故事乃基於作者的親身經歷及其所見所聞而作。作者在講述自己的成長經驗的同時，也關注性別的議題，更大膽剖白了自己的性經歷。小說既記錄了六十至八十年代中國社會的發展，也反映了社會底層人民（尤其是婦女）的生活處境。因此，從不同的視角閱讀這部作品，可以有不同的解讀。下面我們從性別視角來解讀，探究這部小說所反映的性別議題及作者的女性主義意識。

小説的女性主義意識

　《飢餓的女兒》這部小說的女性主義意識及所彰顯的話語權，主要表現在作者對性別議題，還有對生活在長江南岸貧民窟的一群中國社會底層婦女的關注上。

一、顛覆父權制

　反對父權制是女性主義文學的主旨。《女兒》[10]這部小說所表現的性別議題及女性主義意識，體現了其反父權的立場。

　我們先看父權制的一些定義：

　1. 美國女性主義者里奇（Adrienne Rich）說：父權就是父親的權力，父權制指一種家庭的、社會的、意識形態的、政治的體系，在此

10　為論述方便，本書將《飢餓的女兒》簡稱為《女兒》，下同。

體系中，男人通過強制和直接的壓迫，或通過儀式、傳統、法律、語言、習俗、禮儀、教育和勞動分工來決定婦女應起甚麼作用，同時把女性處置於男性的統轄之下……不管「我」的身份、處境、經濟地位或性取向如何，「我」都生活在父權之下，只有在「我」為贏得男性的許可而付出代價時，「我」才能在父權制的許可下享有特權，發揮影響。[11]

2. 父權制就是男性統治女性的制度。父權制社會把特權授予男性（較高的身份、正面的價值等），並建立起性別主義的概念框架。父權制的核心是維護男性特權和權力，並將其合理化。[12]

3. 父權制是一個社會由男性統治，認同男性，以男性為中心；這個社會的特徵之一是壓迫女性。[13]

4. 父權制包含的內容有：（1）男性統治：在一個社會中，無論任何領域，權威的位置都保留給男性；（2）男性認同：社會核心文化觀念中積極的一面總是與男性和男性氣質聯繫在一起；（3）將女性客體化：在男性事務和交易中將女性用作客體，拒絕女性進入社會、知識和文化的很多領域；（4）父權制的思維模式，其中包括二元思維模式，將所有事物分為黑白兩極，忽略中間狀態；維護已有的社會秩序。[14]

綜上所述，父權制預設了男性較女性優越這一概念，並讓男性權力凌駕於女性之上。父權制一直是女性主義批判的對象，而激進女性主義的批判最為激烈。

激進女性主義者認為，父權制是婦女受壓迫的根源，只有消滅

11　康正果：《女權主義與文學》，北京：中國社會科學出版社，1994，頁 3。引自 H. 愛森斯坦《當代女權主義思想》，London：Unwin Paperbacks，1985，頁 5。

12　李銀河：《女性主義》，臺北：五南圖書出版股份有限公司，頁 9。引自 Hatfield, S.B., *Gender and Environment* (London; New York: Routledge, 2000), 34。

13　李銀河：《女性主義》，臺北：五南圖書出版股份有限公司，頁 9。引自 Johnson, A.G., *The Gender Knot, Unraveling Our Patriarchal Legacy* (Philadelphia: Tempe University Press, 1997), 5。

14　李銀河：《女性主義》，臺北：五南圖書出版股份有限公司，頁 10－12。

父權制，才能達到婦女解放、男女平等的目的。凱特・米列（Kate Millet）、瑪麗林・佛崙區 (Marilyn French)、瑪麗・達利（Mary Daly）是激進女性主義陣營中的主要代表。

米列在《性政治》（*Sexual Politics*, 1970）一書中最早將父權制這個概念引進女性主義理論來。[15] 米列認為，父權意識形態誇大了男女之間的生理差異，建構了所謂「陽性」氣質 (masculine) 與「陰性」氣質（feminine），並賦予前者正面的價值，後者負面的價值，以確保男性處於優越的地位，並使婦女視男尊女卑為理所當然。[16] 父權制度的主要支柱，是米列所說的「性政治」。這種人際權力制度，以個別男人統治女人的方式存在。男女間的關係，如政治生活中男人與男人間的關係，是一種支配與附屬的關係。[17]

瑪麗林・佛崙區在《超越權力》（*Beyond Power: On Women, Men and Morals*, 1985）一書中指出：女人所受的壓迫是最古老、最深刻的剝削形式，是一切壓迫的基礎；[18] 而且，支配權力（power-over）這種思想是支撐父權制度奴役性的意識形態。[19] 因此，父權制必須廢除。

除了米列和佛崙區之外，達利（Mary Daly）也批判了父權制度，而且更為激烈。她認為，「父權制度本身是盛行於整個地球的宗教……所有宗教——從佛教、印度教到回教、猶太教、基督教，到世俗的封建制度、楊格學說、馬克思主義、毛澤東思想——均是父權制

15　李銀河：《女性主義》，臺北：五南圖書出版股份有限公司，頁 68。

16　羅思瑪莉・佟恩（Rosemarrie Tong）著，刁筱華譯：《女性主義思潮》，臺北：時報文化，1996，頁 169。

17　顧燕翎：《女性主義理論與流派》，臺北：女書文化，1996，頁 110。

18　同上，頁 107。原英文書名有副題：*On Women, Men and Morals*，但在《女性主義理論與流派》中，譯者只是譯了正題，沒譯出副題。

19　同上，頁 116。作者在此處所用的「power-over」這個術語，從佛崙區的著作《超越權力》中引用而來。筆者經查閱，發現佛崙區在其著作中，將「power-over」作為一個名詞、專用術語來用，意為「domination」。從兩性關係上看，指男人支配女人的表現。見 Marilyn French, *Beyond Power: On Women, Men and Morals* (London : Abacus, 1986), 549-556。

度這座大廈的下層結構。」[20] 在父權體制下，女人的身心皆受壓迫，如印度的殉夫風俗、中國的纏足、非洲的割除陰蒂，乃至現今的避孕藥品，都對女性的身體造成傷害。[21] 因此，達利建議婦女退出一切父權制度：教堂、學校、家庭、異性戀等等。[22]

以上女性主義者批判父權制度，雖然力度有輕重之分，但都道出了父權制的壓迫性。女性主義者認為，婦女在父權體制下受壓迫；只有消除這種制度，才能達到解放婦女的目的。

《女兒》這部小說展現了眾多性別議題，從中可以看出作者的反父權立場。

(一)「父親」的形象

先看小說中的一句話：

三個「父親」都辜負了我：生父為我付出沉重的代價，却只給我帶來羞辱；養父忍下恥辱，細心照料我長大，但從未親近過我的心；歷史老師，我情人般的父親，只顧自己離去，把我當作一椿應該忘掉的艷遇。這個世界，本來就沒有父親……[23]

小說中，主人公是私生女，因而有上述生父、養父之說。父親是父權社會的首領，象徵威嚴與權力，但出現在小說中的父親，在「我」的眼裏卻不是這樣。換言之，父親的光輝形象被解構了。如上所述，「三個『父親』都辜負了我」。那麼，這三個「父親」如何辜負了主人公？在主人公的心目中，「父親」的形象是甚麼？

---

20 顧燕翎：《女性主義理論與流派》，臺北：女書文化，1996，頁 111。引自 Mary Daly, *Gyn/Ecology* (Boston: Beacon Press, 1978), 39。

21 羅思瑪莉‧佟恩（Rosemarrie Tong）著，刁筱華譯：《女性主義思潮》，臺北：時報文化，1996，頁 181。

22 顧燕翎：《女性主義理論與流派》，臺北：女書文化，1996，頁 111。

23 虹影：《飢餓的女兒》，臺北：爾雅出版社，1997，頁 322。

1. 生父

生父小孫，在養父因工傷住院期間，與母親相識相愛。饑荒年代，他照顧母親和她的五個孩子，幫助一家大小度過災難。在「飢餓冷清毫無盼頭的生活裏」，母親感受到了愛的存在。兩人相愛，於是有了「我」。但「我」從小就成為別人眼中的「野種」、「爛貨養的」，不僅受到鄰居的嘲弄、同學的白眼，甚至在家裏，也被視為「一個多餘的人」。

在主人公看來，生父只是一個「提供精子的父親」，製造了「我」，卻沒有盡養育的責任。十八歲之前，「我」不知道生父的存在，只知道身後有人跟蹤，讓人「背脊發涼」。當年法院將撫養權判給了母親，規定生父在主人公十八歲之前不得相見，因而在此之前生父不得與女兒相認。得知此事，「我」並沒有得到安慰，因為這改變不了生父沒有盡父親養育的責任這個事實。「我」的反應是：「他還挺守法的，說好成年前不能見，就始終等着這一天？」[24]

十八歲生日那一天，主人公與生父見了面。這是唯一一次「我」與生父相處。但這次會面，「我」表現得冷漠、淡然；生父則顯得內疚、窘促。生父不斷討好「我」，「我」卻不為所動，始終與他保持距離。

> 整個下午和傍晚生父百般討好我，對此，我一點也不感激，所謂的父愛，太遲了，我已經不需要，我只是由着他。[25]
> 他和母親使我出生到世上，卻給了我一生的苦楚，他們倆誰也未對我負責。[26]
> 這個該為我的出生負一半責任的人，我再也不想見到他。[27]

---

24 虹影：《飢餓的女兒》，臺北：爾雅出版社，1997，頁 282。
25 同上。
26 同上，頁 287。
27 同上，頁 315。

在主人公看來，生父生下了「我」，卻沒能給予父愛，沒有盡到責任，而使「我」的心靈受到傷害。主人公對生父及其遲來的愛心灰意冷。在作者的描述中，生父與傳統的、威嚴的父親形象根本沾不上邊。

2. 養父

養父是一位老實巴交的運船工人，曾是國民黨的逃兵，一九四九年新政權成立後，過着社會底層人民過的生活。養父在生活上照顧「我」，卻沒有甚麼情感上的關懷。由於私生女的身份，父親照顧「我」，就「好像我是個別人的孩子來串門，出了差錯不好交代」[28]。父親的這種態度，讓「我感覺自己可能是他們的一個大失望，一個本不該來到這世上的無法處理的事件」[29]。按照主人公的描述：

> 父親……平時沉默寡言，對我就更難得説話。沉默是威脅：他一動怒就會掄起木棍或竹塊，無情地揍那些不容易服帖的皮肉。對哥姐們，母親一味遷就縱容，父親一味發威。對我，父親卻不動怒，也不指責。[30]
>
> 他很少笑，我從未見過他笑出聲，也從未見他掉眼淚。成年後我才覺得父親如此性格，一定堆積了無數人生經歷。他是最能守祕密的人，也是家裏我最不了解的人。[31]

養父與主人公相處最久，理應感情最深，雖然小説有描述父親對「我」的照料，卻沒怎麼刻畫父親偉岸的形象。養父與「我」鮮有思想或情感上的交流，「是家裏我最不了解的人」，在「我」精神飢渴、情感壓抑的時期，養父卻「從未親近過我的心」。如此，在主人公看

28　虹影：《飢餓的女兒》，臺北：爾雅出版社，1997，頁 10。
29　同上。
30　同上。
31　同上，頁 11。

來，養父也沒能給予她父愛，辜負了她。

3.「情人般的父親」歷史老師

在主人公寂寞的世界裏，歷史老師是最忠實的聆聽者，主人公可以從他那裏得到慰藉。歷史老師是主人公「情人般的父親」。然而，歷史老師也有其鮮為人知的慘痛經歷，最後因為「歷史問題」，經不起精神上的折磨，自殺而死。

在「文化大革命」中，他是「造反派激進分子」。在一次武鬥中，開炮炸死了親弟弟，其母聞訊後痛心而死。待他意識過來自己不過是權力操縱下的犧牲品時，為時已晚。他苦悶、內疚、自責。「文革」後，政府公佈要嚴懲「文革期間的激進造反派分子」，在政府一連串的宣傳轟炸之下，「他精神再也受不了了」，[32] 以自殺結束了生命。

小說描述了主人公得知歷史老師的死訊後的心理活動，表達了主人公對歷史老師之死的看法：

> 我對他充滿了蔑視，幾乎有上當受騙差不多的感覺。他值不得我在這兒悲痛，這麼一個自私的人，這麼個自以為看穿社會人生，看穿了歷史的人，既然看穿了，又何必採取最愚笨的方式來對抗。他的智慧和人生經驗，能給我解釋一切面臨的問題，就不能給他自己毅力挺過這一關。[33]
>
> 你在我身上要的是刺激，用來減弱痛苦，你不需要愛情，起碼不是要我這麼沉重的愛情。是的，正像你說的，你這個人很混帳，你其實一直在誘惑我，引誘我與你發生性關係，你要的是一個女學生的肉體，一點容易到手的縱慾。[34]

32　虹影：《飢餓的女兒》，臺北：爾雅出版社，1997，頁308。
33　同上。
34　同上，頁306。

對於歷史老師的死，作者在小說中表達了她的同情：在高壓統治的政權下，個人難以掌握自己的命運。同時，小說也表達了主人公對歷史老師的失望。歷史老師從「我」身上尋求的是刺激，用以減弱其內心的痛苦，並非真正需要「我」的愛情；面對強權，他選擇以「愚笨的方式」——自殺去對抗，而沒能挺過來這一關；在看待社會、人生問題的時候，卻還沒有「我」那麼深刻、透徹。如此，歷史老師也辜負了「我」：歷史老師這個「我」之前一直仰望的對象，其堅毅睿智的形象在「我」的心目中垮掉了。

在作者的筆下，三位「父親」，都讓主人公失望，辜負了主人公。父親正面、光輝的形象完全被解構了。

（二）陽具歆羨（Penis Envy）[35]

「陽具歆羨」由二十世紀精神分析理論的創始人弗洛伊德（Sigmund Freud）所提出。根據弗洛伊德的觀點，女性是被閹割的群體，她們發現自己身上沒有男人身上所長的東西，乃有消極、受虐、自戀的傾向，女性的謙遜和嫉妒都與「陽具歆羨」有關。[36] 弗氏說：

> 小女孩一旦注意到她兄弟或玩伴身上體積不小、十分醒目的陽具，便立刻會察覺到其相對於她自身小而不顯眼的性器官（陰核）實是要優越得多了，且從那一刻起小女孩便淪為「陽具妒羨」的受害者，受困於其中而不能自拔。[37]

---

35 英語的這個詞「penis envy」，中文有多種譯法，如陽具崇拜、陽具歆羨、陽具妒羨等等，不一而足。在一般論述中，本書採用「陽具歆羨」的譯法。

36 康正果：《女權主義與文學》，北京：中國社會科學出版社，1994，頁19。

37 Sigmund Freud, "Some Psychical Consequences of the Anatomical Distinction between the Sexes", in *Freud, Sexuality and the Psychology of Love*, 187-188. 轉引自羅思瑪莉·佟恩（Rosemarrie Tong）著，刁筱華譯：《女性主義思潮》，臺北：時報文化，1996，頁 248。

　　弗氏的論點被女性主義者稱為「陽物中心論」，因其反映了父權意識形態，而遭到女性主義者的強烈批評。米列（Kate Millet）批評弗氏說：他的理論不僅是男性中心的，而且是陰莖中心的；此理論有過度概括的傾向，以為人的生理能夠完全決定人的心理和行為。[38]弗里丹（Betty Friedan）認為，弗氏的理論帶有嚴重的「生物決定論」（biological determination）傾向。[39]康正果指出，女性氣質（如上述的謙遜與嫉妒）與生理結構並無多少關係，陰核或陽具都是長在身體上的器官，本無貴賤之分，褒雄貶雌，「不過給男尊女卑尋找最直接的生物學根據罷了」。[40]即使有部分人具有「陽具歆羨」的情結，也只是羨慕陽具所象徵的權力罷了，而非此性器官本身。而女性主義者認為，所謂「陽具歆羨」，是典型的父權話語，是性政治的表現。

　　在小說中，虹影多處寫到男性的性器官，且多帶負面的立場，與「陽物中心論」的觀點截然相反。比如以下段落：

> 照片上被槍斃的男人、天井裏洗澡的男人，他們的器官叫我恐懼厭惡，髒得如同廁所裏的畫。[41]
>
> 一盆水從頭澆到腳，白褲衩被水一淋，黑的白的暴露無遺。我是個小女孩時，就太明白不過男人有那麼個東西，既醜惡又無恥地吊在外面。[42]
>
> 被槍斃的反革命褲子都掉下來……男人的那玩意兒怎麼如此醜，

38　李銀河：《女性主義》，臺北：五南圖書出版股份有限公司，頁 134。引自 Nelson E.D. and Robinson B.W., *Gender in Canada* (Scarborough, Ontario: Prentice-Hall Canada Inc., 1999), 62。

39　羅思瑪莉‧佟恩（Rosemarrie Tong）著，刁筱華譯：《女性主義思潮》，臺北：時報文化，1996，頁 252。引自 Betty Friedan, *The Feminine Mystique* (New York: Dell, 1974), 93。

40　康正果：《女權主義與文學》，北京：中國社會科學出版社，1994，頁 19。

41　虹影：《飢餓的女兒》，臺北：爾雅出版社，1997，頁 168。

42　同上，頁 14。

> 而且只要是壞男人，揑了槍子，就會露出那玩意兒來？[43]

上述段落中，作者用了「黑的白的」、「那麼個東西」、「那玩意兒」指稱男人的性器官，並用「髒」、「醜惡」、「無恥」、「醜」等字眼來形容，反映了作者的厭惡心理。作為父權社會象徵符號的陽物，在作者眼裏，卻甚麼都不是。

（三）女性的獨立意識及叛逆精神

女人結婚生子、操持家務、恪守婦道、從一而終等等，是父權社會為女人立下的規矩，是父權社會對女性的期望。但小說中，作者筆下的幾位女性卻不太符合傳統的規範，相反，作者筆下的女性具有一股叛逆的精神。

首先，主人公「六六」，是一個「不願做被動等待命運的人」，[44]她敢於打破常規，主動出擊，掌握自己的命運：

> 我對自己說，不管怎麼樣，我必須懷有夢想，就是抓住一個不可能的夢想也行。不然，我這輩子就完了，眼看着成為一個辛苦地混一生的南岸女人。[45]

南岸女人混沌地過日子，生兒育女、為生計奔波、操勞一生，還要受男人的欺負。「我」看清了南岸女人的可悲命運，告訴自己不能走這條路：

> 愛情在我眼裏已變得非常虛幻，結婚和生養孩子更是笑話，我就是不想走每個女人都得走的路。[46]

---

43 虹影：《飢餓的女兒》，臺北：爾雅出版社，1997，頁 66。
44 同上，頁 257。
45 同上，頁 68。
46 同上，頁 336。

小說中，主人公的獨立意識及叛逆精神還表現在主動追求愛情的做法上：

> 一個人一生很難遇到愛的奇跡，我一直在等待，現在它就出現在我面前，我決不會閃躲開去。他是有婦之夫，這完全不在我的考慮之中。[47]

因此，主人公熱烈追求歷史老師，主動出擊，在課堂上故意犯錯而引起老師的注意，增加相處的機會，最後去了歷史老師的家，與老師發生了關係，義無反顧，通過性的滿足而得到精神上的滿足。主人公有一股叛逆的精神和敢作敢為的氣勢：

> 我突然明白，並不是從這一天才這樣的，我一直都是這樣，我的本性中就有這麼股我至今也弄不懂的勁頭：敢於拋棄一切，哪怕被一切所拋棄，只要為了愛，無所謂明天，不計較昨日，送掉性命，也無怨無恨。[48]

這是小說中主人公的獨白，也是作者所要傳達的信息，以及她對愛情的看法——為了愛，為了追求幸福、滿足自我，可以不顧一切。這清楚地說明了作者的女性主義立場。

除了小說的主人公「六六」之外，主人公的母親，也是一個具有叛逆精神的女性。小說中的母親，如虹影在一次訪問中說：

> 是一個有個性，有叛逆精神的中國女性。她從四川鄉下農村逃婚出來，到了重慶，然後遇見她的第一個丈夫袍哥頭子。後來被拋棄，她就抱着她女兒也就是我的大姐逃離了他，然後遇見了我的

---

47 虹影：《飢餓的女兒》，臺北：爾雅出版社，1997，頁 236。
48 同上，頁 240。

養父。在飢餓年代，養父常年工作在外，她又和我的生父，一個
幫助這個家庭度過飢餓、小她十歲的男人相愛，才生下我。就是
這麼一個敢追求愛的女人，和我們傳統的那種女性是完全不一樣
的。[49]

　　如上所述，母親是一個「有叛逆精神的中國女性」，也是不願意
被動接受命運安排的人；她拒絕裹小腳，從農村逃婚出來，勇敢追求
自己的愛情，與傳統父權社會所期望的被動的、含蓄的女性形象完全
不一樣。由此可見，作者掌握主動權，來描繪女性的形象，而建構起
來女性的話語。

（四）家庭暴力及性暴力

　　反家庭暴力及性暴力是女性主義者所關注的一項重要議題。一九
九五年在北京召開的第四次世界婦女大會，其《行動綱領》就指出：
「對婦女的暴力行為反映了歷史上男女權力不平等的關係，這種關係
導致了男子對女子的控制和歧視，阻礙了婦女的充分發展。」[50] 因此，
女性主義者致力消除家庭暴力及性暴力。

1. 家庭暴力

　　在《飢餓的女兒》中，作者也關注家庭暴力的問題，並在多處描
寫農村婦女成為家庭暴力受害者的情景。

　　（1）鄰居「二娃的媽」
　　二娃一家五口住著碎磚搭就的兩個小房間，在天井的對面。二娃
的媽，一個瘦精精的女人，拈起掃帚，掃門前的那一塊地……她

49　小鳳：〈敏感問題：熱線電話訪虹影〉，《北京文學 精彩閱讀》，2004（3），
　　頁 95。
50　轉引自榮維毅：〈女性主義在反家庭暴力行動中成長〉，荒林編：《中國女
　　性主義》，桂林：廣西師範大學出版社，2004，頁 18。

丈夫從船上回來，發現她與同院的男人瘋瘋鬧鬧打情罵俏，就把她往死裏打，用大鐵剪剪衣服，用錘子在她身上砸碗，嚇得她一個月不說話，也顧不上罵我家。[51]

(2) 鄰居張媽

那是張媽……據說她是妓女，她男人在武漢碼頭用一串銀元把她買下，也有人說是解放後妓女全關起來「改造」，她男人一分錢不花就把她領來。她，瓜子臉，白皙的皮膚，單眼皮，瞅人時目光會飛起來，很與人不同，讓人看了還想看。

「眼睛會飛？好，我叫你飛！」她丈夫用工裝皮鞋狠命踢。她被踢得一身青腫，也從不喊叫……

若她的臉不是常有青腫紫塊，不管花多少錢買，這個女人值得。可惜她養不出一兒半女，有人說這是妓女生涯留下的後遺症。她總是默默少言語，很少有人肯與這個已經無法隱瞞身世的妓女說話。她彎着身子在空空的陽臺上，靜靜地收拾被丈夫搗碎的花盆，收拾完後，又會重新去購買花苗種植。[52]

(3) 母親

大姐看着母親挺着的大肚子，怨氣越來越深，等到聽說父親船隻要回來了，就趕到江邊，搶着第一個告訴了父親。那天，父親打了母親，二人吵得很厲害，二人都哭了。[53]

　　在小說中，作者採用的是一種「情感不外溢的敍述風格」，[54] 用平淡的方式來敍述。因此，從上述所摘錄的段落來看，作者並無過多渲染家庭暴力事件中婦女的淒慘狀況，而是較為冷靜地描寫了事件本

51　虹影：《飢餓的女兒》，臺北：爾雅出版社，1997，頁 31。
52　同上，頁 189。
53　同上，頁 267。
54　葛浩文：〈《飢餓的女兒》序〉，臺北：爾雅出版社，頁 2。

身。但是從這些描述中，我們可以看到作者對性別議題的關注，以及對貧民窟婦女的同情。作者在一次訪問中，曾如此說：

> 在我的作品出現之前，很少有一個貧民窟的女孩子長大了，作為一個作家來為普通老百姓說話，貧民窟的人無法把自己的故事講出來，他們的痛苦，他們的絕望，他們的命運，都是無言的，我成為他們的一個代言人，對此，我非常驕傲。[55]

2. 強姦

除了家庭暴力外，小說也多次提到強姦的問題，同樣表達了作者的女性主義意識及其對性別議題的關注。如：

> 這一帶的女孩，聽到最多的是嚇人的強姦案，我卻一點沒害怕那人要強姦我。[56]
>
> 這個地區強姦犯罪多。山坡江邊，有得是角角落落拐拐彎彎可作案，每次判刑大張旗鼓宣傳，犯罪細節詳細描寫，大都先姦後殺，屍體腐爛無人能辨認，或是姦污後推入江裏。每個女孩子對男人充滿恐懼。[57]
>
> 我真希望那個跟在我身後的陌生男人不要離開，他該兇惡一點，該對我做點出格的事，「強暴」之類叫人發抖哆嗦的事。那樣我就不多餘了，那樣的結局不就挺狂熱的嗎？這想法搞得我很興奮。[58]

作者在小說中多處表現了這些敏感的女性主義議題。作者暴露女

---

55 小鳳：〈敏感問題：熱線電話訪虹影〉，《北京文學 精彩閱讀》，2004（3），
　　頁 95。
56 虹影：《飢餓的女兒》，臺北：爾雅出版社，1997，頁 2。
57 同上，頁 79。
58 同上，頁 49。

人，尤其是社會底層的婦女所處的弱勢地位，目的在於引起社會的關注。如作者所言，她的寫作就是要「以筆為旗，為那些不能發出聲音的女人們說話！」[59]

（五）公雞被閹割：喻意父權的去勢

小說的女性主義意識，還表現在公雞被閹割的詳細描述上。公雞的閹割，暗示了父權的去勢。

> 天井裏人極多，站着蹲着，以舒服但不雅觀的姿勢，圍着一個走街戶的中年男人。無論他在哪個院子停留，都會帶動一批人觀看。
>
> 他握住乳毛未乾的雞公，反剪雙翅，小雞便乖順地伏在地上，伸長脖子，可憐巴巴地瞧着眾人。中年男人去掉絨毛。帶刀刃的鐵鉤輕快地插進去，「擦」地一下拉出一塊血肉。右手的拇指和中指去掏。被閹割的雞卵子被放進碗裏。雞主人一般都要卵子，拿去熬湯喝。
>
> ……
>
> 被閹割的小公雞，歪倒縮在堂屋樓梯角落，不再有雄性的高叫，沒人看牠一眼，人不管雞痛。
>
> 烈屬王媽媽的孫女，有張蘋果臉，很稀罕。這條街的孩子，在成人之前，都瘦骨伶仃。院子裏的人端着飯碗，到院門外吃走走飯。她要上小學了，有人問她長大做甚麼？
>
> 「騙雞巴。」她一清二脆地答道。
>
> 這個女孩如果明白她說的是甚麼，長大必是個最徹底的女權主義者。[60]

59　〈虹影：以筆為旗，為那些無聲的女人〉，《華商報》，2009.11.07。
60　虹影：《飢餓的女兒》，臺北：爾雅出版社，1997，頁160。

在小說中，作者用了大量篇幅描寫公雞被閹割的場面，慘不忍睹。公雞被閹割，失去「雄性的高叫」，正是象徵父權被去勢，原作「貶雄」的傾向十分明顯。這段描寫所傳達的女性主義信息，不言自明。事實上，如上所述，虹影是一位女性主義作家，而閹割的主題在其小說中，並不只是《女兒》才有。在她的一部短篇小說《康乃馨俱樂部》中，閹割的主題表現得更加激烈。[61]

（六）以性征服歷史老師

如前文所述，歷史老師是主人公的初戀情人，主人公主動出擊，追求歷史老師。在「我」的追求和說服下，一個陽光明媚的下午，歷史老師與「我」發生了性關係。整個性愛過程愉悅、歡快，而「我」也十分滿足。

閱讀這段時，讀者可以發覺，作者對歷史老師性器官的描寫，與「我」做愛前後有差異。做愛前，「他的陰莖又硬又燙」，「變紫變紅膨脹」，「像一個放出籠的野獸」；做愛後，「他的陰莖現在倒垂下來」。如此，「野獸」被「我」征服了，歷史老師也被「我」征服了。

其後，「我」發現了歷史老師私下畫「我」的裸體畫，「我」當時的反應不是氣憤，而是高興：「真好，我一開始就引起了他的淫念！」當歷史老師看到這幅畫時，陰莖一下子又挺直起來，此時「我」的心裏很滿足。「我高興自己做了一件一直想做的事，比想象的還美好。」[62]

從以上描述可見，歷史老師的性慾是為「我」所左右的，受「我」的身體所支配，被「我」所征服；而且，「我」從中獲得了極大的滿足感，無論是肉體上的，還是精神上的。在這裏，父權再一次得到解構：父權或男人掌控不了「我」，而是被「我」所掌控。

61　在《康乃馨俱樂部》這部小說中，社會上一群激進的女性主義者，組成一個名為「康乃馨」的女權俱樂部，俱樂部的宗旨是團結女性，拒絕男人的性霸權，從而改造社會。俱樂部激進的成員，甚至午夜出動作案，閹割男人的性器官，收集陽具，報復男人。見虹影：〈康乃馨俱樂部〉，《辣椒式的口紅》，成都：四川文藝出版社，1999，頁 205—282。

62　虹影：《飢餓的女兒》，臺北：爾雅出版社，1997，頁 246。

（七）其他

除了上述性別議題之外，作者在小說中還記敍了一些零散的生活小事，從中我們可以一窺作者的女性主義視角。這些零散的事件，發生在主人公的日常生活中，普通平淡，卻隱藏了性別差異及不平等的性別關係。如：

1. 死屍的性別特徵

看死屍，是南岸人日復一日刻板生活少有的樂趣……大部分屍體，從上游不知幾十百里外漂來，如果不在這骯髒的江灣靠岸，就會再漂上幾百里幾千里，到更遠的異鄉。但是，如果他們漂到岸邊的時間，在淹死七天之內，還會維持最後一個性別特徵：女的仰着，男的俯着。[63]

2. 野菜與女人的生命

這種野菜，奇怪極了，只在清明節前鮮嫩嫩，過了節就顯出老相，即使是清晨露珠亮亮地滾動在菜葉上，也那樣，有點像女人的生命，好日子太短。[64]

3. 茅坑

天亮時我就便祕了，肚子極痛。很奇怪，我心裏一有事，就會便祕。這原是從小就有的毛病，南岸女人常見的病。

家裏沒有衛生間，只有尿罐夜壺暫時盛一下。人一多，就沒法用。院子裏沒有廁所，得走十來分鐘彎扭狹窄的泥路，到半個山坡的人家合用的公共廁所。廁所沒人照管，女廁所只有三個茅坑，男廁所我從來未進去過，但知道比女廁所要寬一倍，多三個

63　虹影：《飢餓的女兒》，臺北：爾雅出版社，1997，頁 139。原文是「特征」，而不是「特徵」。

64　同上，頁 147。

茅坑。這一帶的男人為此常誇耀，「女娃兒生下來就該有自知之明，看嘛，連茅坑都少一倍。」[65]

首先，死屍的性別特徵：女的仰着，男的俯着，暗示了男女做愛的姿勢：男上女下；根據作者的觀點，這種死亡的性別特徵，還有另一種解讀：女人敢臉朝天，胸懷坦蕩，男人卻恰恰相反。虹影在一次訪問中，被問到如何看待女性自由及男女之別的時候，說道：

> 我們的女性有真正的自由嗎？從小我就看到人自殺，小時住的院子裏就有不少人自殺。我看過各種各樣的屍體，甚至親眼目睹了五官流血的死。後來，這一方面的事知道多了，我發現連死亡的姿態也有性別的區分。一般說來，男人暴死時大多背朝天，女人則臉朝天。於是，我從小就有一種結論，那就是：女人比較偉大，因為她敢面對上天；男人則比較脆弱，因為他只能把背對着天空，心胸狹窄。[66]

由此可見，作者的性別意識十分明顯。這從她記敘其他生活小事中也可以看出來。從野菜短暫的保鮮期，作者聯想到女人的生命，並不由自主地發出感慨：女人的生命如同野菜，鮮嫩的時間、美好的日子稍縱即逝；女人，尤其是南岸的女人，沒有甚麼好日子過。另外，對於生活在長江南岸貧民窟的女人來說，上廁所都是一個問題，因此便祕是「南岸女人常見的病」。從第三個例子來看，性別的不平等還體現在茅坑的設計上，男廁所比女廁所寬一倍，多三個茅坑，而這還成了男人炫耀的事件，並用它來教訓婦女。原文的敘述體現了作者揶揄、諷刺的態度。上述事件，既反映了作者觀察生活之細緻，也反映

---

65 虹影：《飢餓的女兒》，臺北：爾雅出版社，1997，頁 150。
66 〈虹影：以筆為旗，為那些無聲的女人〉，《華商報》，2010.01.07。這一點，如果虹影不說，讀者不容易這樣解讀。可見，作者的女性主義意識很明顯。

了其敏銳的女性主義視角。

二、婦女的社會處境及其命運

　　小說中所記述的種種與性別議題有關的事件，涉及的大多是社會底層的人物、南岸貧民窟的婦女，所表現的皆是社會底層婦女所遭受的不平等待遇。除了上述所列舉的一些事項，作者在文中還講述了農村婦女的艱辛與悲慘遭遇，比如說，母親當搬運工人及四姐當建築工人的苦況、三姨在饑荒年餓死的慘況、外婆生病無錢醫治而病死的慘狀、農村女孩從口中吐出蛔蟲的情景等等，這些敘述都讓人為書中女性的坎坷命運唏噓不已。

1. 母親做苦工的後遺症

　　我看着她一步一步，變成現在這麼個一身病痛的女人的，壞牙，補牙，牙齒掉得差不多。眼泡浮腫，眼睛混濁無神，瞇成一條縫，她透過這縫看人，總認錯人。她頭髮稀疏，枯草般理不順，一個勁掉，幾天不見便多了一縷白髮，經常扣頂爛草帽才能遮住。她的身體好像被重物壓得漸漸變矮，因為背駝，更顯得短而臃腫，上重下輕。走路一瞥一拐，像有鉛墊在鞋底。因為下力太重，母親的腿逐漸變粗，腳指張開，腳掌踩着尖石碴也不會流血，常年泡在泥水中，濕氣使她深受其苦。[67]

2. 外婆病死

　　外婆病死在重慶，死在母親家裏。鄉下大舅二舅砍了竹子，放了滑桿，把病倒的外婆往重慶抬，一邊問路一邊乞討，走了四天三

67　虹影：《飢餓的女兒》，臺北：爾雅出版社，1997，頁 15。原作為「腳指」，非「腳趾」。

夜，好不容易捱到重慶。

……

母親送外婆上醫院，醫生説治不好。母親去抓草藥熬，那段時間我家的房子裏全是草藥味。外婆臉和身體瘦得只剩下一把，肚子裏全是蟲，拉下的蟲像花電線一樣，扁的。外婆按住肚子縮在床上，睡也不是坐也不是。只過了一個冬，小年剛過，大年未過，一個寒冷的半夜，外婆幾聲鋭屬的呻吟後，痛昏死在家裏尿罐上。[68]

3. 三姨餓死

母親説她最後一次提着草藥，到石板坡我三姨家時，那是一九六一年剛開春。三姨躺在床上，營養不良得了浮腫病，皮膚透明地亮，臉腫得像油紙燈籠。母親熬草藥給她洗身。三姨夫原是個開宰牛店鋪的小商人，催了個小夥計，日子過得還像模像樣。五十年代初，不僅不能催夥計，店鋪也「公私合營」了。三姨夫是一九五七年被抓進獄的，他在茶館裏説，現在共產黨當家，樣樣好，就是他的日子還不如解放前好。被人打了報告，一查，他參加過道門會，就被當作壞分子送去勞改了。

三姨為了活命，只好自己去拉板車，做搬運，撫養兩個年齡很小的兒子。兩個兒子先後得病死了。她沒力氣拉板車，就到菜市場撿菜根菜梆子，給人洗衣服。

母親聽人説她病重，趕過江去。

她一見母親就淚水漣漣，從床上掙扎着坐起來，緊抓母親的手臂，説，二姐，你看我這個樣子，是等不到你妹夫回來了。

母親趕快給她做開水沖黃豆粉羹，那時，都説豆漿營養好，能救命。三姨不吃，説你家那麼多口嘴，二姐你帶回去。

68　虹影：《飢餓的女兒》，臺北：爾雅出版社，1997，頁 202。

母親把那袋豆粉留下了，她沒有想到三姨會死得那麼快。[69]

以上所摘取的段落都表現了社會底層婦女在苦難中掙扎的痛苦與艱辛，讓人不勝唏噓；[70] 母親因長期做苦工而落下一身病痛，深受疾病的折磨；外婆病死；三姨餓死；她們都經歷了重重磨難，「卻逃不開一生厄運的追擊」。[71] 然而，南岸女人所經歷的苦難，並不止這些，除了生活上的磨難之外，在當時的社會裏，婦女還要多承受一重苦難，這與當時的政治背景密切相關。我們暫可視之為政治壓迫。

三、政治壓迫

1. 女知青被幹部姦淫

大姐說一九六四年她到農村，一看同村的四個女知青，便再清楚不過苦日子開始了：一個的母親是地主家庭出身；另一個是反革命子女；第三個，父親解放前隨部隊去臺灣，屬敵特子女；第四個，災荒年父母雙亡。全是家庭成分有問題的，被哄騙下鄉，都成為響應黨號召的英雄。

……一個女知青生小孩死在巫山，墳還在那兒。沒多久另一個女知青被區裏幹部霸佔姦淫，一直忍氣吞聲，最後和當地農民結婚，難產而死。[72]

69　虹影：《飢餓的女兒》，臺北：爾雅出版社，1997，頁 58。

70　其實在小說中，作者並非只是專注於講述女人的悲慘，男人的悲慘遭遇也在小說中出現了。但從所涉及的人物數量及篇幅來看，女人顯然佔了大部分，女人的故事也講述得多一些。

71　王德威：〈三個飢餓的女人〉，《如何現代，怎樣文學？：十九、二十世紀中文小說新論》，臺北：麥田出版股份有限公司，1998，頁 242。

72　虹影：《飢餓的女兒》，臺北：爾雅出版社，1997，頁 194—195。

2. 大姐被鬥

大姐的第一任丈夫在一個縣煤礦當小幹部，夫妻吵鬧無一日安寧，丈夫怨恨得跑去黨委控告，説自己和妻子階級路線不同，將大姐的生父養父的事全抖了出來。第二天全礦貼滿了大字報，揪鬥黑五類翻天，他就在臺下看着她被鬥。[73]

3. 母親得罪幹部失去工作

母親一直在外面做零時工，靠着一根扁擔兩根繩子，幹體力活掙錢養活這個家……

她抬河沙，挑瓦和水泥。有次剛建好的藥廠砌鍋爐運耐火磚，母親趕去了。那時還沒有我，正是大饑荒開始時，母親餓得瘦骨嶙嶙。耐火磚又厚又重，擔子兩頭各四塊，從江邊挑到山上，這段路空手走也需五十分鐘。一天幹下來，錢不到二元。另外二個女工，每人一頭只放了兩塊磚，又累又餓，再也邁不開步，就悄悄把磚扔進路邊的水塘里。被人看見告發了，當即被開除。

不久母親得罪本地段居民委員，失去了打零時工的證明，只得去求另一段的居民委員介紹工作。[74]

4. 婦女當光榮媽媽

這條街的人和其他街的人一樣，聽毛主席的話，由着性子生小孩，想戴大紅花，當光榮媽媽。有的女人一年一胎，有的女人生雙胞胎。相比之下，母親生育能力，就算不上甚麼了。[75]

73　虹影：《飢餓的女兒》，臺北：爾雅出版社，1997，頁 195。小説中，大姐的生父曾是重慶的袍哥頭，共產黨建立政權後，被關進勞改所改造，最後死在裏面；大姐的養父，也就是主人公的養父，先是國民黨逃兵，在國共內戰期間，曾為國軍開船運炮彈。因此，大姐是典型的「黑五類」分子。

74　同上，頁 12。

75　同上，頁 209。

從上述引文看來，在中國，公與私的界線並不太清楚，相反，公權私用不足為奇，公權力常常可以介入私事，「文革」期間更是如此。因此，家庭成分可以成為政治壓迫的根由；幹部可以利用手中權力侵犯婦女；國家政策可以直接干預家庭活動。因此，就有了上述女知青被幹部霸佔姦淫，大姐被其丈夫利用家庭成分問題進行打壓，母親得罪幹部而丟掉工作，婦女充當國家生育機器，等等事件。

綜上所述，《女兒》這部小說表現了眾多性別議題，包括父親的形象、陽具欽羨、女性反傳統的個性、家庭暴力、性暴力，以及其他表現婦女作為弱勢群體的事件。

以上與女性主義意識有關的內容，大致可以分為三部分。如圖所示：

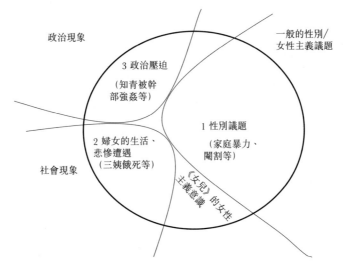

圖表 1 《飢餓的女兒》的女性主義意識

第一部分，是普遍的性別議題，例如陽具欽羨（包括閹割）、女性的叛逆精神、家庭暴力及性暴力、男人（包括父親）的形象等等。這部分內容表現的議題最多，所佔的篇幅也最長，構成了小說女性主義話語的主要部分。第二部分，體現婦女的生活經驗，並與中國的社會背景連結在一起，也屬於當時中國的社會現象。這部分內容主要敘

述婦女在社會苦難面前，所經歷的種種不幸。比如説，母親、四姐、三姨、外婆等的悲慘遭遇。作者在作品中，並非只講女人的悲慘，男人在當時社會的不幸也講述了。因而，這部分內容，從宏觀來看，屬於社會現象，但由於在人物數量及篇幅上，女人及女人的故事講述得更多，而且講述的重點並不在女人的不幸，而是女人之所以成為弱勢，不是源於生活的困苦，而是在各方面的打壓。第三部分內容，則是婦女在特定的政治背景下所受的欺壓，如上述之女知青被幹部姦淫、大姐被列為「黑五類」而受批鬥、幹部利用手中權力令母親失去工作、婦女成為響應國家號召的生育機器等等。

這三部分內容的區分並非十分嚴格，有時候是重疊的，尤其是第二部分與第三部分內容，比如説，母親、四姐打苦工，在社會上掙扎生存，三姨、外婆在災荒年餓死、女知青被幹部強姦，這種社會苦難與政治體制卻有着某種微妙的關係。比如説，三姨以前的日子「過得像模像樣」，三姨夫開了間宰牛店，五十年代初，店被「公私合營」，三姨夫因言獲罪，被抓去勞改。三姨淪落為搬運工人，兩個兒子先後病死，再後來靠撿菜根、給人洗衣服維持生計，最後終於餓死。因此，讀者當然可以從政治的角度去解讀後面兩部分的內容，從中窺視國家政制的種種弊端。但是，從女性主義的視角來看，這三部分內容都展示了婦女的艱辛與苦難，凸顯了婦女的弱勢地位，構成了小説的女性主義意識。

從以上的分析，我們不難看出作者虹影的女性主義意識；她從性別議題的眾多方面，表現了對女性群體的關注及自身的女性主義立場。虹影也多次宣稱，自己的創作就是要「為那些不能發出聲音的女人們説話」，[76] 在多部小説中（包括《女兒》）表現出來鮮明的女性主義意識，[77] 在創作中彰顯了女性的話語權。

那麼，如此一部具有女性主義意識的小説，其性別議題是如何在

76　〈虹影：以筆為旗，為那些無聲的女人〉，《華商報》，2010.01.07。
77　如前文所述及的《康乃馨俱樂部》。

英譯本中呈現的？譯者如何處理作品中的這些議題？女性的話語權如何傳遞？在解讀及翻譯上述三部分與女性主義有關的內容的過程中，是否有所取捨？接下來我們試讀譯作。

小說中反映女性主義意識 的段落的翻譯

一、譯者簡介

《女兒》的英譯本 *Daughter of the River*，由美國譯者葛浩文（Howard Goldblatt）所譯，一九九八年在紐約出版。葛浩文是美國聖母大學（University of Notre Dame）的講座教授，也是美國具有相當知名度的譯者，專門翻譯中國現當代文學，譯作數量驚人。至今為止，他翻譯的作品四十多種（包括長篇和短篇小說集），[78] 作者有來自中國大陸的（比如說，巴金、莫言、賈平凹、蘇童、虹影等），也有來自臺灣地區的（比如說，白先勇、施叔青、黃春明等）。夏志清曾稱葛浩文為公認的「中國現代、當代文學之首席翻譯家」。[79] 在把中國現當代文學介紹給西方讀者這項工作上，葛浩文扮演着重要的角色。

二、譯本分析

下面我們來分析英譯本如何處理原作的女性主義信息。筆者在此

78　葛浩文的譯作詳見附錄。

79　夏志清：〈序一〉，夏志清、孔海立編：《大時代——端木蕻良四〇年代作品選》，臺北：立緒文化，1996，頁 21。

主要討論葛浩文的英譯，由於國內學者穆雷曾指出葛譯的某些不足，並提供了不同的譯文（她稱為「直譯」）作為參考，[80] 因此，在下面的討論中，穆雷重譯的地方，其譯文會列出，以作對比。黑體部分是討論的重點。

首先，我們來看書名的翻譯。

（一）書名

原文：飢餓的女兒

葛譯：*Daughter of the River*

穆譯：*Daughter of Hunger*

書名是小說的一部分。對於作者來說，選擇書名是她創作過程中的一個重要組成部分，可以使焦點對準小說要涉及的問題。[81] 在原作中，飢餓是作品的主題，是作品所展示的主要印象；可以說，飢餓與傷痛是作品的基調。小說中的飢餓，不僅指主人公在饑荒年所經歷的「食飢餓」，還有「性飢餓」，以及對愛的飢渴（也就是精神上的飢渴）。[82] 飢餓在此還代表了一種女性意象，如王德威所說：

國家饑饉常藉一種女性意象重現。究其原因，可能是面臨天災人禍時，女性先天容易落入弱勢地位，但更可能的是在有關受苦受難的符號學裏，女性已被物化為一近便的象徵。[83]

---

80 穆雷在其書中指出，其譯文是「直譯」，是參考葛浩文的譯文而作，目的是「為了提供比較，以突出被所出版譯文修改過的內容」，也就是為了突出葛譯所修改過的內容。

81 戴·洛奇（David Lodge）著，張玲等譯：〈小說的藝術〉，中國社會科學院外國文學研究所《世界文論》編輯委員會編：《小說的藝術》，北京：社會科學文獻出版社，1995，頁 6。

82 劉再復：〈虹影：雙重飢餓的女兒〉，虹影：《飢餓的女兒》，香港：明報月刊出版社，2009，頁 347。

83 王德威：〈三個飢餓的女人〉，《如何現代，怎樣文學？：十九、二十世紀中文小說新論》，臺北：麥田出版股份有限公司，1998，頁 205。

　　無論是由於「女性易落入弱勢地位」，還是「被物化為一種象徵」，出現在書名的「飢餓」都觸及了性別的問題，表達了作者的性別意識。然而，英譯書名卻不見了「飢餓」，「雖然富有詩意，卻大大削弱了原文的女性主義色彩」。[84] 那麼，正文所表現的女性主義意識的內容呢？英譯本會如何表達？如何再現？

（二）第一部分內容

1. 性暴力

例 1

這一帶的女孩，聽到最多的是嚇人的**強姦案**，我卻一點沒害怕那人要**強姦我**。[85]

葛譯：

We heard all sorts of frightening **rumors about rapes**, but I was never afraid that was **what the man had in mind**.[86]

穆譯：

What the girls of that region heard most about was frightening rapes, but I was not at all afraid that was what the man wanted to do with

---

84　穆雷：《翻譯研究中的性別視角》，武漢：武漢大學出版社，2007，頁114。

85　虹影：《飢餓的女兒》，臺北：爾雅出版社，1997，頁 2。為方便起見，下面取自該書的譯文，筆者直接將頁數標在譯文後面。筆者要討論的部分，以黑體標出，下同。

86　Hong Ying, *Daughter of the River*, Howard Goldblatt (trans.), (New York：Grove Press, 1998), 2. 為方便起見，下面取自該書的譯文，筆者直接將頁數標在譯文後面。筆者要討論的部分，以黑體標出，下同。

me.[87]

例 2

我真希望那個跟在我身後的陌生男人不要離開，他該兇惡一點，該對我做點出格的事，「強暴」之類叫人發抖哆嗦的事。那樣我就不多餘了，那樣的結局不就挺狂熱的嗎？這想法搞得我很興奮。(49)

葛譯：

Sometimes I didn't even want that stranger, the man who was always following me, to go away; in fact, I longed for him to be more menacing, to do **something so heinously violent that people would shudder at the mere thought of it**. At least, I wouldn't be superfluous any more. **That sort of ending would make people sit up and take notice of me.** Such thoughts excited me. (41)

穆譯：

I really hoped the stranger stalking me wouldn't go away. He should be much more vicious and do something horrible to me, **something like rape that one dares not think of.** (109) [88]

例 3

這個地區強姦犯罪多。山坡江邊，有得是角角落落拐拐彎彎可作案，每次判刑大張旗鼓宣傳，犯罪細節詳細描寫，**大都先姦後**

87　穆雷：《翻譯研究中的性別視角》，武漢：武漢大學出版社，2007，頁108。為方便起見，下面取自該書的譯文，筆者直接將頁數標在譯文後面。筆者要討論的部分，以黑體標出，下同。

88　穆雷只節譯了「我真希望那個跟在我身後的陌生男人不要離開，他該兇惡一點，該對我做點出格的事，『強暴』之類叫人發抖哆嗦的事」這一句，後面兩句她沒討論，因而也沒作出參考譯文。

殺，屍體腐爛無人能辨認，或是姦污後推入江裏。每個女孩子對男人充滿恐懼。(79)

葛譯：

Rapes are fairly common in that area, since there were all sorts of hidden nooks and crannies on the hills or by the riverbank where it could be done without detection. Whenever a rapist was tried and sentenced, the details were publicized in minute detail. Most of the time **the victim was murdered and left to rot, or was thrown into the river.** Every girl was terrified of men. (66)

穆譯：

There was a high rate of rapes in that area, since there were all sorts of hidden nooks and crannies on the hills or by the riverbank where it could be done without detection. Whenever a rapist was tried and sentenced, the details were publicized in minute detail. **The criminal usually raped then killed the girl who was left to rot beyond recognition or was thrown to the river.** Every girl was terrified of men. (109)

在《女兒》中，「強姦」、「強暴」、「姦污」多次出現，不僅揭示了婦女所受的傷害，還表現了作者對性暴力這個議題的關注。在《翻譯研究中的性別視角》一書中，《女兒》中涉及性暴力的段落是穆雷討論的重點之一。穆雷指出，葛譯似乎有意無意地迴避了「強姦」等字眼，「弱化原文有關強姦指涉的傾向」，[89] 以及原作的女性主義色彩。

首先，在例 1 中，既成事實的強姦案在譯文中成了「謠言」

89　穆雷：《翻譯研究中的性別視角》，武漢：武漢大學出版社，2007，頁110。

（"rumors about rapes"），[90] 降低了施暴行為的可信度；第二次出現的「強姦」一詞，譯文中也找不到對等詞彙"rape"，而以"what the man had in mind"取而代之，代替了原文的「那人要強姦我」這個意思。

例2中，我們可以看到原文所張揚的女性主義意識：主人公「狂熱」的念頭突破常規，令人咋舌。然而，葛譯似乎弱化了這股狂熱勁兒。首先，譯文開頭就加了"sometimes"，緩和了一下語氣；其次，「強暴」這詞乾脆再次在譯文中隱形，完全不被提及；最後，讓讀者充滿想象空間的「狂熱的結局」，譯文具體化了，成為「使大家坐直身子，注意到我」（"make people sit up and take notice of me"）的這樣一個結局，「狂熱」的意味減退了。

例3中，葛譯的問題與上述例子相似，譯文盡量避免提及「姦」、「姦污」等直指性暴力的詞彙，而以"victim"換了一種說法。原文所描述的女性受姦污、被殺害的過程也在譯文中簡化了。從以上例子來看，原作的女性主義色彩在英譯本中淡化了。

而對比穆雷的譯文，很明顯，後者採取了女性主義的視角解讀原作，因而更加關注性別的議題。穆譯將原作涉及性暴力的每處細節都譯了出來，明顯更具性別意識。

2. 男人的形象

出現在原作中的男人，有泛指的男人，也有具體的男性人物，如鄰居、生父、養父、歷史老師、二姐的男朋友等等。這些男性形象在小說中，都遭到不同程度的貶抑。試看英譯本如何呈現這些人物的形象。

（1）家庭暴力事件中的男人

《女兒》描寫了婦女遭受家庭暴力，展示了婦女在家庭領域（domestic sphere）中的弱勢地位，也映現了男人的暴戾。下面我們來

90　穆雷：《翻譯研究中的性別視角》，武漢：武漢大學出版社，2007，頁109。

看葛譯如何傳達這方面的文本信息。

例 4

她丈夫從船上回來，發現她與同院的男人瘋瘋鬧鬧打情罵俏，就把她往死裏打，用大鐵剪剪衣服，用錘子在她身上砸碗，嚇得她一個月不說話，也顧不上罵我家。(31)

葛譯：

One day her husband came home from his boat and found her **flirting** with one of the male neighbours, **using all the sexual innuendo in her repertoire**. He gave her **the beating of her life**, cutting up her clothes with a pair of scissors and actually smashing bowls on her body with a hammer... (27)

例 4 中的「她」，指同院的鄰居「二娃的媽」，是一個典型的「瘋瘋鬧鬧」的市井小民。原文中，「就把她往死裏打」中的「就」一字，是個關鍵詞，暗示了男方對女方行為的過度反應——濫用暴力，也就是說，女方的「瘋瘋鬧鬧打情罵俏」絕不足以構成男方將其「往死裏打」的理由。然而，英譯本中，葛浩文在重述這起事件的經過之時，不但用了 "flirting" 傳達「打情罵俏」，更添加了伴隨狀語 "using all the sexual innuendo in her repertoire"，來強調女方的調情行為。"repertoire"，根據《韋氏詞典》，意為 "the complete list or supply of skills, devices, or ingredients used in a particular field, occupation, or practice"。[91] 因此，此狀語就說明了女方當時與「同院的男人」調情時，是極盡所能的。這樣一來，就為男方暴怒、過激的反應作了些許鋪墊

91　韋氏詞典在線版，http://www.merriam-webster.com/dictionary/repertoire，2010.01.05。此為韋氏詞典線上版官方網站。

了。另外，「往死裏打」譯為 "the beating of her life"，而非 "beat her almost to death"，也同樣弱化了原文所透露的男人對女人施暴的力度。

例 5

大姐看着母親挺着的大肚子，怨氣越來越深，等到聽説父親船隻要回來了，就趕到江邊，搶着第一個告訴了父親。那天，父親打了母親，二人吵得很屬害，二人都哭了。（267）

葛譯：

Just the sight of her mother's protruding belly threw Big Sister into a rage, and when she heard that Father was on his way home, she ran down to the river to be the first to give him the news that led to **the terrible row.**（211）

穆譯：

Big Sister was getting angrier and angrier at Mother at the sight of her protruding belly. When she heard that Father was coming home, she ran down to the river to be the first to tell Father what had happened. **On that day, Father beat Mother and had a bitter row with her. Both were reduced to tears.**（108）

例 6

「你怎麼敢和你媽對打？我可以打，你作女兒的卻不能動手。」父親對大姐狠狠斥責。（212）

葛譯：

"How dare you hit your mother!" he scolded her angrily. "It's one thing if I do it, but not one of her own daughters."（170）

例 7

「眼睛會飛？好，我叫你飛！」她丈夫用工裝皮鞋狠命踢。（189）

葛譯：

"Fly-away eyes? Here, I'll show you how to fly!" Her husband would growl, **kicking** her with his heavy work boots. （150）

例 5 中，譯文 "the terrible row" 就囊括了原文「打、吵、哭」這一連串動作，且省略了暴力行為的施動者「父親」及受動者「母親」，相對減弱了父親的暴力形象。穆雷認為，此譯文中，關鍵信息「打」卻沒譯出來，弱化了作者對家庭暴力的譴責。她說：「我們不妨將其看作男性譯者對家庭暴力話題或習以為常或不以為然，結果，對於女性作者來說刻骨銘心的經歷可能會在男性譯者筆下一帶而過。」[92] 因此，穆將原文直譯為 "Father beat Mother and had a bitter row with her. Both were reduced to tears"，以與葛譯的 "the terrible row" 作對比。

例 6 是父親看到大姐和母親吵架、對打，而斥責大姐所說的話。原文是「我可以打，你作女兒的卻不能動手」，父親斥責大姐，也為自己辯護，義正詞嚴，對自己打母親一事認為理所當然：丈夫可以打老婆，作女兒的卻不能動手。然而，我們看到，譯文將重點轉移至父親對大姐的訓斥，且減弱了父親名正言順打老婆的語氣，譯為 "It's one thing if I do it, but not one of her own daughters"，"if I do it" 此條件狀語從句的假設意向，就使父親的態度緩和了，邏輯上也更加通了。

例 7 是另一位鄰居打老婆的家庭暴力事件。指向男方暴力行為的「狠命踢」中，程度修飾詞「狠命」也沒有在譯文中表達出來，因而降低了暴力的程度。

92　穆雷：《翻譯研究中的性別視角》，武漢：武漢大學出版社，2007，頁 108。

以上譯文在不同程度上改寫了原作對於家庭暴力的描述，削弱了作者對於家庭暴力的譴責及對男人的指控。與原文相比，譯文顯得較為寬恕，相對維護了男人的形象。

(2)「男人」字眼的處理

例 8
大姐生性浪漫，老是沒命地愛上甚麼男人⋯⋯(106)

葛譯：
A romantic by nature, Big Sister was always falling in love with **one man or another.** （87）

例 9
母親在家裏躲了三天就回了重慶。那男人登報找，還佈置手下弟兄找，沒有着落。(114)

葛譯：
So hiding out for three days, she returned to Chongqing, where **her husband** sent his henchmen to look for her. He never found her. （93）

原作的女性主義意識還體現在作者對於「男人」的措辭上。例 8 中，作者說到大姐與男人的關係時，用了帶有感情色彩的詞語——「沒命地」，來形容大姐的濫情；另外，「甚麼男人」也反映了作者及主人公的不屑。作者雖說「大姐生性浪漫」，但實指「我」對大姐這種浪漫的嘲諷。但是，當我們讀譯文時，會發現原作不屑與輕視的口吻變得含蓄、不明顯。譯文讀起來像是客觀的敍述，嘲諷之意大減。

例 9 是關於母親第一次婚姻的敍述。在這個故事的插敍中，作者始終沒有用到「母親的丈夫」或者「她丈夫」去稱呼母親的第一任丈

夫，而是用了「這男人」、「那男人」或人稱代詞「他」去指代。如何
稱呼看似小事，卻可以傳達不同的立場及情感。小說用了後幾種方式
去指稱母親的第一任丈夫，始終與他保持一種距離，也小心地描繪了
母親與他之間的界線。然而，在這裏，葛譯卻用了 "her husband" 指
代「那男人」，明示了「母親」與男人之間的夫妻關係，不但拉近了
母親與男人、「我」與男人的距離，也拉近了譯文讀者與男人的距離。

例 10

我說到我出生前家裏親人因飢餓而死，也說到大姐幾次大吵大鬧
離婚。

歷史老師接過我的話說，**她想藉換個男人換一種生活**。她用耗盡
自己生命力的方式，對付一個強大的社會，她改變不了命運。
(217)

葛譯：

I told him about my relatives who had starved during the famine,
before I was born, and how my eldest sister had stormed through one
marriage after another. His view was that **she was trying to change her
life**. But even by exhausting all her strength to fight society's power,
she could not alter her fate. （174）

例 11

母親無可奈何地自嘲，或許達到了自我安慰的目的，**在她第一次
和男人會面時，她就看清自己的命運，她孩子們的命運**。(210)

葛譯：

Mother had to laugh at herself, maybe to make herself feel better. **Her
fate and that of her offspring had already been determined.** （168）

穆譯：

Mother had to laugh at herself, maybe to make herself feel better. The first time when she met the man, she had known her fate and that of her offspring.（110）

　　例 10 中，原文說大姐「想藉換個男人換一種生活」。從女性主義視角來看，「換個男人」在這裏是要點，可以帶出來一個問題：為甚麼要換個男人才能換一種生活？這個問題引人深思。「大姐要換個男人才能換一種生活」，從側面反映了婦女主體性的缺失。這一點在例 11 也能體現出來：母親第一次和男人會面時，她就看清了自己的命運，以及她孩子們的命運。上述例子都說明了婦女的「無權地位」。[93] 婦女的命運總是與男人聯繫在一起，婦女附屬於男人，男人決定女人的命運。原文暗示了「男人、社會、命運」三者之間的聯繫。這個重要的女性主義信息，體現了作者對婦女的社會地位的反思，對婦女處境的同情，也表達了作者對男權社會的控訴。但英譯本中，譯者卻跳過這個信息，直接譯成「大姐想換一種生活」（"trying to change her life"），「男人」卻不見了。例 11 也如此，決定母親及其孩子命運的「男人」，在譯文中也不見了。「從女性主義的視角來看，這裏的省略和修改不可避免地導致信息損失」，[94] 削弱了原作的女性主義意識。

(3) 養父、歷史老師、德華

例 12 養父
　　我突然明白過來，今天不就是九月二十一日，我的十八歲生日嗎？難怪父親破天荒地悄悄給我五角錢。（70）

93　穆雷：《翻譯研究中的性別視角》，武漢：武漢大學出版社，2007，頁 110。
94　同上。

葛譯：

Then it dawned on me: It's 21 September, isn't it? My eighteenth birthday. No wonder Father slipped me the money. (58)

如前文所述，養父是一個寡言的人，與主人公很少有情感或思想上的交流，是「從未走進過我的心」的人。因此，在這裏，我們不難理解作者用了「破天荒地」來形容養父的舉動。這表達了主人公的意外，也說明了養父此舉的罕有。王德威在解讀《女兒》時，曾說主人公的養父「不曾對她多表示關懷」。[95] 如果我們把這一段結合小說其他有關父親的敍述，便能看出養父與主人公父女之間感情的淡薄。然而，葛譯只用了 "slipped" 來傳達原文「悄悄給」這個動作，副詞「破天荒地」卻沒譯出來。因此，此譯文就少了一條述及父女之情淡薄的線索，在某種程度上修復了養父與主人公的父女關係，拉近了兩者之間的距離。

例 13 歷史老師

一定是他明白自己做的醜事——用那麼一本誨淫的書，**公然引誘一個處女**，現在不好意思，被我逮住了。(173)

葛譯：

He must have been ashamed of what he'd done—**giving a virgin a dirty book like that**—and knew that I'd seen through his little game. (136)

例 14 歷史老師

他誘騙少女，又欺侮少女。(193)

95　王德威：〈三個飢餓的女人〉，《如何現代，怎樣文學？：十九、二十世紀中文小說新論》，臺北：麥田出版股份有限公司，1998，頁 242。

葛譯：

He'd **seduced** an innocent girl, then **let her down**.（154）

　　歷史老師是主人公「情人般的父親」，但他優柔寡斷，在主人公的追求下，顯得有點進退兩難。這裏的兩段是主人公的心理獨白，是「我」氣惱歷史老師的賭氣話。我們看到，「歷史老師用淫書公然引誘處女」在譯文成為「歷史老師給了處女一本髒書」（"giving a virgin a dirty book"），更改了原文露骨的説法。第二段中，作者用「誘騙、欺侮」這種語氣頗重的詞語表達了主人公的惱怒。葛譯用了"seduce"對照「誘騙」；但對於「欺侮」，則用了另一種説法——"let down"，緩和了主人公指責歷史老師的語氣。譯文避免直接將歷史老師與公然引誘少女、欺侮少女等負面話語聯繫在一起，巧妙地為歷史老師擋去了「公然引誘處女」、「欺侮少女」的指控。

例 15 德華
1978年德華一回城不久，考慮就很實際：有可能四姐一輩子農村戶口，命中注定是個農婦，**他將一輩子受窮受累**。(134)

葛譯：

Dehua made it back in 1978 and carefully analyzed his situation: Fourth Sister might spend the rest of her life in the village, fated to be a farmer's wife; and if that farmer were him, a life of poverty and deprivation was on the cards **for them both**.（139）

例 16 德華
（但父母的種種明示暗示都沒有用，四姐硬拉着德華住進了我家，）她只有靠這個辦法讓他最後實踐娶她的諾言……
二姐對他狂吼，三哥的拳頭好幾次舉起，又垂下了。這場面很快

便使德華服氣了，四姐的自殺換來了結婚證書。（177—179）[96]

葛譯：

It was the only way she could **force** him to make good his promise to marry her.

Second Sister was screaming at him, Third Brother kept clenching and unclenching his fists, and Dehua knew **he'd met his match**.

Fourth Sister's attempted suicide **earned** her the marriage certificate. （140—141）

德華是主人公的四姐的男朋友。他斯文秀氣，可惜沒甚麼擔當。例 15 中，德華的全盤考慮實際上只從自己的立場出發，由於四姐是農村戶口，他害怕與她結婚後會受到拖累，如文中所說的「他將一輩子受窮受累」。但譯文在他的思想活動裏面加入了四姐。德華「很實際」的個人考慮成了兩個人的打算（"if that farmer were him, a life of poverty and deprivation was on the cards for them both"）。譯文不經意地就為德華的考慮和決定作了辯護。例 16 中，原文講述當時四姐逼婚的過程，也影射了德華的柔弱，他不敢抗爭，「很快服氣」。然而，譯文似乎重在突出當時的客觀因素，用了"force"（對照原文的「讓」），"Third Brother kept clenching and unclenching his fists"（對照原文的「三哥的拳頭好幾次舉起，又垂下了」），突出了德華被逼婚的無奈。有意思的是，原文中立的敘述——四姐的「自殺換來了結婚證書」，在譯文置換為帶有立場的「四姐賺到了（"earn"）」。站在男性的立場，譯者或許出於同情德華，而做了這種處理。這種處理也有可能是不自覺的。但不管是有意或無意，譯文讀起來與原文稍微有出入。

96　括號內容是筆者按照原作摘錄下來的，以便本書讀者了解事件的背景及上下文信息，但此部分不在翻譯討論的範圍內。下同。

(4) 男人的性器官

如上文所述，在《女兒》中，作者描述男性生殖器的時候多用負面的詞語，如「醜」、「惡」、「髒」、「無恥」等，表現了主人公鄙夷的態度及反感的情緒。初讀譯文，葛譯似乎已將原文的意思傳達到位。但細讀之下，讀者仍可發現葛譯有弱化的傾向。

例 17

一盆水從頭澆到腳，白褲衩被水一淋，黑的白的暴露無遺。我是個小女孩時，就太明白不過男人有那麼個東西，既醜惡又無恥地吊在外面……(17)

葛譯：

They'd use a basin of water to wash down, top and bottom, and with their underpants soaked, you could see everything they had. Even as a little girl, I knew exactly what men had hanging between their legs – that ugly, shameful thing ...(15)

例 18

說是怕囚犯自殺，怕他們到刑場路上掙扎逃跑，統統沒收了褲帶。舊式褲子寬大容易掉，男人的那玩意兒怎麼如此醜，而且只要是壞男人，捱了槍子，就會露出那玩意兒來？(66)

葛譯：

Someone said they didn't want the condemned to kill themselves or run away on their way to the execution ground, so they took away their sashes, which were the only things holding up the old-fashioned baggy pants. But those things between their legs, why were they so ugly? And was it *only* bad men whose ugly thing was exposed when they were shot?(55)

例 17 中，原文「我……就太明白不過男人有那麼個東西，既醜惡又無恥地吊在外面」，表現了「我」的反面情緒，「不過」一詞更突顯了「我」不屑的態度。譯文中只用了 "knew exactly" 來傳達這一信息；而且，形容陽具的「醜」(ugly) 在，而「惡」(evil) 卻不見了，此外，「無恥」譯為 "shameful"，似乎也減輕了原文輕蔑的語氣。

例 18 中，原文頗有嘲弄意味的謔稱「那玩意兒」與男人普遍聯繫在一起：「男人的那玩意兒怎麼如此醜。」葛譯出現了 "those things between their legs"，其中，第三人稱形容詞性物主代詞 "their" 指代囚犯，而非男人。於是譯文的意思，就從「男人的那玩意兒那麼醜」，變成「囚犯的那玩意兒那麼醜」了。另外，段末的疑問句也有點不同。細心比較原文與譯文疑問句的提法，我們發現，原文為「而且只要是壞男人，捱了槍子，就會露出那玩意兒來？」，而譯文為 "was it *only* bad men whose ugly thing was exposed when they were shot?"，[97] 也就是說，「是不是只有壞男人，才有那麼醜的玩意兒？」這是另一種問法，問的是另一個問題了。

以上的例子，改寫的痕跡雖然不太明顯，但細讀之下，我們仍可以發現譯文的細微不同之處，譯文舒緩了原文辛辣尖酸的語氣。

3. 公雞被閹割

例 20

天井裏人極多，站着蹲着，以舒服但不雅觀的姿勢，圍着一個走街户的中年男人。無論他在哪個院子停留，都會帶動一批人觀看。

他握住乳毛未乾的雞公，反剪雙翅，小雞便乖順地伏在地上，伸

97　筆者在這裏把 "only" 以斜體標示出來，以突出譯文的改動。

長脖子，可憐巴巴地瞧着眾人。中年男人去掉絨毛。帶刀刃的鐵鈎輕快地插進去，「擦」地一下拉出一塊血肉。右手的拇指和中指去掏。被閹割的雞卵子被放進碗裏。雞主人一般都要卵子，拿去熱湯喝。

……

被閹割的小公雞，歪倒縮在堂屋樓梯角落，不再有雄性的高叫，沒人看牠一眼，人不管雞痛。

烈屬王媽媽的孫女，有張蘋果臉，很稀罕。這條街的孩子，在成人之前，都瘦骨伶仃。院子裏的人端着飯碗，到院門外吃走走飯。她要上小學了，有人問她長大做甚麼？

「騙雞巴。」她一清二脆地答道。

這個女孩如果明白她説的是甚麼，長大必是個最徹底的女權主義者。(160)

葛譯：

以上內容全刪除了。

穆譯：

...The **castrated chick** cowered at the corner of the stairs in the central room. He didn't give his masculine shout. Nobody ever took a look at him, they had no idea that chicks also hurt. The granddaughter of Auntie Wang whose son died in the war had apple face which was rarely seen...When asked about what she was going to do in the future, she made a clear answer, "**to castrate the chick**" . If she knew what she was saying, the girl would surely become a **most radical feminist** in the future.[98](114)

　　這部分是原作體現女性主義意識最明顯的一處。公雞被閹割，失去「雄性的高叫」，喻意父權的去勢。在這裏，男性英雄氣概受到了嚴重的打擊。然而，這部分表現激烈的女性主義意識的段落，英譯本卻刪除了。是甚麼原因呢？是否此段落中公雞被閹割的描述，會引起男性讀者的不安？而譯者男性的身份，是否與此段落的刪除有關係？

　　從以上所舉的例子來看，對於表現女性主義意識的第一部分內容，譯者作了不同程度的改寫，細微修改了文中的男性形象，並緩和了原作激進的女性主義立場，因而也削弱了原作所彰顯的女性話語權。首先，譯文減輕了男人施暴的暴力程度，拉近了作者及譯文讀者與「男人」的距離；其次，譯文維護了生父、歷史老師、德華的形象，且刪除了原作中公雞被閹割的段落。上述所涉及的段落，關乎男性的形象及英雄氣概：原作挫了男性的英雄氣概，而譯作則彌補了些許。

（二）第二及第三部分內容

　　譯文對被貶抑的男性形象及失去了的英雄氣概作了彌補，從刪除公雞被閹割的段落這一點，最能體現出來。然而，對於表現婦女經歷社會苦難，以及婦女的艱難處境與國家政治交叉的第二、第三部分的內容，譯文基本上傳達到位。換言之，譯文裏看不出來譯者以其性別立場去干預文本。請看下面的例子：

98　穆雷指出葛譯本刪除這段「削弱了原作的女性主義色彩」。她在此作了節譯，把重點的女性主義信息譯了出來。見《翻譯研究中的性別視角》，頁114－115。

1. 女孩吐蛔蟲

例 21

那是個十歲左右的女孩，圓臉，脖子瘦長，和我年齡差不多，她
住在糧店那條街上……

春天剛過，夏天來到，廁所裏氣味已很濃烈。她蹲在靠左牆的坑
上，突然張開大嘴，張開眼睛、鼻子，整張臉恐怖得變了形。蟲
從她嘴裏鑽出來，她尖叫一聲，倒在沾着屎尿的茅坑邊上。(152)

葛譯：

She was about ten years old, moon-faced, with a long thin neck, about
my age. She lived on the street where the grain store was located ...
Summer had just arrived, and the stench inside the toilet was
overpowering. She was squatting over the left-hand pit, when her
mouth snapped open, her eyes grew round, and her nostrils flared; her
whole face underwent a terrifying change, as a roundworm emerged
from her mouth. She screamed and collapsed amid the muck on the
floor.(121)

2. 母親做苦工的後遺症

例 22

我看着她一步一步，變成現在這麼個一身病痛的女人的，壞牙，
補牙，牙齒掉得差不多。眼泡浮腫，眼睛混濁無神，瞇成一條
縫，她透過這縫看人，總認錯人。她頭髮稀疏，枯草般理不順，
一個勁掉，幾天不見便多了一縷白髮，經常扣頂爛草帽才能遮
住。她的身體好像被重物壓得漸漸變矮，因為背駝，更顯得短而
臃腫，上重下輕。走路一瘸一拐，像有鉛墊在鞋底。因為下力

太重，母親的腿逐漸變粗，腳指張開，腳掌踩着尖石碴也不會流血，常年泡在泥水中，濕氣使她深受其苦。(15)

葛譯：

I watched as, little by little, she turned into a sickly woman with rotting and repaired teeth, that is, what few teeth she had left. Her eyelids were puffy, dull and lifeless; squinting till her eyes were mere slits, she could hardly recognize a soul. Even if she'd tried, she couldn't have made her strawlike hair look good; it kept falling out and turning whiter by the day. The tattered straw hat she wore most of the time helped a little. And she kept getting shorter, as if being pressed down by a heavy weight; her bent back made her look even shorter and puffier than she really was, slightly top-heavy. She shuffled when she walked, as if the soles of her shoes were made of lead; her legs grew thicker and stumpier from all that back-breaking labour, and her toes were splayed. Her feet didn't bleed even when she stepped on a sharp stone. Since they were steeped in mud the year round, athlete's foot caused her a great deal of suffering.(13)

3. 三姨餓死

例 23

母親說她最後一次提着草藥，到石板坡我三姨家時，那是一九六一年剛開春。三姨躺在床上，營養不良得了浮腫病，皮膚透明地亮，臉腫得像油紙燈籠。母親熬草藥給她洗身。三姨夫原是個開宰牛店鋪的小商人，僱了個小夥計，日子過得還像模像樣。五十年代初，不僅不能僱夥計，店鋪也「公私合營」了。三姨夫是一九五七年被抓進獄的，他在茶館裏説，現在共產黨當家，樣樣

好，就是他的日子還不如解放前好。被人打了報告，一查，他參加過道門會，就被當作壞分子送去勞改了。

三姨為了活命，只好自己去拉板車，做搬運，撫養兩個年齡很小的兒子。兩個兒子先後得病死了。她沒力氣拉板車，就到菜市場撿菜根菜梆子，給人洗衣服。(58)

葛譯：

Mother said the last time she took herbal medicine over to Third Aunt at Stony Slope to give her a bath, in the spring of 1961, her cousin was laid up with dropsy from severe malnutrition. Her skin was nearly translucent, her face swollen like an oil-paper lantern.

Her husband had owned a little butcher shop, which he ran with a hired helper, and life wasn't bad. But by the early 1950s, not only could he no longer engage hired help, the shop was even converted into joint state-private ownership. He was arrested in 1957 and sent to prison for having said in a teashop one day that everything was great now that the Communists were in power, except that life had been better for him before Liberation. Someone reported him, and during the ensuing investigation, it was discovered that he had once been a member of a religious society. For that, he was labeled a 'bad element' and sent to a labour-reform camp.

In order to survive and raise her two young sons, Third Aunt went to work as a porter. Both boys died anyway and eventually the work was too hard for her, so she began gleaning cast-off vegetables at the marketplace, and took in washing when she could.(49)

如上所述，講述婦女所經歷的社會苦難這部分內容，譯文則相對忠實地傳達了。這或許因為譯者覺得《女兒》是表現中國社會史的一

部作品吧。葛浩文在《女兒》的序中說：

> 這本書固然說的是一個年輕姑娘與她的家庭的事，但也屬於一個
> 時代，一個地方，在最終意義上，屬於一個民族。這民族與我們
> 西方人印象中的中國很不一樣，與我們了解的那一點「文化大革
> 命」苦難相比，幾乎不可同日而語。[99]

　　我們發現，譯者是以西方人的眼光來閱讀虹影的作品，並藉此來
了解中國社會的歷史。或許在譯者眼裏，「虹影的民族身份遮蔽了她
的女性身份」。[100] 如此看來，若譯者關注得更多的是中國的社會問題，
而非性別問題，也就不足為奇了。

　　譯者在序末中也說到，虹影的《女兒》是「一部將中國近幾十年
來的社會史，活生生地呈現給讀者的作品」[101]。可見，譯者更傾向於以
歷史的視角，而非性別的視角，去解讀作品。譯者在述及作品中人物
的苦難時，將其歸結為「體制化的麻木不仁」，以及「權力與特權的
結果」，他說：

> 我個人認為，《飢餓的女兒》最成功之處，在於其情感不外溢的
> 風格。誠然，此書中有議論，甚至點到哲理，但是故事講述之
> 清淡，與所寫生活的灰黯，與難以置信的殘酷，包括天災，包括
> 人禍，配合得恰到好處。而死神實際地到來，沒有使生命低賤，
> 反而使生命得到升華。體制化的麻木不仁，經常是權力與特權的
> 結果，但更使人憤怒的是受害者們甘心而默認的承受。這本書當
> 然不會讓中國官方高興，因為書中令人信服的自上而下的無法無

99　葛浩文：〈《飢餓的女兒》序〉，《飢餓的女兒》，臺北：爾雅出版社，
　　1997。
100　穆雷：《翻譯研究中的性別視角》，武漢：武漢大學出版社，2008，頁
　　118。
101　葛浩文：〈《飢餓的女兒》序〉，《飢餓的女兒》，臺北：爾雅出版社，
　　1997。

天，正是中國官方刻意要隱瞞的。[102]

譯者為小説中的「灰暗」、「殘酷」、「天災」、「人禍」所觸動，也為書中底層人民默默承受苦難，承受高壓統治，而無力反抗（或不去反抗），感到「憤怒」。因此，在英譯本中，有關婦女受政治壓迫的第三部分內容，譯者充分地傳達了原作的內容。我們讀譯本，有時候甚至可以感覺到譯者的這股怒氣，以及他忍不住要為受害者發言的衝動。英譯本中有幾處，譯者將原作含蓄、隱晦的情感表達，講得更加清楚。如以下例子：

例 24

一個抬槓子的女工，重慶所謂的「棒棒」女子，她怎麼度過這饑荒之年的？有誰會關心她？(51)

葛譯：

A female porter, one of Chongqing's so-called "polers", how had she made it through those terrible times? **Who'd given a damn about her?** (43)

例 25

外婆病死在重慶，死在母親家裏。鄉下大舅二舅砍了竹子，放了滑桿，把病倒的外婆往重慶抬，一邊問路一邊乞討，走了四天三夜，好不容易捱到重慶。(母親一見他們就哭了，説，為啥子不寫信來？我就是借錢也要讓你們坐船來！兩個舅舅頭上按照鄉下走親戚習俗，纏了根洗白淨的布，都成灰色了。院子裏的人説，

---

102 葛浩文：〈《飢餓的女兒》序〉，《飢餓的女兒》，臺北：爾雅出版社，1997。筆者加的黑體。

是抬來一個死人，頭上纏的啥子裏屍布？兩個舅舅急着要回去。
母親湊了二十元路費，叫他們坐船。
大舅說不坐船，二妹，你這些錢我們回去能做大事。）
母親送外婆上醫院，醫生說治不好。母親去抓草藥熬，那段時間
我家的房子裏全是草藥味。外婆臉和身體瘦得只剩下一把，**肚子**
裏全是蟲，拉下的蟲像花電線一樣，扁的。**外婆按住肚子縮在床**
上，睡也不是坐也不是。只過了一個冬，小年剛過，大年未過，
一個寒冷的半夜，外婆幾聲銳屬的呻吟後，痛昏死在家裏尿罐
上。（202）

葛譯：

Grandmother died not in her village home, but in Chongqing, in
Mother's house. Her two sons had cut down bamboo to make a litter
for their dying mother, and carried her to Chongqing, begging their
way to the city. After four **arduous days and three wearying nights**,
they arrived in the city.

...

At the hospital, the doctors told Mother there was nothing they could
do for **the old woman**. So she bought some Chinese herbal medicine
and prepared it at home; for days our house **reeked of strange smells**.
By then Grandmother was skin and bone, for her digestive tract was
ravaged by worms, long, flat, colorful things emerged with her stool.
Poor Grandmother spent her days curled up in bed, her arms wrapped
around her middle, neither sleeping nor able to sit up properly. She
tried to hang on through the winter, but one cold night just before
lunar New Year's Day, she groaned in agony on the chamber pot and
collapsed. (161)

例 24 中，主人公在講述自己身世，追尋到自己出生前後的那段中國歷史——由「自然災害」所造成的大饑荒。主人公看着母親，心裏浮起了上述疑問。我們看到，原文的「有誰會關心她？」，英譯本為 "Who'd given a damn about her?"，原文本來輕淡的語氣，變得強烈，譯文讀起來頗有義憤填膺的味道。

例 25 講述外婆病死（或餓死）的過程。原文中，作者的講述平靜淡然，傷痛與悵惘在作者的筆下如流水般汩汩而出。而在譯文中，譯者加了形容詞，或以更準確的説法講述事件，不但增加了故事的連貫性，而且加強了敍述者的感情色彩，渲染了故事人物的悲劇性。比如説：「四天三夜」譯為 "four arduous days and three wearying nights"；「那段時間我家的房子裏全是草藥味」為 "for days our house reeked of strange smells"；「肚子裏全是蟲」譯為更準確的 "her digestive tract was ravaged by worms"；此外，原文由始至終用「外婆」這個稱呼，體現了原作平淡的風格，但譯文出現了 "the old woman" 及 "Poor Grandmother" 的指稱，把敍述者的情感融入敍述中，這同樣透露了譯者的立場。五十年代末的「大躍進」，導致了千萬人餓死的災難，劫後餘生的普通百姓也生活在困苦當中。然而，「饑荒時期哪聽説餓死過一個幹部？這些人的第一條準則是鞏固特權集團的共同利益，並且把特權傳給子女」。[103] 在特權階級的統治下，「受害者們甘心而默認的承受」[104] 使譯者感到憤怒與不平。

譯者認為，書中人物所承受的苦難，與該時期的政府、政制有密不可分的關係。由「權力與特權」組成的統治階級，以及「體制化的麻木不仁」，[105] 使人民遭受飢餓、困苦，乃至暴斃喪命。雖然原作也批評政府、控訴特權統治階級，但並不慷慨激昂，而是以冷峻的態度，時帶揶揄的口吻，講述政制的弊端與社會的不公，而譯者認為「書中

---

103 虹影：《飢餓的女兒》，臺北：爾雅出版社，1997，頁 218。
104 葛浩文：〈《飢餓的女兒》序〉，臺北：爾雅出版社，1997。
105 同上。

令人信服的自上而下的無法無天，正是中國官方刻意要隱瞞的」，[106] 因而涉及國家政治的文本，譯文皆完整地再現了，有些中國官方敏感的話題，譯者甚至補充了信息，把話講得更清楚、更明白。這與譯者翻譯第一部分內容，弱化女性主義意識的做法，形成對比。

小說中政治事件的翻譯

例 26

報尾，常刊登一些大型文學月刊的欄目廣告，有一天我讀到北京的一份文學雜誌《當代》三期的廣告——報告文學《冬天的童話》。作者是一個敢講真話敢對現實不滿的青年遇羅克的妹妹，遇羅克堅持「不管你是甚麼出身，都應受同等政治待遇」的立場，在文革中被槍斃。他妹妹寫了他和她自己在那些年的不幸遭遇。(134)

葛譯：

The tables of contents of literary magazines often appeared as advertisements on the back pages, and one day I noticed an ad for a Beijing literary magazine called *Contemporary*, which carried a piece of reportage entitled 'A Winter's Tale'. **The author was Yu Luojin, younger sister of Yu Luoke**, a courageous young man who had **spoken out against political oppression**, declaring, "Everyone, regardless of class background, has the right to political equality." **For that he was tried, found guilty, and shot during the Cultural Revolution.** His sister

---

106 葛浩文：〈《飢餓的女兒》序〉，臺北：爾雅出版社，1997。

then wrote about him and the further persecution that the whole family had to endure after his execution.(110)

原文講的是主人公看到一則廣告，關於遇羅克妹妹的作品《冬天的童話》。遇羅克在一九六七年一月十八日的《中學文革報》第一期，發表了著名的《出生論》。[107]《出生論》被視為大毒草，[108] 遇羅克於一九六八年以「現行反革命罪」被判處死刑。[109] 其妹遇羅錦在《當代》一九八○年第三期，發表了以其親身經歷為題材的紀實作品《冬天的童話》。

以上中英文本一對照，我們便能發現，譯文補充了信息，使整個事件更加具體和完整。比如説，原文只提及作者是「遇羅克的妹妹」，譯文則把她的名字"Yu Luojin"添加了進去；遇羅克「敢講真話敢對現實不滿」，在譯本成為"a courageous young man who had spoken out against political oppression"，後者清楚説明遇羅克不滿的「現實」是政治壓迫；至於遇羅克「在文革中被槍斃」這部分，譯者則補充了槍斃之前發生的事——"For that he was tried, found guilty, and shot during the Cultural Revolution"；「他和她自己在那些年的不幸遭遇」，在英譯本成為「整個家庭」（"the whole family"）所經歷的「迫害」（"persecution"），即説明了所謂的不幸遭遇就是政治迫害——"about him and the further persecution that the whole family had to endure after his execution"；由此可見，譯文將原作隱諱的信息、官方忌諱的事件，加以披露，而且説得更加清楚。

又如下面兩個例子：

---

107 徐曉、丁東、徐友漁編：《遇羅克遺作與回憶》，北京：中國文聯出版公司，1999，頁 3。
108 〈大毒草《出身論》必須連根劁除〉，徐曉、丁東、徐友漁編：《遇羅克遺作與回憶》，北京：中國文聯出版公司，1999，頁 152—162。原載於《旭日戰報》特刊，1967.02.25。
109 徐曉、丁東、徐友漁編：《遇羅克遺作與回憶》，北京：中國文聯出版公司，1999，封面。

例 27

連在家糊布殼剪鞋樣的老太婆，都能倒背如流好多段**偉大領袖或偉大副統帥**的教導，講出讓人啞口無言的革命道理，家裏人經常分屬幾派，拍桌子踢門大吵。(220)

葛譯：

...even old women who eked out a living mending rags and cutting shoe soles could recite quotations from the Great Leader, **Chairman Mao**, or his Great Second in Command, **Lin Biao**, and silence their critics with revolutionary slogans. Families that had split into opposing factions fought like cats and dogs. (176)

例 28

他說：「成天說造反派蠻橫，其實造反派控制局面時，知識分子平頭老百姓很少有被鬥自殺的，等到軍隊掌權『清理階級鬥爭隊伍』，人民才受到空前的迫害。」(225)

葛譯：

"All we ever heard was the Rebels were savages," he said, "yet when they were in control of the situation, few intellectuals or ordinary citizens were persecuted or driven to suicide. But when **Mao let the military take control** and usher in the 'Class Purification Movement' **in the 1970s,** that's when the common people really suffered." (180)

例 27 中，原文只提到「偉大領袖或偉大副統帥」，把具體名字隱去不說，至於誰是偉大領袖、偉大副統帥，大家心知肚明就好；譯文則加入了文內解釋（intra-textual gloss），把人物的名字，即毛澤東（Chairman Mao）與林彪（Lin Biao），加了上去，使信息更加完整，

同時也方便了英語讀者；例 28 中説「等到軍隊掌權」，並沒有説是毛澤東幹的事，譯文卻增添了這個信息——"Mao let the military take control"，而且還加上事件發生的時間 "in the 1970s"。以上譯文，譯者都添加了內容，補充了信息，把政治事件説得更加周全，更便於譯文讀者了解事情的經過。

　　下面這個例子更進一步説明，譯者不遺餘力地解釋中國的政治、政策問題。

例 29

六十年代後期共產黨才發現鼓勵生育之愚蠢，這塊耕作過度的國土，已擠不下那麼多人。於是，七十年代猛然轉到另一頭，執行嚴格的計劃生育。基數已太大，為時過晚，政策和手段只能嚴酷：一家一胎，男紮女結。(149)

葛譯：

It wasn't until the late 1960s that the Communist Party finally realized the stupidity of promoting large families, and by then this over-cultivated land could not sustain the rapidly expanding population. **A decision on what to do, however, was delayed until the 1970s, owing to the Cultural Revolution.** Since every change of policy by the government was violent, Family Planning became a draconian policy. But by then it was too late. Given the huge population base, each family was now allowed only one child; after that, either of the couple had to be sterilized. **Much later on, to ease widespread resistance, couples were allowed to try once more if the first child was female.** (119)

　　上例中，英譯版的篇幅明顯地比原版長了許多，乃因為譯者添加

了不少內容。上面譯文黑體的部分，都是譯者加上去的內容，給原作計劃生育政策沒說清楚的地方，補充了信息。比如說，六十年代共產黨已經發現了鼓勵生育這一舉措的問題，卻一直到七十年代才執行計劃生育政策，原因就是中間發生了「文化大革命」。此外，譯文還出現了許多連接詞、時間副詞，包括 "until"、"finally"、"by then"、"however"、"owing to"、"since"、"but"、"given"、"now"、"after that"、"much later on" 等等，使得譯文的邏輯更加明確；英譯版中，行文流暢，事情的來龍去脈，也一目了然。

事實上，在英譯本中，涉及中國政權、國家政治的多處文本，譯者皆有介入文本意義，並放大原作者聲音的傾向。如以下例子：

例 30

七十年代中後期知青開始回城，分配工作時各級幹部開後門越發猖狂無忌：有後臺的分到辦公室，行了賄的分到船上學技術，無權無勢的統統當裝卸工。三哥他們一批青年裝卸工，鬧了一場罷工。按「中國人民共和國憲法」，工人有此權。工人階級是國家的領導階級，黨卻領導工人階級，一看見「鬧事」，就趕忙打電話，讓公安局趕來準備抓「為首的反革命分子」判重刑，甚至死刑──這是共產黨鎮壓罷工的老辦法。(184)

葛譯：

In the mid and late 1970s, when the migration of young urbanites back to the city began and job assignments were passed out, **cadres at all levels, toughened in the Cultural Revolution,** openly engaged in a variety of brazen underhanded dealings: returnees with connections got **cushy office jobs,** those who could come up with bribe money were assigned technical jobs aboard ship, while those who had neither became stevedores. Third Brother and his fellow stevedores soon orchestrated a work stoppage, a right permitted them under the Constitution of the People's Republic of China. **But if workers constitute the nation's leading class, it is only under the "leadership" of the Party.** So whenever such a "disturbance" began, one phone call was all it took to bring the police to arrest the "counter-revolutionary ringleaders", who would receive severe punishment, including even the death penalty. It was the Party's **tried and tested method of quelling unrest** among the workers.(147)

上例中，原文講述幹部利用特權為自己謀利益。譯文中加插了 "toughened in the Cultural Revolution" 這個定語修飾各級幹部（"cadres at all levels"），以強調幹部的無法無天；此外，原文說有後臺的知青，會分到辦公室工作，譯文則說明了被分到辦公室的，就是舒服的工作："cushy office jobs"，更突出了無權無勢的人獲分配劣等工種的落差；此外，原文的「工人階級是國家的領導階級，黨卻領導工人階級」，隱含了作者的嘲諷，譯文中，"leadership" 一詞加了引號，更增加了諷刺意味；還有把鎮壓的「老辦法」，譯為 "tried and tested method"，都加強了原作針砭時弊的力度。

例 31
一九六九年毛澤東將鬧遍天下革命的紅衞兵，解散到農村邊疆廣闊自由的天地去……(95)

葛譯：
In 1969, Mao Zedong disbanded his Red Guards, who had wreaked revolutionary havoc all over the country, and sent them to the "**vast lands of freedom**" in the border regions.(77)

例 32

（大姐又去告訴左鄰右舍，告訴每一個人。母親成了這一帶有名聲的壞女人：不僅和人私通，竟然搞大了肚子，還敢生孽種。）市政府正在搞「共產主義新風尚」運動，**這個平民區風尚實在不夠共產主義，是重點整治區。**(268)

葛譯：

All this occurred just as the municipal government launched a "Communist New Morality" campaign. Since the morals of South Bank residents were **notoriously un-Communistic**, our slum area became a primary target of the campaign.(211)

例 33

我才知道，他本人開始捱共產黨整，就是在那時候，他寫了一封信，向中央政府反映四川**饑饉的現實情況**。那時他還不到二十歲，而我還沒出生。信被退回地方公安部門，他被宣佈為右傾機會主義分子，拘押檢查。(41—42)

葛譯：

... then I learned it was during that time that he had become a **public enemy** of the Communist Party. It had started with a letter he sent to the Central Government spelling out the **human costs** of the growing famine in Sichuan. He was not yet twenty at the time, and I wasn't even born. The letter was sent back to the local security organs, who **quickly** labeled him a rightist-opportunist and put him under detention. (35)

例 31 同樣把原文「廣闊自由的天地」，譯為英文時，多加了引

號 "vast lands of freedom"，更突出了正話反說的效果；例 34 中，原文頗具調侃意味的「平民區風尚實在不夠共產主義」，譯者譯為 "notoriously un-Communistic"，把意思說得更加直白明了。例 35 中，用 "public enemy" 譯「揸整」，更加直接；而用 "human costs of the growing famine" 來譯「饑饉的現實情況」，"human cost" 更加震撼、觸目驚心，更能突出饑荒的嚴重性及政府的麻木不仁；最後，譯文添加的副詞 "quickly"，也更披露了當局打壓平民，無動於衷的做法。如此譯文加強了小說敍述者的感情色彩，也透露了譯者的立場。

從以上譯例來看，在涉及國家政治，觸及中國官方敏感神經的話題方面，譯者似乎有意加以披露。英譯本在國家政治事件方面，講述得比原作還要詳細具體，更顯作品對中共政權的批判。總的來說，英譯本中，譯者着重政治議題，照實翻譯社會現象，但弱化了性別議題。

《飢餓的女兒》是一部由多重文本組成的小說，講述了一個女孩在特定的政治、社會背景下的成長過程。讀者當然可以從不同的角度去解讀作品，「歷史學家會尤其關注其中的『大饑荒』和『文化大革命』，社會學家看到的則是一個千瘡百孔民不聊生的中國社會」；[110] 從女性主義視角去閱讀作品，我們也可以看到生活在社會底層的婦女群體，以及她們的弱勢地位和苦難人生。從以上的譯作分析來看，葛浩文更多是以歷史學及社會學的角度去解讀作品，而且關注得更多的是一個國家的社會現象。至於女譯者穆雷，我們暫且不知道她如何解讀小說的政治文本，但從她對涉及性別意識的文本的解讀來看，其譯文更能傳達原作的女性主義信息；而在男譯者的解讀過程中，政治議題似乎蓋過了性別議題，因而從女性主義視角來看英譯本，不管譯者是有意或是無意，譯作有弱化原作女性主義意識及女性權力的傾向。這一點本書第五章將有進一步論述。

---

110 穆雷：《翻譯研究中的性別視角》，武漢：武漢大學出版社，2008，頁 106。

第四章

解讀《自由女性》:
比較女譯者版本與男譯者版本

繼「中作英譯」後，本章以一個「英作中譯」的個案來討論翻譯中所涉及的話語權力問題。本章將以萊辛（Doris Lessing）的《金色筆記》（*The Golden Notebook*）中的獨立小說《自由女性》（*Free Women*）為討論對象，比較並分析兩個中譯本，看女譯者和男譯者如何解讀萊辛的作品，並處理作品中的話語權問題。

作者及作品簡介

一、作者簡介

　　萊辛 (Doris Lessing) 是當代英國著名的作家，二〇〇七年諾貝爾文學獎的得主，也是女性主義文學的代表人物。萊辛以豐富的社會生活為題材，[1]創作出多部作品，[2]所涉及的內容也十分廣泛，有國家

1　慧輝：〈現代作家小傳——多麗絲·萊辛〉，《世界文學》，1986（3），頁103。

2　萊辛已經出版了五十多部作品，所涉及的文類甚廣，有小說、科幻小說、戲劇、雜文、詩歌、自傳、文學批評等。她得過許多文學獎，比如說，毛姆短篇小說獎（1954）、法國普立克斯獎（1976）、奧地利國家文學獎（1981）、德國莎士比亞文學獎（1982）、斯密斯文學獎（1986）、帕勒默獎（1987）等等。參見胡勤：〈多麗絲·萊辛在中國的譯介和研究〉，《貴州大學學報》，2007（5），頁75—80。

問題、種族問題、政黨問題、戰爭問題、性別問題等等。萊辛尤其關注婦女的命運，[3] 因此，婦女的經驗以及男女之間的性別關係等主題常出現在她的作品中。比如說，《野草在歌唱》（*The Grass is Singing*, 1950）、《簡‧薩默斯的日記》（*The Diaries of Jane Somers*, 1983）、《屋頂麗人》（*A Woman on a Roof*, 1963）、《去十九號房間》（*To Room Nineteen*, 1963）、《金色筆記》（*The Golden Notebook*, 1962) 等等，都涉及女性的經歷和性別的問題。瑞典學院給萊辛的頒獎詞中，就說她是「女性經驗的史詩作家」。[4]

　　萊辛的眾多作品中，《金色筆記》是公認的代表作。在這部作品中，萊辛探索了眾多問題，包括種族問題、戰爭問題、共產主義問題等，也描述了女性在社會上所處的困境。此書面世之時，正逢西方興起第二波女權運動。萊辛的著作，因率真描寫了女性的獨立意識及兩性的關係而受到女性主義者的追捧，成為「女權主義的必讀書，與西蒙‧波伏瓦的《第二性》和貝蒂‧弗里丹的《女性奧祕》齊名」，[5] 成為女性主義的經典著作。[6]

二、《金色筆記》簡介

（一）《金色筆記》一書的結構

　　《金色筆記》結構獨特。全書以一篇名為「自由女性」的中篇小說為框架，以第三人稱的敘事方式，講述主人公安娜（Anna Wulf）及

3　慧輝：〈現代作家小傳──多麗絲‧萊辛〉，《世界文學》，1986（3），頁 103。

4　萬之：《凱旋曲：諾貝爾文學獎傳奇》，香港：牛津大學出版社，2009，頁 277。

5　劉雪嵐：〈分裂與整合──試論《金色筆記》的主題與結構〉，《當代外國文學》，1998（2），頁 156。

6　Ana Halbach, "Sex War, Communism and Mental Illness: The Problem of Communication in Doris Lessing's *The Golden Notebook*", in *Revista de Filologia de la Universidad de La Laguna*, 13 (1994), 153.

其好友莫莉 (Molly) 在倫敦的生活。小說佔全書約四分之一的篇幅，[7]
分為五個小節。小節與小節之間，穿插了《金色筆記》的主人公安娜
的筆記，不是一本，而是黑、紅、黃、藍四種筆記本。這些筆記本，
以安娜為第一人稱的敍事者，記錄了她從一九五〇年到一九五七年從
非洲到倫敦的生活經歷。[8] 在最後一部分「自由女性」的小說內容前面，
是「金色筆記」。這段日記，不屬於前面四種日記的分類，而是安娜
總結、反思自己的心路歷程的記錄。小說的結構如下圖所示：

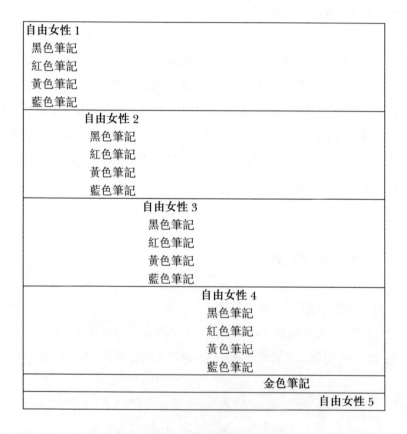

圖表 2 《金色筆記》的結構

---

7 由 Panther Granada Publishing 一九七三年出版的版本，全書一共有六百三
   十八頁。

8 劉雪嵐：〈分裂與整合──試論《金色筆記》的主題與結構〉，《當代外國
   文學》，1998（2），頁 160。

（二）《金色筆記》各部分內容的簡介

《自由女性》這篇小説，介紹了安娜與莫莉在倫敦的生活，並以莫莉的家庭事故為發展線索，向讀者展現了小説的男性角色——理查的人物形象，以及他與小説中的女性角色之間的性別關係。

黑色筆記，記載了安娜以前在非洲的生活經歷和她在當地一個左翼團體中的活動；紅色筆記，記載了安娜的政治生活與其他一些政治事件，以及她對共產主義由憧憬到失望的過程；黃色筆記是安娜所寫的一本小説的草稿；藍色筆記是安娜的情感日記，和她所收集的當時世界重大新聞事件的剪報；最後一部筆記——金色筆記，打破了前面四種筆記的界限，講述了安娜如何從精神困境中走出來。[9]

萊辛的這部作品所涉及的主題廣泛，包括殖民主義、種族主義、共產主義、女性主義等等。在《金色筆記》中，萊辛探討了女性自由的問題，也描述了男女之間不平等的性別關係，並「批判了束縛女性發展的傳統性別角色」。[10] 在《金色筆記》的各部分內容中，獨立成篇的《自由女性》尤其能反映這個問題。至於安娜的筆記部分，所涉及的內容龐雜，從種族問題到共產主義乃至情感的問題，等等，不一而足，而日記的體裁，又使得這部分內容顯得零碎，因而分析起來相當困難。然而，《自由女性》卻是一個結構完整，獨立成篇的故事，並且涉及性別問題，因此，筆者暫且不討論安娜的筆記部分，而把重點放在《自由女性》這個故事上。

（三）《自由女性》

1.《自由女性》的簡介

《自由女性》這個故事，以莫莉的家庭事故為線索，展示了小説

9　孫宗白：〈真誠的女作家多麗絲・萊辛〉，《外國文學研究》，1981（3），頁 69。

10　Annis Pratt, "The New Feminist Criticism", in *College English*, 32:8(1971), 873.

男女人物之間的性別關係。安娜和莫莉都是單身母親，各自撫養着與
前夫所生的孩子。其中莫莉的兒子湯姆（Tommy）是莫莉與前夫理
查（Richard Portman）所生的孩子，是故事發展的線索，長輩對他的
前途的討論貫穿了整部小說。湯姆已經二十歲，但他對現實世界感到
失望，常常沉迷於自己的內心世界，故事便從他們討論湯姆的前途而
展開。湯姆後來自殺不遂，失去視覺，卻因這次事故而走出精神的困
境，獲得新生。

　　莫莉和理查很年輕的時候就結婚，一年後離婚，離婚後兩人成為
朋友。理查後來與瑪麗恩（Marion）結婚，並生了三個孩子；瑪麗恩
代表了舊式的、受家庭束縛而沒有自我的傳統女性，理查卻接二連三
地發生外遇，把瑪麗恩當成家裏的保姆。理查與莫莉、安娜是朋友，
但也時時針鋒相對。小說就這樣圍繞着湯姆的前途發展，勾勒出男主
角理查的形象以及他與安娜、莫莉、瑪麗恩的性別關係。

2.《自由女性》與女性話語權

　　萊辛在她這部作品中，從一個現代女性的視角，以深刻的洞察
力，描繪了男女的關係，甚至對男人虛偽的自尊心加以揭露，來審視
性別問題。總的來說，《自由女性》這部小說的女性話語權，就表現
在作者以女性的視角來講述女人、解讀男人以及男女之間的性別關
係。具體來說，作者所掌握的話語權可以從以下幾方面表現出來：

　　（1）塑造自尊自信、獨立的女性形象

　　故事中的安娜與莫莉，是所謂的「自由女性」，[11] 是覺醒的新型
女性的代表。她們厭惡夫妻感情的隔膜與冷淡，反對丈夫可以在外
淫樂、妻子則受困於家庭瑣事（打理家務，照顧孩子）這樣的婚姻
模式，因此，兩人都與只把女人當成性對象及家庭保姆的丈夫離了

11　作品中所謂的「自由女性」，帶着點諷刺意味，因女性並非已經獲得自
　　由；作品中的自由女性，只是相對於傳統女性而言，以區別傳統的圍
　　於家庭婚姻關係的女性。見 Barbara Bellow Watson, "On Power and the
　　Literary Text", in *Signs*, 1:1 (1975), 117。

婚。[12] 安娜與莫莉，都有獨立的經濟，是知識女性的代表。安娜是作家，她的第一部小說《戰爭的邊緣》（*The Frontiers of War*）相當成功，小說的版稅足以給她帶來穩定的生活；莫莉是舞者。在經濟上兩人不依附男人，而在情感上，她們更着重平等的交流。

（2）描繪不平等的性別關係、揭露男性的霸權思想

小說中，理查來自一個富有的中產階級家庭，掌管家族生意，是一個成功的商人，同時也是個帶有大男人主義傾向的男人。他與瑪麗恩結婚，把她當成保姆，自己卻不斷有外遇，且認為男人有婚外情沒甚麼大不了。然而，瑪麗恩卻被困在家庭中，要打理家務、照顧孩子。由於得不到愛，瑪麗恩染上酗酒的習慣，以發洩壓抑的情感。理查一方面不斷與祕書有婚外情，且並沒有覺得不妥；但另一方面，當他發現瑪麗恩也有外遇的時候，卻突然講起了道德來。這體現了理查的霸權思想：單方面地要求伴侶要對自己忠誠。女人要對男人忠誠，而男人卻可以不受約束。

（3）塑造以理查為代表的大男人形象

小說中的理查有大男人主義的傾向，這傾向在他處理婚姻關係這件事上可以看出。此外，小說在不同的敍述段落中，從其他角度描繪理查的形象，比如說，他的自滿、專橫等等。同時，萊辛也揭露了大男人虛偽的一面。家裏面獨斷獨行、商場上叱咤風雲的理查，在安娜和莫莉面前卻常顯得手足無措，「時時顯得那麼蒼白和可笑」，[13]「沒能躲過她們肆無忌憚的嘲諷」。[14] 在理查和安娜、莫莉的交鋒中，男女人物的形象躍然紙上，兩性之間的張力也貫穿其中。而在這個畫面中，理查多處於下風。

12　林樹明：〈自由的限度——萊辛、張潔、王安憶比較〉，《外國文學評論》，1994（4），頁 90。

13　薛華：〈「女權主義」還是「精神崩潰」？——《金色筆記》主題探析〉，《復旦外國語言文學論叢》，2008（2），頁 53。

14　高佳：〈從破碎到完整——淺談多麗絲・萊辛《金色筆記》中「自由女性」形象〉，《黑龍江教育學院學報》，2010（2），頁 116。

3. 理查的人物形象與性別關係的問題

　　首先，作品對男女人物形象的刻畫，反映了作者的性別立場及對性別關係的看法。《自由女性》中，男女人物的形象主要通過雙方的對話得以重現，直接的肖像描寫或性格描寫其實並不多。理查與安娜、莫莉的對話佔了相當的篇幅。從對話中，我們看到理查的專制、霸道、無理，也看到映襯之下，安娜和莫莉的獨立、冷靜、聰明。[15] 在《自由女性》中，理查是男主角，他的人物形象可以從他周圍的人物關係中反映出來。比如説，他的風流，可以從他和瑪麗恩的婚姻關係中得到體現；他的專制，可以從他對待妻子和孩子中得到體現；他的無理和可笑，又可以從他和莫莉、安娜的對話中表現出來。而這些，通通與性別問題有關。理查和莫莉及安娜的對話，在塑造理查的人物形象之餘，也展示了性別政治和兩性力量的較量。因此，本章將從理查這個人物的形象入手，來分析譯本，看不同性別的譯者如何解讀並再現這個男人，進而探究譯者的性別立場以及他們如何處理女性話語權這個問題。

譯作及譯者簡介

一、譯作

　　萊辛的英文原作 *The Golden Notebook*（1962）有三個中譯本：一個繁體字版本和兩個簡體字版本。繁體字版是臺北時報出版的《金色筆記》，譯者程惠勤，一九九八年出版。兩個簡體字版本中，一本由遼寧人民出版社於一九八八年出版，但當時的中文版書名為《女性的

15　孫宗白：〈真誠的女作家多麗絲・萊辛〉，《外國文學研究》，1981（3），頁 69。

危機》，譯者是顧濤、高瞻、龔見明，另一本是二〇〇〇年南京譯林
出版社出版的《金色筆記》，由陳才宇、劉新民譯。詳情如以下表格
所示：

譯本	出版信息	譯者性別
中譯本 1	《金色筆記》，臺北時報，程惠勤譯，1998	女
中譯本 2	《金色筆記》，南京譯林出版社，陳才宇、劉新民譯，2000	男
中譯本 3	《女性的危機》，遼寧人民出版社，顧濤、高瞻、龔見明譯，1988	男

圖表 3　*The Golden Notebook* 的中譯本

　　上面三個譯本中，第一個譯本的譯者程惠勤為女性，另外兩個譯
本的譯者為男性。其中，一九八八年出版的《女性的危機》，刪節頻
繁，僅萊辛所作的序言就被剪掉了幾乎三分之二的篇幅，「這本書準
確地說，應該叫節譯本」；[16] 此外，此譯本的翻譯質量也不盡如人意，[17]
語言粗糙，有許多不地道的中文表達方式，讀起來也不通順，因而並
未引起人們太多的關注。另一本由男譯者翻譯的版本《金色筆記》，
為「譯林世界文學名著當代系列」[18] 的作品之一，二〇〇〇年由譯林出
版社推出。這個版本的質量比一九八八年的版本有所提高，行文大致
通順。目前大陸對於萊辛的《金色筆記》的研究，大多參考陳才宇的
這個版本。

　　由於這裏討論的重點在於男女譯者對萊辛作品的解讀，而顧濤的
版本刪減較多，譯本質量也不太理想，因此，我們只討論程惠勤與陳
才宇的譯本，顧譯本只適當引述。

16　胡勤：〈多麗絲‧萊辛在中國的譯介和研究〉，《貴州大學學報》，2007
　　（5），頁 76。

17　同上。

18　引自《金色筆記》一書的封面介紹。見萊辛（Doris Lessing）著，陳才宇、
　　劉新民譯：《金色筆記》，南京：譯林出版社，2000。

二、譯者簡介

（一）程惠勤

程惠勤，生於一九六八年。一九九一年畢業於北京廣播學院英語國際新聞專業，曾在中國作家協會工作五年。[19] 除了翻譯《金色筆記》外，譯者還翻譯了萊辛的一篇短篇小說《唯一例外的女人》（*One Off the Short List*），刊載於《世界文學》（1997〔5〕）上。一九九三年，萊辛應中國作家協會及上海社科院英國文學研究所的邀請，訪問中國期間，程惠勤為陪同翻譯人員。[20]

（二）陳才宇、劉新民

陳才宇，生於一九五二年，浙江磐安人，浙江大學外國語學院外國語言學與應用語言學系教授。[21] 劉新民，生於一九五〇年，南京河海大學外國語學院教授。[22] 兩位譯者除了合譯《金色筆記》一書外，還一起翻譯過《莎士比亞詩全集》，[23] 由浙江文藝出版社於一九九六年出版。

（三）顧濤、高瞻、龔見明

一九八八年出版的這個譯本，相對而言，較不規範，既無譯序，也無後記，出版機構（遼寧人民出版社）對譯者也無任何介紹；加上此書出版的時間較早，因而關於譯者的資料相對缺乏。筆者經過查證，認為東北大學學報的編輯顧濤（遼寧瀋陽人），可能是譯者之

19　見萊辛（Doris Lessing）著，程惠勤譯：《金色筆記》，臺北：時報文化，1998，譯者簡介。

20　《國際先驅導報》，2007.10.24。報上還登了程惠勤與萊辛兩人在廣州白天鵝賓館的合照。

21　見陳才宇：〈中古英語辯論詩述評〉，《浙江大學學報》，2003（3），作者簡介。

22　見劉新民：〈濟慈書信閱讀札記〉，《外語研究》，2003（1），作者簡介。

23　見陳才宇：〈譯序〉，萊辛（Doris Lessing）著，陳才宇、劉新民譯：《金色筆記》，南京：譯林出版社，2000。

一。[24] 高瞻，曾就讀於中山大學歷史系和中國社會科學院研究生院經濟與政治系，研究方向主要是政治與經濟。[25] 至於龔見明，筆者在中國期刊網搜索，發現以他名字發表的文章，從一九八○年至今，僅有一篇，且距今已有一段時間，這篇文章是〈文本的力量〉（《文藝研究》1989〔2〕）；另外，他還是《文學本體論：從文學審美語言論文學》一書的作者。[26]

下面我們就以理查這個人物形象為例，細讀女、男譯者[27] 的譯本，看看不同性別的譯者如何解讀並呈現這個人物形象和原作所牽涉的性別關係的問題。

譯本分析：女、男譯者版本中的理查

人物形象在一部小說中舉足輕重，「好的小說給讀者留下的首先是鮮明的人物形象」。[28] 人物的形象，可以從小說對人物的肖像、思想、動作、言談等等方面的刻畫中體現出來。[29] 下面，我們從《自由女性》這部小說中的肖像描寫、敘述語言以及人物對話等三方面來看女、男譯者如何解讀理查，以及理查和瑪麗恩、安娜、莫莉之間的性別權力關係。

24　見顧濤：〈21 世紀期刊出版探討〉，《編輯學報》，2001（1），作者簡介。

25　參見高瞻：《走向大國之路》，天津：天津古籍出版社，2005，作者簡介。但筆者不能十分確定此人與譯者是同一人。

26　龔見明：《文學本體論：從文學審美語言論文學》，桂林：廣西師範大學出版社，1998。

27　由於本章在接下來的譯文分析部分，會先列舉女譯者的譯文，再舉兩位男譯者的譯文；在次序上，會先討論女譯者的譯文，再討論男譯者的譯文，因而為了論述方便，本章一律採用女譯者在先，男譯者在後的行文方式。

28　任大霖：《我這樣寫小說》，太原：希望出版社，1988，頁 13。

29　劉海濤：《現代人的小說世界》，上海：上海文藝出版社，1994，頁 95。

一、肖像描寫

例 34

〈He was a shortish, dark, compact man, almost fleshy. His round face, attractive when he smiled, was obstinate to the point of sullenness when he was not smiling.〉His whole solid person—head poked out forward, eyes unblinking, had this look of **dogged determination**. (18) [30]

程譯（女）：

他整個結實的身架，他那向前傾的頭，還有那一瞬不瞬的眼睛，都給人一種**一意孤行**的印象。(37) [31]

陳譯（男）：

他的整個形象——頭向前傾，眼睛一眨也不眨——顯得**很堅強果斷**。(15) [32]

　　肖像，「是形象的外部特徵，是人物性格的外化」。[33] 我們看上面的肖像描寫，兩個譯本給中文讀者展示了兩個不同的理查形象。[34]

　　作者為理查的外貌塑造的整體印象，兩位譯者的解讀相去甚遠。原文中的 "dogged determination"，分別譯為「一意孤行」（程譯）和

30　Doris Lessing, *The Golden Notebook* (London: Joseph, 1962), 18. 為方便起見，下面取自該書的譯文，筆者直接將頁數標在譯文後面。筆者要討論的部分，以黑體標出，下同。

31　萊辛（Doris Lessing）著，程惠勤譯：《金色筆記》，臺北：時報文化，1998，頁 37。為方便起見，下面取自該書的譯文，筆者直接將頁數標在譯文後面。

32　萊辛（Doris Lessing）著，陳才宇、劉新民譯：《金色筆記》，南京：譯林出版社，2000，頁 15。為方便起見，下面取自該書的譯文，筆者直接將頁數標在譯文後面。

33　劉靜生、黃毓璜：《文苑探微》，南京：江蘇人民出版社，1983，頁 68。

34　對於 Richard，程譯本及顧譯本，譯為「理查德」；陳譯本譯為「理查」。為了論述方便，筆者在一般論述時採用「理查」這一譯名。

「堅強果斷」（陳譯）——一個貶義，一個褒義。由於譯入語讀者一般屬於「依賴型讀者」（"dependent reader"），[35] 得依靠譯者的解讀及翻譯，才能接觸到外國作品；兩個譯本給小説人物定下不同的基調，就會給譯入語讀者兩種不同的人物印象。比較起來，男譯者在這裏作了偏向正面的解讀（同樣是男譯者操刀的顧譯本中，也把上面的 "dogged determination" 譯為褒義的「頑強果斷」[36]），褒揚了理查的形象，而女譯者則與之相反。然而，這裏女譯者的解讀卻更接近原文的意思。

例 35

Richard turned his body towards her, leaning forward so that she was confronted with his warm smooth brown arms, lightly covered with golden hair, his exposed brown neck, his brownish-red hot face. (She shrank back slightly with an unconscious look of distaste...)(27)

程譯（女）：

理查德朝她轉過頭，向她俯下身來，這樣她就得面對他那散發着熱氣的光滑的棕色手臂了，那上面還長着一層淡淡的金色絨毛，同時還有他那裸露在外面的脖子，他的漲成棕紅色的臉。(50)

陳譯（男）：

理查朝她轉過身來，並向前傾了身子，把他那雙溫暖而光滑、稀疏地長着金色汗毛的古銅色手臂，那個裸露着的古銅色脖頸，那張古銅色中泛着紅光、冒着熱氣的臉湊到她面前。(28)

---

35 Valerie Henitiuk, "Translating Woman: Reading the Female through the Male", in *Meta,* 44:3 (1999), 470.

36 萊辛（Doris Lessing）著，顧濤、高瞻、龔見明譯：《女性的危機》，瀋陽：遼寧人民出版社，1988，頁 6。

這個例子中，原文描寫了理查的外形（包括手臂、脖子、臉等），及安娜對此的反應——"distaste"。我們先來讀男譯者（陳譯）的譯文：在安娜面前的是理查那「溫暖而光滑、稀疏地長着金色汗毛的古銅色手臂，那個裸露着的古銅色脖頸，那張古銅色中泛着紅光、冒着熱氣的臉」，展示給讀者的是一個陽光、健康、充滿魅力的男人。

然而，讀女譯者的版本，讀者會得到另一個印象。此譯本中，理查的「散發着熱氣」、「上面還長着」金色絨毛的手臂、「漲成棕紅色的臉」、「還有他那裸露在外面的脖子」等等，都難以讓讀者把理查和魅力男人聯想到一起。與陳譯不同，程譯一開始就道明了安娜「就得面對」理查的身體，表明了安娜的不情願，因此讀者讀到後面安娜反感的反應時，也不至於太意外。對比陳譯與程譯，在一連串描述理查的詞彙中，溫暖的手臂較之散發熱氣的手臂、古銅色的皮膚較之棕色的皮膚、還有「古銅色中泛着紅光、冒着熱氣的臉」較之「漲成棕紅色的臉」，前者顯然更能引起讀者關於理查這個人物的正面聯想。

例 36

...every Sunday of his year, summer or winter, Richard Portman wore clothes that **claimed him for the open air**. He was a member of various suitable golf and tennis clubs, but never played unless for business reasons.(18)

程譯（女）：
在理查德的生活中，不管夏天冬天，每到周日理查德・波特曼便會換上顯示他熱衷於戶外活動的裝束。他是各種各樣適合他口味的高爾夫球和網球俱樂部的成員，但除非是商務的原因，他從來也不會去打球。(37)

陳譯（男）：
一年到頭每逢星期天，不管夏季還是冬季，理查・波特曼總把自

己打扮成在野外旅行的樣子。他是許多家高爾夫球俱樂部和網球俱樂部的會員，但除了生意上的應酬，他從來不參加他們的活動。(15)

小說常利用衝突來顯示人物的性格特徵。[37] 這一段，萊辛以揶揄的方式，描寫了理查的着裝和行為的衝突，間接反映出理查的性格——愛裝蒜。他愛穿便於戶外運動的衣服，並參加各種各樣的高爾夫球、網球俱樂部，但是，如果不是生意應酬的需要，他從來不去打球。

比較兩段譯文，我們發現，程譯更接近原文的意思。"Richard wore clothes that claimed him for the open air"，程譯為顯示理查「熱衷於戶外活動的裝束」，與後面出現的網球、高爾夫球這些戶外運動，乃至理查不去打球等事情銜接起來，讀者可以從中看到因果矛盾的關係，得出理查「愛裝蒜」的性格特點；也就是說，在喜愛戶外運動這件事上，理查只是裝出來的罷了。然而，陳譯本則譯為「把自己打扮成在野外旅行的樣子」。理查愛打扮成野外旅行的樣子，跟他參不參加俱樂部、打不打球絲毫沒有關係，起碼這兩者沒有衝突，沒有衝突也就表現不出來人物的性格了。

小說中人物的裝束也是肖像描寫的一部分，用以塑造人物的形象。阿Q的形象便是一個例子。二十世紀三十年代，上海出版的《中華日報》副刊《戲》周刊上登了幾個阿Q的畫像，魯迅看了之後說：

> 我覺得都太特別，有點古里古怪。我的意見是，以為阿Q該是三十歲左右，樣子平平常常，有農民式的質樸，愚蠢，但也很沾了些遊手之徒的狡猾……只要在頭上戴上一頂瓜皮小帽，就失去了阿Q，我記得我給他戴的是氈帽。這是一種黑色的，半圓形的東西，將那帽邊翻起一寸多，戴在頭上的；上海的鄉下，恐怕也還

---

37 高爾純：《短篇小說結構理論與技巧》，西安：西北大學出版社，1985，頁 118。

有人戴。[38]

因此，如果給阿 Q 戴的是瓜皮帽，「就失去了阿 Q」。肖像描寫，並不是單單為了表現外形，即便是細微的穿戴，也「反映着人物的身份地位……揭示着人物的內心世界的」。[39]

因此，這裏理查的穿着與戶外運動有沒有關係，是「顯示他熱衷於戶外活動的裝束」（女譯），還是「野外旅行的樣子」（男譯），其實並非無足輕重。他愛把自己打扮成戶外型的男人，與他想通過以球會友來做生意當然有關係。一方面，這是理查在商界求生存和發展，乃至獲得成功的策略；另一方面，我們也可以從中看出，理查愛裝模作樣，乃至虛偽的一面。下面這個例子，雖然不屬於肖像描寫的範圍，但也能說明同樣的問題，因此暫且放在這裏一起討論。

例 37

Anna was **summoned** to Richard's office a few days later...At precisely three o'clock she was presenting herself to Richard's secretary, **telling herself that of course he would make a point of keeping her waiting.** (324)

程譯（女）：
幾天後安娜被叫到理查德的辦公室……她準時三點出現在理查德的祕書跟前，心裏明白他自然要她在外面等上一會兒。(410)

陳譯（男）：
幾天以後，安娜應邀來到理查的辦公室……下午三點正，她準時

38　魯迅：〈寄《戲》周刊編者信〉，《魯迅論文學與藝術（下冊）》，北京：人民文學出版社，1980，頁 761。筆者改的黑體。

39　劉靜生、黃毓璜：《文苑探微》，南京：江蘇人民出版社，1983，頁 69。

見到了理查的祕書，這祕書告訴她，理查讓她先等一下。（402）

上面這個例子，就表現了理查裝模作樣和愛擺架子的一面。安娜去見理查，原文用了"summon"一詞。這個詞一般用於上級召見下屬，多用於正式場合。兩段譯文中，很明顯，女譯者傳達了這個信息，安娜是「被叫到」理查的辦公室，而且安娜自己也已經料到，理查見她之前，一定會讓她先等，以滿足他的虛榮心。

另一邊，男譯者的版本中，安娜是**應理查的邀請**來見面的，而且是「祕書告訴她，理查讓她先等一下」。然而，事實上，原文說得很清楚，是安娜早已料到理查會有這麼一着。譯者重寫了原文，模糊了性別政治的問題，扭轉了理查的負面形象。讀陳譯本，理查遠非裝模作樣；相反，他是一個有禮貌、舉止適當的人，因為他是以邀約的方式請安娜來會面，而且也沒有故意要安娜久等。

二、敍述語言

除了上述的肖像描寫，小說還用了相當篇幅的敍述語言，從側面介紹理查的為人處世及性格特徵。這部分內容，女、男譯者在解讀的時候，也出現了偏差。

例 39

Richard who **had a talent for nothing but making money**, as yet undiscovered, was kept by Molly for two years.（20）

程譯（女）：
除了還未被發掘的商業天才之外，理查德**其實一無所長**，莫莉供養了他兩年。（38）

陳譯（男）：

理查此人一無所長，只會掙錢，但這方面的才能當時也還沒有被發現，因此，摩莉供養了他整整兩年。(17)

顧譯（男）：

理查德有賺錢的本事，而那時他準備成為一個作家。(8)

　　理查與莫莉[40] 兩人很年輕的時候就結婚了。當時，理查年少氣盛，帶着些叛逆，與莫莉一樣熱衷於共產主義事業，而被波特曼家族[41] 中斷了經濟來源，因此生活拮据，而莫莉卻有獨立的經濟收入，於是理查依靠莫莉供養。

　　看幾個版本的譯文，我們發現，女譯者版本跟男譯者的版本有些不同。前者強調理查「一無所長」，所以要靠莫莉供養，暗示了理查沒本事。相比之下，陳譯的重點在於突出理查掙錢的本事未被發現，才要依靠莫莉。陳譯用了「但」、「因此」等連接詞，來引導讀者的思路——理查會掙錢，「但」那時這個「才能」還沒有被發現，「因此」，才有了莫莉供養他這回事。

　　另一位男譯者的譯文，索性把莫莉養理查這部分刪掉，只説理查「有賺錢的本事」。可見，譯文在表現人物方面有差異。對於理查，男譯者維護之，女譯者貶抑之。下面一例也如此。

例 40

（Molly was still keeping Richard for months after she left him, out of a kind of contempt. His revulsion against left-wing politics, which was sudden, coincided with his decision that）Molly was immoral, sloppy

---

40　對於 Molly，程譯本及顧譯本，譯為「莫莉」；陳譯本譯為「摩莉」。為了論述方便，本書在一般論述時採用「莫莉」的譯名。

41　波特曼是理查的姓，英文是 Portman。

and bohemian. Luckily for her, however, he had already contracted a liaison with some girl which, though short, was public enough to prevent him from divorcing her and gaining custody of Tommy, which he was threatening to do. He was then readmitted to the bosom of the Portmain family... （37）

程譯（女）：

他確認莫莉是屬於不道德、感情脆弱且放蕩不羈的人。這點使莫莉走了運，因為理查德從那時起已經與某個姑娘有了來往，儘管為時短暫，但也足以使他在與莫莉離婚時無法獲得對於托米的監護權，他曾威脅過莫莉他必須要得到兒子的。之後他重投入波特曼家族的懷抱⋯⋯（40）

陳譯（男）：

他認定摩莉是個不道德的、水性楊花的放蕩女人。然後他便回到了波特曼家族的懷抱⋯⋯（18）

這是繼續前文講述莫莉和理查的感情歷史：理查如何因婚外情而失去了湯姆的監護權。萊辛的一些用詞，如 "contracted a liaison"、"public enough"、"threatening" 等，影射了理查負面的形象。這部分內容，女譯者照實譯了出來；而男譯者的版本中，全段話都不見了。

此外，對於莫莉的描述，兩位譯者的譯文也不一樣。男譯者說莫莉是「水性楊花的放蕩女人」，比起女譯者的「放蕩不羈的人」，語氣明顯重了很多，不排除有貶損莫莉形象的傾向。[42]

例 41

He had had a cottage in the country for years; but sent his family to it

---

42　這一點下文會進一步論證。

alone, unless it was advisable to entertain business friends for a week-end.(18)

程譯（女）：

他在鄉間一直有一棟別墅，但他只是把家人**打發**到那兒去度假，除非適合用一個周末來款待他那些生意圈的朋友。(37)

陳譯（男）：

許多年以前，他就擁有一棟鄉下小別墅，但他只**讓家人去住**，除非**偶爾覺得有必要才**在周末時在那裏招待一下生意場上的朋友。(15)

上例中，女、男譯者的譯文再一次傳達了不同的信息。程譯用了「打發」一詞，暗示了理查對家人的冷落，以及他跟家人相處不多；而陳譯則較委婉，譯文傳達的重點更在於：第一，理查照顧家人，因而「只讓家人去住」；第二，體貼家人，為免家人受到打擾，如非「必要」，他不會在別墅招待朋友。女、男譯者的譯文在此再次傳達了不同的人物形象。

三、人物對話

小説的人物對話是塑造人物形象的關鍵一筆。[43] 對話是建立作品人際關係的手段，也是展現人物性格的方式。「小説常通過人物語言來塑造形象，展現人物個性。」[44]

在《自由女性》中，萊辛刻畫理查這個人物形象時，除了運用肖

43　祝敏青：《小説辭章學》，福州：海峽文藝出版社，2000，頁 136。
44　同上，頁 137。

像描寫及敍述語言之外，還利用對話來表現人物的性格。事實上，三者當中，人物對話在小說中佔了最大的篇幅。筆者將理查參與的對話分為三部分：第一，莫莉對理查所說的話；第二，安娜對理查所說的話；第三，理查自己說的話。這三部分的對話，除了表現理查的性格特徵及人物形象外，也展示了兩性關係的張力。我們看看女、男譯者如何重現這部分內容。

(一) 對話一：莫莉對理查說的話

　　莫莉與理查、瑪麗恩[45] 都是朋友，對他們的婚姻狀況也很清楚，因而理查常常找莫莉談論他與瑪麗恩之間出現的問題。從莫莉的口中，讀者可以知道理查平日的一些作風。而從一個人的平時作風，讀者也可以窺測這個人的性格特徵，並得出對這個人的評價。但女、男譯者版本的讀者，很有可能會對理查得出不同的評價，因為從譯本來看，女、男譯者似乎以自己的性別身份干擾了譯文，各自展示理查在故事中的形象。

例 42

"Your poor Marion, **treated like a housewife or a hostess, but never as a human being**. Your boys, being put through the upper-class mill simply because you want it, given no choice." (25)

程譯（女）：

「你那可憐的瑪麗恩，只是作為**你們家的主婦**而存在，卻從來沒**被當成一個人來對待**。你那些兒子們，毫無選擇地硬是被**塞入了上流社會**，僅僅因為這是你的願望。」(47)

45　對於 Marion，程譯本及顧譯本，譯為「瑪麗恩」；陳譯本譯為「瑪莉恩」。
　　為了論述方便，本書在一般論述時採用「瑪麗恩」這一譯名。

陳譯（男）：

「你的可憐的瑪莉恩**活得像個家庭主婦**，或者說像個**女主人**，但**從來不像一個人**。你的孩子一個個被你送進了貴族學校，僅僅因為你想這樣做，他們自己並無任何選擇。」(25)

這是理查與莫莉的對話。對話一開始，兩人就針鋒相對。莫莉過去一年在國外演出，而留下湯姆[46]一人在家，理查對此十分不滿；加上他一直不認同莫莉的生活方式，因而藉機嘲諷莫莉。而莫莉便反唇相譏，認為理查的生活也沒有甚麼了不起。理查不認同莫莉，莫莉也看不慣理查。

上面這段話，是莫莉指斥理查的內容。對話可以反映人物的性格特點，也可以表現人物之間的關係。[47]《金色筆記》所表現的主題之一，便是丈夫與妻子不平等的權力關係（"the power of husbands over wives"）。[48]《自由女性》裏面，理查與瑪麗恩這對夫妻最能體現這種不平等的權力關係。從莫莉指責理查的話中，我們也能找到蛛絲馬跡。

在程譯和陳譯兩段譯文中，我們發現，女譯者較忠實地再現了瑪麗恩的處境，也傳達了莫莉指責理查的語氣，並直指性別不平等的問題。

兩段譯文中有兩處差別，對比之下尤能看出女譯者的性別立場。首先，原文指出瑪麗恩 "treated like a housewife or a hostess, but never as a human being"，這個被動句型說明了家庭婦女主體性的缺失，也暗示了瑪麗恩身為家庭主婦的無奈。女譯者譯為「只是作為**你們家的主婦**而存在，卻從來沒**被當成一個人來對待**」，大致傳達了這個意思，保存了萊辛對性別問題的洞見；此外，這裏還有一點值得一提，

46　對於 Tommy，程譯本及顧譯本，譯為「托米」；陳譯本譯為「湯姆」。為了論述方便，本書在一般論述時採用「湯姆」這一譯名。

47　楊昌年：《小說賞析》，臺北：牧童出版社，1979，頁 184。

48　Barbara Bellow Watson, "On Power and the Literary Text", in *Signs*, 1:1 (1975), 116.

譯文「你們家的」，除了表明説話者（莫莉）與瑪麗恩形成一種女性「話語同盟」，[49] 並加強莫莉指斥理查的語氣之外，很有可能，女譯者在此也加入了這個同盟，一起來指責理查以及這種把婦女禁錮於家庭的做法。因此，在這裏，女譯者以自己的性別身份介入了翻譯，放大了原作者的聲音，因而加強了原作所倡導的女性話語權。

再來看男譯者的譯文。首先，陳譯把被動轉為主動——「瑪莉恩**活得像個家庭主婦**」，模糊了婦女主體性這個問題，譯文讀起來，好像瑪莉恩的生活狀態，是她自己的責任，與他人無關；而且整句話，讀起來有點讓人摸不着頭腦——「瑪莉恩活得像個家庭主婦，或者説像個女主人，但從來不像一個人」？活得像個家庭主婦、女主人有何不妥？這跟「活得像一個人」有甚麼衝突？難道家庭主婦及女主人就不是人？因此説，男譯者在這裏沒能抓住問題的核心，[50] 傳達不出來男與女、丈夫與妻子的那種性別權力關係。或許同為女性，女譯者的性別觸角會敏感一些，對女性的這種處境也更有體會吧。

第二點不同之處，是"put through"的翻譯。理查的兒子上貴族學校，女譯者譯為被理查硬「塞入了」學校，顯然比男譯者版本的「送進了」學校，更能顯示理查的專橫獨斷和他對家長權力的不合理使用。在此，女譯者加重了語氣，貶抑了理查；而男譯者則相對溫和，維護了理查。

再看下面一例。

例 43

("He was too young for her, it wouldn't have lasted.")

"You mean, she might have been unhappy with him? **You were worried about her being unhappy**?" said Molly, laughing contemptuously.(30)

49　孟悦、戴錦華：《浮出歷史地表》，臺北：時報文化，1993，頁 13。
50　這裏可能也涉及譯者能力的問題。

程（女）譯：

「你是說，她要是跟他在一起的話會不幸福的，是嗎？**你竟然也關心起她的幸福與否了嗎？**」莫莉輕蔑地笑着。(54)

陳（男）譯：

「你的意思是說，她與他在一起不可能幸福？**你擔心她會不幸福？**」摩莉輕蔑地哈哈大笑說。(31)

　　理查跟瑪麗恩結婚不久後，就開始有了婚外情。由於理查不斷有外遇，瑪麗恩的愛得不到滿足，產生了壓抑感，這種壓抑感使她長期處於情感的苦悶之中，[51] 而慢慢變得有點神經質，也染上了酗酒的習慣，結果叫理查十分苦惱。

　　理查時常流露出要瑪麗恩也去找個情夫的意思，甚至直接跟瑪麗恩這樣說，後來事情終於發生了。瑪麗恩真的和一個男人好上了，這讓理查自尊心受到傷害，反過來阻止瑪麗恩的婚外情。理查在莫莉的嘲諷下，想要反擊，說那個男人太年輕了，不適合瑪麗恩，卻遭到莫莉更激烈的譏諷。

　　莫莉嘲諷理查那句話（**粗體**部分），兩個譯本中，程譯更能傳達莫莉那種斥責的語氣，直戳理查的痛處。由於「人物說話時的語調也能體現出人物的神態」，[52] 這句話的語氣語調不僅表現了莫莉的犀利，也烘托出理查的虛偽以及他當時的窘態。

　　另外，對於莫莉說話時的笑態，陳譯本有誇大之嫌，譯成了「輕蔑地哈哈大笑」；相對而言，程譯本譯為「輕蔑地笑着」，就表現了莫莉的冷靜。其實，莫莉的冷靜，更能凸顯理查的窘態；但「哈哈大笑」更傾向於向讀者傳達一個張狂、囂張的莫莉。

51　劉再復：〈文學研究中的文化視角〉，《劉再復集》，哈爾濱：黑龍江教育出版社，1988，頁185。

52　祝敏青：《小說辭章學》，福州：海峽文藝出版社，2000，頁144。

事實上，不僅此處男譯者作了這樣的處理，小說中多次出現的安娜或者莫莉的笑，即英文的"laugh"，陳譯本大多譯為「哈哈大笑」，因此，本來用來體現她們嘲弄、蔑視理查的「笑」，不經意地就轉化為兩個女人的狂傲。陳譯本讀起來，通篇都是安娜或者莫莉的「哈哈大笑」。[53] 下面是一些例子：

例 44

原文	陳譯（男）	程譯（女）
Anna laughed (326)	安娜哈哈大笑起來（404）	安娜笑起來（413）
Anna began to laugh, irresistibly (41)	禁不住哈哈大笑起來（45）	無可抑制地笑起來（68）
said Anna, laughing, out of surprise (12)	安娜驚奇得哈哈大笑（7）	安娜詫異地大笑起來（27）
Anna was startled into laughter (329)	吃驚得哈哈大笑起來（408）	驚詫不已地大笑起來（417）
Anna and Molly laughed out (21)	安娜和摩莉都哈哈大笑起來（19）	安娜和莫莉都大笑起來（42）
Both women broke into fits of laughter (29)	兩個女人再次哈哈大笑起來（30）	兩個女人又一次爆發出一陣大笑（52）
said Molly, laughing contemptuously (30)	摩莉輕蔑地哈哈大笑說（31）	莫莉輕蔑地笑着（54）

圖表 4　程譯本與陳譯本中「笑」的比較

53　此外，陳譯本對於形容安娜說話的動詞，也作了誇張的翻譯，如"said helplessly"程譯為「無奈道」，而陳譯為「絕望地叫起來」；又如"said Anna, full of bitterness"，前者譯為「安娜的語調中充滿了痛苦」，後者譯「安娜說，話說得很尖刻」。

　　在筆者看來，萊辛在原作中多處描述安娜和莫莉的「笑」，主要在於表現兩位自由女性活潑、自在的一面。然而，陳譯本中，幾乎每處譯及安娜或莫莉的「笑」時，都用了「哈哈大笑」，給兩人造成一種張狂、輕佻的負面印象。這樣一來，安娜和莫莉的人物形象就不太符合原作所要表現的自尊自信的自由女性形象了。

　　陳譯本在表現莫莉和安娜説話的神情方面，更傾向於傳遞兩人氣焰囂張的一面；然而，在處理她們斥責理查，且斥責得有理有據的地方，語氣卻和緩下來。相比之下，程譯本的語氣則比原文還要強烈。看下面的例子：

例 45

"And the moment you had her safe, you lost interest and **went back to the secretaries** on the fancy divan in your beautiful big business office." (30)

程譯（女）：

「而一旦你重新獲得了對她的安全感，你便興趣全失，重又回到了你那寬敞美麗的辦公室，跟女祕書們**滾到**你那張昂貴的長沙發上去了。」(54)

陳譯（男）：

「你又會失去對她的興趣，到你那漂亮而寬敞的辦公室裏的豪華長沙發上找你的女祕書了。」(31)

　　莫莉繼續帶着諷刺的口吻，指責理查。理查經過一段時間的努力，重新獲得了瑪麗恩的歡心，也使她斷絕了與跟她發生外遇的那個男人的聯繫。然而，之後理查又放心地搞起了他的婚外情。

　　我們看兩個譯本，女譯者的譯文中指斥理查的語氣最強烈，用了「滾」這個動詞，更傳達了莫莉對理查不留情面的批判，也顯示出理

查的「蒼白和可笑」。[54] 在兩人的對壘中，理查是理虧的一方，明顯處於弱勢。

另一邊，男譯者版本中的莫莉對理查卻顯得較為寬恕，沒有說「滾」，而用了「到」，語氣確實緩和了不少。其實，不僅此處女、男譯者的版本有這樣的差別，譯本的其他幾處譯文，也有類似的差別。看下面幾個例子：

例 46

原文	程譯（女）	陳譯（男）
(Richard)has been with some woman(32)	跟別的甚麼女人**鬼混**（56）	跟某個女人有**來往**（34）
(Richard)having affairs with his secretaries(225)	與女祕書們**廝混**（296）	跟他的祕書保持**曖昧關係**（279）
(talking about Richard)and his secretaries(225)	和他的女祕書**鬼混**（297）	**和他的祕書**（280）

圖表 5　指控理查外遇行為的幾個譯例比較

在述及理查的外遇行為的時候，女譯者的譯文，指控理查的語氣顯然強烈多了，陳譯則說得委婉。這也可能跟譯者的性別身份有關。萊辛的原作中只清淡地描述理查的外遇行為，是事實，且較中立，但女譯者的譯文——說理查跟女人「廝混」或「鬼混」，就明顯帶有指責的口吻了。譯文把原作隱晦的意思加以說明，因而直接表明了故事中敘述者的立場。女譯者女性的身份，使她在解讀原作時，很可能更能體會到作者的用意而產生共鳴。在這裏，女譯者再次與萊辛形成一種女性同盟，並有邀請譯文讀者也加入此同盟的傾向，一起來指責理

54　薛華：〈「女權主義」還是「精神崩潰」？——《金色筆記》主題探析〉，《復旦外國語言文學論叢》，2008（2），頁 53。

查的行為，而由於譯者較作者更加強了指責的力度，也強化了原作賦予安娜和莫莉的話語權力。

女、男譯者在表現莫莉的語氣語調方面存在差異，以不同的手法再現男女人物的形象，這在安娜嘲諷理查並說明理查理虧的地方，譯者也有類似的做法。

（三）對話二：安娜對理查說的話

例 47

("Do you know what she [i.e. Marion]⁵⁵ said to me a month ago? She said: You can sleep alone Richard and..." But he [i.e. Richard]⁵⁶ stopped on the verge of finishing what she had said.)

"But Richard, **you were complaining of having to share a bed with her at all!**" (329)

程譯（女）：
「可是理查德，你不是一直都在抱怨與她同床嗎！」(417)

陳譯（男）：
「但是理查，那是因為你自己一再抱怨不得不跟她合睡一張床。」
(408)

瑪麗恩後來在湯姆那裏找到了精神寄託，漸漸走出困境，並戒掉酗酒的習慣，對理查的感情也愈趨冷淡。理查去向安娜訴苦，安娜說了這麼一句話。這句話，倒沒有多少諷刺的意味，因為安娜說的只是實情，不過英文句末的感嘆號，多少顯示出安娜的意外和不解，她大

55　中括號內容為筆者所加。
56　中括號內容為筆者所加。

概沒想到理查會因此而覺得受傷。

女譯者的版本保留了原作的感嘆號，反問的句式也更能再現安娜不解的語氣，她為瑪麗恩辯護的態度，以及理查言語行為的前後矛盾。一方面，理查經常抱怨自己不得不與瑪麗恩同眠，但一旦瑪麗恩不再稀罕理查，他卻覺得接受不了。女譯者在這裏的解讀較接近原作。在男譯者的版本中，安娜的語氣減弱了。

例 48

（ "She's not going to hang around for ever. She [i.e. one of Richard's secretaries][57] wants to get married." ）

"But Richard, **the supply of secretaries is unlimited**. Oh don't look so wounded. You've had affairs with at least **a dozen** of your secretaries, haven't you?" (329)

程譯（女）：

「可是理查德，**祕書是永遠也不會少的**。噢，別一副受傷的樣子。你不是至少跟**十幾個**祕書有過風流韻事嗎？」（417）

陳譯（男）：

「但是理查，**祕書甚麼人都能做**。哦，別裝得那麼傷心了。你至少已跟**五六個**祕書有過關係，是不是？」（409）

理查就計劃與瑪麗恩離婚一事向安娜尋求意見。對於原文第一處**黑體劃**線部分，女譯者的譯文忠實地翻譯了原文的意思，再現了安娜辛辣的諷刺——「祕書是永遠也不會少的」，説明理查的外遇是不會少的，沒有這個祕書，還有下一個祕書。陳譯的「祕書甚麼人都能做」就沒能把這層意思譯出來。譯文脫離了上下文的語境。不知道是

57　中括號內容為筆者所加。

譯者曲解了原文的意思，還是因為他們有意去改寫文本？另外，陳譯中與理查有過私情的祕書的數量，也減少了一半，這也讓人產生同樣的疑惑。

（三）對話三：理查自己説的話

例 49

Richard **spoke fiercely** to Molly, turning hot and angry eyes on Anna, so as to include her: "That was **a pretty bloody thing** you did, wasn't it?" (318)

程譯（女）：
理查德正對莫莉暴跳如雷，盛怒的雙眼不時轉向安娜，表示她也逃不開責任：「這事你幹得真他媽的叫漂亮，是吧？」(404)

陳譯（男）：
理查聲色俱厲地對摩莉説話，同時還把憤怒的目光投向安娜，以便把她也拉扯進去：「這簡直太殘忍了，是不是？」(395)

以上這個例子，也再一次説明，女、男譯者在解讀理查這個人物形象時，有偏差。湯姆自殺未遂，但留下失明的後遺症。在病房裏，湯姆還不知情，當他問起的時候，莫莉如實告知他有關後遺症的事情，這讓理查非常生氣，因而指責莫莉。

首先，對於理查説話的神態，程譯與陳譯作了兩種不同的解讀。"spoke fiercely"，程譯為「暴跳如雷」，帶有貶義，描繪出理查激動與暴躁的一面；另一邊，陳譯用「聲色俱厲」來形容理查，顯然，展現的是理查穩重、威嚴的形象。這與女譯者譯文所塑造的理查形象迥然不同。

至於理查説話的內容這部分，兩位譯者也有不同的處理手法。比

如說，原文的 "a pretty bloody thing"，程譯為「這事你**幹得真他媽**
的叫漂亮」，[58] 陳譯為「這簡直太殘忍了」。我們知道，一個人的說話
方式能反映這個人的個性和涵養，而小說對話中的人所說的話也能說
明其出身教養。[59] 看以上兩個版本的理查，女譯者版本中的理查顯然要
粗魯無禮得多。男譯者版本中的理查，沒有罵娘，說話也文明得多，
語氣也較為緩和。這裏的理查，表現出了冷靜與克制，與之前的「聲
色俱厲」所映射出來的威嚴形象前後對應。這兩個版本的譯文，也就
是兩個版本中理查所說的話，分屬不同的語域（register）：前者的說
話人是一個急躁粗魯、沒甚麼修養的人；後者的說話人是一個冷靜克
制、素有教養的人。下面這個例子也能說明這一點。

例 50

"It's about Marion. Did you know she was **spending all her time with**
Tommy?" (325)

程譯（女）：
「你知不知道她現在成天跟托米泡在一起？」(412)

陳譯（男）：
「你知不知道他整天跟湯姆在一起？」(403)

湯姆自殺未遂，瑪麗恩常常去看望他，發現兩人有很多共同的
話題，也從湯姆那裏找到了精神的寄託，因而冷落了理查。理查在此
向安娜抱怨。比較兩個版本的譯文，我們發現，女譯者的譯文出現了
「泡」字。多加了一字，理查說話的語氣與後兩句比起來，便不太一

---

58 女譯者這裏的譯文其實還不是最好的，用「漂亮」來譯 "pretty"，不太
合適。這句話，筆者會譯為「哼，看你幹的好事！」。
59 楊昌年：《小說賞析》，臺北：牧童出版社，1979，頁 186。

樣。理查說瑪麗恩跟湯姆「泡在一起」，比說「在一起」，更能反映出理查因自尊心受損而說起話來酸溜溜的語氣。瑪麗恩覺醒後走出婚姻的困境，不再受家庭的捆綁，而找到自己的價值所在，這讓理查十分不解，且感到惱火。這其實也是性政治的表現，女人在追求自由的路上，要不斷克服來自男人的阻力。

另外，與上面的例子相同，這裏女譯者的譯文與男譯者的譯文中，理查所說的話，也分屬兩個語域。一般來說，說某個人跟誰「泡在一起」，語言相對粗俗，而有身份、有涵養的人，用這種表達方式的應該不多。「泡在一起」這種說法，在這裏也透露了說話人惱怒的語氣。男譯者的譯文，採取一般的說話方式，雖然也傳達了理查對瑪麗恩的不解與不滿，但比較起來，男譯者版本中的理查，「醋意」減弱，顯得較克制，也不會顯得沒有修養。如此一來，男譯者製造一種正面的人物形象，而女譯者則恰好相反。此外，女譯者的譯文，更能顯示出理查不滿的情緒，把握了原作者所要傳達的女性權力。

上文中，我們從人物的肖像描寫、小說的敘述語言以及人物對話等三方面，看了女、男譯者對萊辛的解讀，以及他們對理查這個男性人物形象在譯文的不同再現。綜上所述，對於理查這個人物角色，女譯者與男譯者有不同的理解，因而理查在女、男譯者版本中表達出來的性格特點也不一樣，而性格是表現人物形象的一大要素，[60] 因此，不同性別的譯者就向中文讀者呈現了不同版本的理查，而這也導致了在不同的譯本中，理查與幾位女性角色之間的性別權力關係，也呈現出不同的畫面。

60　劉海濤：《現代人的小說世界》，上海：上海文藝出版社，1994，頁 96。

理查的性格與形象的再現

陳果安在《小說創作的藝術與智慧》一書中指出，一個人的性格可以從以下四個方面表現出來：

（1）態度特徵，包括：

第一，指對別人、集體、社會的態度特徵，比如說，富有同情心、誠實、正直、有禮貌，以及與之相反的冷漠、自私、孤僻、虛偽等；

第二，對工作及家庭、婚姻乃至生活的態度特徵，[61] 比如說，勤勞、懶惰、有責任心、吊兒郎當、忠誠、認真、馬虎、浮華、缺乏責任感等；

第三，對自己的態度特徵，比如說，謙虛、自負、自滿、自卑、胸懷大志、自甘平庸等。

（2）意志特徵，包括：

第一，對行為及目標的明確程度，比如說，堅決果斷、猶豫不決、畏首畏尾等；

第二，對行為控制的自覺程度，比如說，嚴於律己、自制力強、難以自拔、放任自流等；

第三，在緊急狀況或艱苦條件下的意志特徵，比如說，頑強、果斷、勇敢、鎮定等；

第四，在執行自己所作的決定時表現出來的意志特徵，比如說，堅韌、頑強、執拗、頑固等。

（3）情緒特徵，包括：

第一，情緒受意志控制的程度；

第二，情緒的起伏波動平穩程度；

61　原書只涉及對工作及勞動的態度，筆者在此加上對家庭、婚姻及生活的態度。

第三，情緒對身體、生活和工作的所造成的影響及影響的程度。

（4）理智特徵，比如說，擅於獨立思考、習慣於從眾思維、偏好分析或偏好綜合等。[62]

雖然在現實生活中，一個人的性格要比上述的特徵複雜得多，但陳果安總結出來的這幾點，大致囊括了一個人的性格中，幾個重要的特徵，因而不失為一個合理的理論框架，供我們討論理查這個人物的性格特徵。

筆者粗略統計，上文所舉的十六個例子中，十三個與理查的性格特徵有關，其他的三個例子中，一個關於理查的能力問題，一個是理查的外形描寫，最後一個則是關於安娜的笑態。現詳列如下：

譯例分類	譯例編號（例）
性格特徵	34，36，37，40—43，45，46—50
事業能力	39
外形描寫	35
安娜的笑態	44

圖表 6　譯例分類

縱觀上文與理查的性格特徵有關的例子中，除了沒有涉及理查的「理智特徵」外，其他三個方面的特徵都能對號入座。而且，總的來說，女譯者版本與男譯者版本在表現理查這三方面的性格特徵時，出現負、正相反的兩個趨勢。比如說，本章的第一個例子（即例 34），就從意志特徵方面塑造了理查的性格，而女譯者與男譯者，卻分別譯出來這個意志特徵的負、正兩面：女譯者版本中的理查「一意孤行」，而男譯者版本中的則「堅強果斷」。

62　陳果安：《小說創作的藝術與智慧》，長沙：中南大學出版社，2004，頁 145－146。

其他涉及理查的態度特徵、意志特徵及情緒特徵的例子中，也存在類似的取向。換言之，女譯者傾向於表現理查負面的性格特徵，而男譯者則傾向於塑造理查正面的性格特徵，或減弱其負面的程度。上述十六個例子可歸類如下：

態度特徵			意志特徵			情緒特徵	
36❶	女❷-：裝模作樣、虛偽	34	女-：固執	49	女-：易怒		
	男❸+：沒有體現出來		男+：堅強		男+：冷靜		
37	女-：自大、虛偽	40	女-：蠻橫	50	女-：惱怒		
	男+：有禮貌		男+：刪除了		男+：不明顯		
38	女-：自卑	42	女-：專橫、獨斷	/			
	男+：自信		男+：弱化了				
41	女-：缺乏家庭責任感	/		/			
	男+：體貼家人						
43	女-：自私	/		/			
	男+：轉化為莫莉的輕蔑						
40/45/ 46/48❹	女-：風流、對婚姻不忠	/		/			
	男+：弱化了						
47	女-：言行不一	/		/			
	男+：弱化了						

圖表 7　女、男譯者表現理查性格特徵的相反取向

❶ 譯例編號。❷ 這裏指女譯者的譯文。❸ 這裏指男譯者的譯文。
❹ 有時候，同樣的文本，能表現人物性格的不同特徵。這裏的例 40 既能表現理查的態度特徵（風流、對婚姻缺乏責任感），也能表現其意志特徵（專橫、不律己、婚外情不斷）。

下面我們從這三類性格特徵中，分別舉例來說明問題。首先，在態度特徵這一類，我們來看例 36。此例中，女譯者的譯文闡明，理查故意打扮成熱愛戶外活動的樣子，並參加各種網球、高爾夫球俱樂部，但他這樣做只是為了要做生意賺錢，並不是真正熱愛運動。如前文所述，這體現了理查愛裝模作樣，乃至虛偽的一面；然而，男譯者的譯文卻體現不出這一點。又如例 37 中，女譯者譯出了理查的自大

與傲慢，而男譯者卻改寫了原文，其譯文表現出的理查是謙和有禮貌的。其他的譯例，都大致表現出女、男譯者對理查的性格形象的不同取向，呈現出人物褒貶不一的性格特徵。

在性格的意志特徵方面，除了例 34 外，例 43 也能說明女、男譯者在建構理查的性格特徵時，所表現出來的不同取向。例 43 在女譯本中，理查將他的孩子「硬塞」進去上流社會，表現了他獨斷、專橫的一面；然而，男譯本中的理查，卻是將孩子「送進」貴族學校，其專橫被弱化了。此外，例 40 也說明了同樣的問題。在此例中，理查與莫莉離婚，自己有婚外情在先，還「威脅」莫莉，要得到湯姆的撫養權。這說明了理查的無理和專橫，但男譯者卻刪掉了這些內容。例 40、45、46、48 等，女譯者的譯文再現了原文所述及的理查的外遇行為，甚至加重了指責的語氣，向讀者展示了理查這個人的風流、不自律、不自重；[63] 然而，對比之下，男譯者的譯文，有時以改動內容的方式（如例 40），[64] 否認了理查的外遇行為，有時則以較溫和的字眼（如例 46），[65] 來重述理查的外遇行為，以降低其事對其人的負面影響，從而維護了理查的人物形象。

至於理查的情緒特徵方面，例 54 是明顯的例子。女譯者的譯文中，理查「暴跳如雷」，說明此人易怒、暴躁；而男譯者的譯文中，理查則是「聲色俱厲」，給讀者傳遞的是理查的威嚴和沉着冷靜。如此，一個是易怒的理查，另一個是冷靜的理查，呈現了兩種截然不同的人物形象。

無論在態度特徵、意志特徵，還是在情緒特徵方面，女譯者與男

---

63 這些例子也同樣體現了，理查的態度特徵，他對婚姻、對家庭缺乏責任心，不認真對待感情和婚姻。

64 例 40 中，原文述及理查因婚外情而喪失了湯姆的撫養權，男譯者版本把這部分內容刪除了。例 51，原文以諷刺的語氣說明理查的外遇不會終止，因為他身邊的祕書有很多（the supply of secretaries is unlimited），男譯者沒有把這個意思譯出來。

65 比如說，在例 49 中，男譯者的譯文說，理查與某個女人有「來往」，或存在「曖昧關係」，「來往」及「曖昧關係」這些字眼，比起女譯者版本中的「鬼混」和「廝混」，要委婉得多。

譯者都呈現出不同的取向。他們對理查這個人物有不同的理解，因而作了不同的翻譯。從譯文的分析來看，女譯者傾向於從消極的方面塑造理查的人物性格，而男譯者則恰好相反。

角色之間的性別權力關係

上文分析了不同性別的譯者如何在譯文中呈現不同版本的理查。如前文所說，譯者在描述理查的面貌時，也牽動了理查與幾位女性角色之間的性別權力關係，而使原作的「性政治」在譯作中得到不同程度的呈現。

所謂「性政治」，就是以政治的角度去看待兩性的關係。[66] 如前所述，米列（Kate Millet）認為，在一般的權力結構中，一部分人以政治的手段來控制另一部分人，而在兩性的權力結構中，男性便以性政治的手段來控制女性；[67] 也就是說，男女間的關係，如政治生活中男人與男人間的關係，是一種支配與附屬的關係。[68] 但是筆者認為，兩性的政治問題始終涉及兩方的權力和利益，女權運動興起以來，女性也已經主動地介入了性政治這個問題中，不再被動地接受附屬於男人的地位，而要爭取更多的權力，而話語權就是其中之一；因此，性政治就意味着兩性的角力，也就意味着兩性權力不斷的此消彼長了。或者可以這麼說，所謂的性政治，就是指兩性當中，誰有權力支配誰的問題（who has power over whom）。從《自由女性》的譯文來看，女、男譯者對於原作的性政治及話語權這個問題，有不同的解讀和表現。

66　康正果：《女權主義與文學》，北京：中國社會科學出版社，1994，頁18。

67　同上。

68　顧燕翎：《女性主義理論與流派》，臺北：女書文化，1996，頁110。

一、理查與瑪麗恩的性別權力關係

理查與瑪麗恩之間的婚姻關係是一種不平等的性別關係。小說中，理查與瑪麗恩是夫妻，但理查只把瑪麗恩當作性對象和家庭保姆，自己卻在外面不斷發展婚外情，並認為男人有婚外情沒有甚麼不妥。但當他發現瑪麗恩也有外遇的時候，卻覺得男人的自尊心受到傷害，遂阻止瑪麗恩的外遇行為。這體現了理查的霸權思想，只是單方面地要求伴侶要對自己忠誠，女人要對男人忠誠，而男人卻可以不受約束。

在女譯者的譯本中，這種性政治的性別問題大致再現了。換言之，女譯者再現了原作的話語權。從女譯者的譯文中，讀者可以讀到瑪麗恩被束縛在不平等的婚姻關係中，而喪失了女性的自由，也可以讀到理查的專橫和霸道，因而較接近原作，再現了理查的父權意識和霸權思想。

在男譯者的版本中，這種性別政治卻有不同的表現。瑪麗恩與理查不平等的婚姻關係，以及她喪失自我、失去自由這一點，不如女譯者的版本明顯。理查的風流、霸道方面也被弱化，因此，小說中的理查通過性政治而使瑪麗恩處於附屬地位這一點，沒有得到體現，或者說，這個性別問題在男譯者版本中淡化了。

二、理查與安娜、莫莉的性別權力關係

如前所述，在萊辛的描述中，安娜和莫莉是新女性，是知識女性的代表，獨立且能幹。理查與安娜及莫莉之間是朋友關係。從理查和安娜、莫莉的性別權力關係來看，後者常是強勢的一方，因為在小說

中，理查在安娜和莫莉面前「時時顯得那麼蒼白和可笑」，[69]「沒能躲過她們肆無忌憚的嘲諷」。[70] 理查和安娜與莫莉的交鋒，體現了兩性之間的張力，理查意圖彰顯自己的男性權力（如：例 37），而安娜和莫莉則以嘲諷的方式，把男權打壓下去。換言之，萊辛把話語權賦予作品中的女性人物，以與男權抗衡。

從內容來看，[71] 女譯者把原文的意思傳達過來了，因而也把原文的性別權力關係在譯作中展示了。而男譯者的譯本中，理查要彰顯自己的權力和高女人一等這一點，不太明顯。然而，譯本中，理查受嘲諷這一點倒是譯了出來，但與原作及女譯者的譯作的主旨不太一樣。原作及程譯本，表現了理查在自由女性的旁襯下，所表現出來的窘態；而陳譯本卻傾向於以描繪安娜和莫莉的狂妄和囂張，而旁襯出理查的無奈。這樣一來，性政治在兩譯本中就有不同的表現了。事實上，筆者發現，陳譯本有醜化自由女性的傾向。除了上文例 47 所述，出現在陳譯本中的安娜和莫莉，總是張狂地「哈哈大笑」之外，陳譯也塑造了安娜冷傲的一面，這表現在，述及安娜說話的神情的幾處譯文，陳譯都以「冷」來描繪安娜。

例 56

原文	陳譯（男）	程譯（女）
said Anna, drily(13)	安娜**冷冷**地說（9）	安娜**淡然**道（31）
said Anna drily(340)	安娜**冷冷**地說（422）	安娜**不動聲色**地說（429）

可以看出，陳譯本中的安娜，冷漠而高傲，而女譯者譯本中的安

69　薛華：〈「女權主義」還是「精神崩潰」？——《金色筆記》主題探析〉，《復旦外國語言文學論叢》，2008（2）），頁 53。

70　高佳：〈從破碎到完整——淺談多麗絲·萊辛《金色筆記》中「自由女性」形象〉，《黑龍江教育學院學報》，2010（2），頁 116。

71　在此暫不討論語言的美感。

娜卻是冷靜而淡然的一個人。此外，在介紹這兩個「自由女性」的時候，陳譯也表現出貶抑的態度。讀陳譯本，安娜是這樣一個人：「**身材瘦小，皮膚黝黑，脾氣易怒，老是警覺地睜着一雙黑色的大眼睛，頭髮理得毛茸茸的……**」[72] 這完全就是一個負面的，易引起讀者反感的安娜！再看莫莉，她則是一個「情緒說變就變」的女人。

由此看來，男譯者的譯本醜化了安娜和莫莉的形象，而襯托出理查的無辜，並弱化了理查的男權思想，因而，在女、男譯者的譯本中，理查與安娜、莫莉的性別權力關係也有了不一樣的表現。

三、女、男譯者對性與權力問題的處理

下面這幾個例子，與性有關，也與權力關係有關。女、男譯者對這種通過性所表現出來的權力關係卻有不同的處理。下面兩個例子，說話人是一個名為米爾特（Milt）的男人，他是安娜的情人之一。

例 51
"Want me to screw you?" (564)

程譯（女）：
「想讓我幹你嗎？」（691）

陳譯（男）：
「要我幹那事嗎？」（697）

---

72 萊辛（Doris Lessing）著，陳才宇、劉新民譯：《金色筆記》，南京：譯林出版社，2000，頁10。筆者加的黑體。原文為：「Anna was small, thin, dark, brittle, with large black always-on-guard eyes, and a fluffy haircut...」（14）

例 52

"The last time I screw her was on our honeymoon." (564)

程譯（女）：

「最後一次我幹她還是在我們的蜜月裏。」（692）

陳譯（男）：

「我們最後一次幹那事是在蜜月裏。」（697）

第一個例子是米爾特問安娜而說的話，第二例是他向安娜講述他與前妻的性事。米爾特在安娜面前津津樂道他的性事，以顯示他的男人氣概。兩例中，原作中米爾特用的詞是 "screw"。用這個詞來談論性行為，不但粗俗、無禮（"a rude and offensive use"）[73]，也體現了男性本位的霸權思想，這種思想只把女性當成被動的性對象，隱含了一種不平等的性別關係。我們發現，上面兩例中，女譯者都用了中文的「幹」字來譯 "screw" 這個詞，並且這個動詞後面緊跟着「幹」的對象（例 57 中的「幹你」，例 58 中的「幹她」），把男女之間的權力問題直接說明。

雖然陳譯本中也出現了「幹」字，但用法與女譯者的譯文大有不同。陳譯中米爾特所說的「幹那事」，是「性交」的委婉說法，並無說明行為的施動者和受動者，因而也沒有譯出來 "screw" 這個詞所隱射的權力問題了。因此，在女、男譯者的譯本中，理查與幾位女性角色之間的性別權力關係以及由性所帶出來的權力問題也有不同的表現，結果使原作的「性政治」在譯作中有不同的呈現。

讀譯本，我們發現，女譯者的解讀接近原作的女性主義思想，其譯文甚至放大了原作的女性主義色彩，語氣顯得更加強烈；而陳譯本

73　John Sinclair (ed.), *Collins COBUILD English Dictionary* (Shanghai: Shanghai Foreign Language Education Press, 2000), 1490.

有許多地方與原文及程譯本有出入。從譯文來看，我們暫且不排除其中有譯者能力的問題，男譯者可能在某些地方誤解了原文，而作出與原意相差甚遠的譯文，但除卻這部分可能是譯者誤解的譯文，從大部分譯例來看，男女譯者有以其性別身份干擾原文之嫌，隱約透露了其性別立場。對於理查的形象，女譯者的譯本再現了理查的性格特徵，而對理查持貶抑的態度；男譯者則把不利於理查的內容刪掉或弱化不利信息的影響，相對來說，其譯本對理查持維護的態度。

換言之，從兩個譯本的分析來看，女譯者的解讀傳達並加強了女性的話語權，而男譯者的解讀不太符合原作的女性主義精神，有弱化的傾向。下一章將進一步論述，女性主義小説所彰顯的女性話語權在男女譯者版本中的不同表現。

第五章

中英對譯中的話語權問題

在前面兩章中，我們看了兩個翻譯個案，分別是虹影的《飢餓的女兒》、葛浩文的譯本 *Daughter of the River* 及穆雷的節譯，還有萊辛的 *Free Women* 與程惠勤、陳才宇等所譯的不同版本的《自由女性》。我們細讀並比較了原作與譯作，發現男女譯者譯本有差別，因而話語權的表達也有不同。在本章中，我們針對話語權的問題，結合性別因素來進一步討論上述翻譯。

話語權

一、話語、權力與主體

在第二章中，筆者論述了福柯的話語權力理論，以及話語權與翻譯之間的關係。如前所述，話語與權力二者緊密相關，充斥於人們的生活之中。首先，話語是權力的表現形式，能夠掌握話語即意味着擁有權力；其次，權力能夠促進話語的建構，並通過話語來執行；再次，話語受制於權力，也抵抗權力，因而就有了強勢話語與弱勢話語、主流話語與邊緣話語之分，也就是説，權力的流動性，使話語也處於一個動態的建構過程，能加強或削弱權力；最後，在權力與話語的運作中，還可能涉及主體：主體生活在話語中，由權力話語所建構。因

此，誰擁有話語權力，其主體的建構就越明顯、越具有優勢，在權力
關係中就越佔據有利的地位，而這也會反過來鞏固權力。話語、權
力、主體三者之間的關係，可以用下圖來表示：

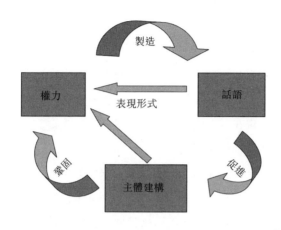

圖表 8　話語權力的運作模式

二、話語權與女性主義

　　福柯的話語理論給女性主義者帶來啟示。女性主義者認為，在父
權社會中，婦女沒有話語權，女性話語受到男性宣導的主流話語所排
斥，而長期被邊緣化。要改變這種局面，女性就要打破沉默，發出自
己的聲音，去解構主流話語，建構女性自己的話語及話語權力，使原
本處於邊緣地位的女性話語能逐步壯大而與男權話語相抗衡。女性主
義寫作便體現了這種主張：以女性書寫自己的方式來確立自己的主體
位置，並爭取女性的話語權力。女性主義寫作的目的，就是要解構男
性話語霸權，推翻霸權話語給女性設定的主體位置（如「唯女子與小
人為難養也」、「女人天生低賤」等論述），並以女性自己的聲音、自
己的話語建構一個女性具有話語權的世界。

　　如上所述，女性主義寫作彰顯了女性的話語權。《飢餓的女兒》

與 *Free Women* 這兩部作品也如此。

三、《飢餓的女兒》與話語權

在小說中，作者從性別議題的多方面，表達其女性主義的立場，為社會底層的婦女發出了聲音。虹影這位女性主義作家，在其作品中已經掌握並彰顯了女性的話語權。簡言之，作者的女性主義意識及其所表達的話語權表現在以下幾個方面：

第一，展現一般的性別議題。

這些議題包括男人的形象、陽具歆羨、家庭暴力、性暴力，以及其他表現婦女為弱勢群體的事件（比如說，茅坑事件所反映的性別不平等問題）。在《女兒》中，作者以反父權的姿態，以女性自己的聲音講述了女人的生活經歷，並對上述性別議題表達了自己的看法，彰顯了女作家的話語權。作品中，男人受到不同程度的貶抑；父親的形象未得到正面的描述；弗洛伊德陽具歆羨的神話被打破（作品甚至以閹割來達到貶雄的目的）；女性的個性也與父權社會所期望的背道而馳；男人的暴力行為也加以揭露。

第二，講述社會底層婦女的悲慘遭遇。

作者在小說中講述了婦女的生活經驗，包括母親做苦工、三姨餓死、外婆病亡等故事。虹影談及這本小說的創作時曾說：「從小作為私生女的身份，使我的存在一直不受家裏人的重視，我的聲音是被閹割的。而事實上，中國的女性即使到今天還有許多發不出聲音。所以有中國成長經驗的作家要在寫作中走女權主義的道路，往往會比國外的女權主義者走得更先鋒、更激烈、更極端。」[1]

第三，揭露婦女所遭受的政治壓迫。

在作品中，作者還講述了婦女在特定的政治背景下所遭受的政治

---

1 見《東方早報》（2006.10.20）。

壓迫，包括女知青被幹部姦淫、大姐受批鬥、婦女成為響應國家號召的生育機器等事件。

從性別視角來看，這些議題在作品中都體現了作者的女性主義意識及女性話語權：作者以女性的立場，講述了自己與長江南岸婦女的故事和經歷，並對性別議題、男女兩性表達了自己的看法，因而在作品中，作者掌握了以女性及女性主義的立場來說話的權力。

四、*Free Women* 與話語權

同樣，萊辛在 *Free Women* 這部小說中，也掌握了以女性及女性主義的立場來說話的權力。小說所表達的話語權，就在於作者以女作家的視角來講述女人、解讀男人以及女人之間的性別關係。這表現在：

第一，塑造自尊自信、獨立的女性形象：安娜和莫莉。

安娜和莫莉是自由女性的代表，她們自尊自信、富有主見、獨立能幹。她們不受婚姻的約束，自在地生活。

第二，描繪不平等的性別關係、揭露男性的霸權思想。

小說中的理查把自己凌駕於妻子瑪麗恩之上，要求後者要對自己、對婚姻忠誠，而他卻可以不受約束。

第三，塑造以理查為代表的大男人形象，並貶抑了這種男人。

在小說中，萊辛描述了以理查為代表的大男人形象：自滿自大、獨斷獨行。

簡言之，萊辛在 *Free Women* 中，利用自己所掌握的話語權，塑造了以安娜和莫莉為代表的自由女性，也貶抑了以理查為代表的男人形象。在此，女人掌握了說話的權力，男人淪為被定義的對象。

綜上所述，虹影的《飢餓的女兒》和萊辛的 *Free Women*，都表現了作者的女性主義意識及話語權力。那麼，在中英對譯的過程中，原作所彰顯的女性話語權又如何呈現？

話語權與翻譯

　　女性主義作品彰顯並宣揚女性話語權，而翻譯對於原作話語權的處理，卻分三種不同的情況。第一種，是用翻譯來鞏固女性話語權，表現為女性主義翻譯；第二種，是用翻譯來維護男性的話語權；第三種，則是用翻譯來傳遞原作的話語權，在這種情況中，譯者相對忠實地保留了原作的女性主義思想，既沒有刪減或改動源文，也無所謂加強或減弱原有的女性主義意識，也就是說，譯者沒有以自己的性別立場來操控翻譯活動。[2]

　　我們可以用下圖來說明這三種情況：

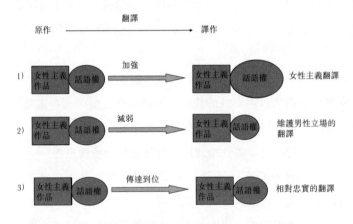

圖表 9　翻譯表現女性話語權的三種情況

　　如上圖所示，從性別的角度來看翻譯與話語權的問題，就翻譯女性主義作品而言，就有了上述三種情況。那麼，《飢餓的女兒》與

2　有些譯者雖然以一種相對忠實的方式在譯入語中傳達原作的女性主義信息，而不會以自身的性別立場去干預譯文，但她們有時候會在譯序中表明，自己意識到了原作的女性主義思想，並要藉翻譯來推廣、散播這種思想。

Free Women 所彰顯的女性話語權，在中英對譯的過程中，會怎樣呈現出來？男女譯者在處理原作所表達的話語權的時候，會否有不同的做法？

中作英譯：《飢餓的女兒》與
Daughter of the River

在第三章中，我們細讀並分析了《女兒》及其英譯。從這部小說的英譯情況來看，就性別議題而言，葛浩文並沒有作充分的翻譯。對於《女兒》表現女性主義思想的三部分內容，譯者有不同的處理手法。譯者「重寫」了女性主義意識及話語權表達得最強烈的第一部分內容，而削弱了原作的女性主義意識和話語權力；至於第二及第三部分內容，或許由於譯者採取了歷史學及社會學的角度（而非性別視角）去解讀作品，因而這部分內容被譯者納入了社會現象與國家政治問題的範疇，而在譯作中大致再現了。下面，我們結合話語權力理論來進一步討論這個問題。

一、話語權力與男人的形象

如上所述，話語權力的運作方式表現為，在兩性關係中，掌握權力的一方製造話語，並用話語來建構主體，進而使自己的權力更加鞏固起來。這一點在《女兒》表現女性主義意識最強烈的那部分內容中最能體現出來。這部分內容涉及眾多的男性人物，作品所彰顯的大部分話語權就在作者對這些男人的貶抑中表現出來。虹影這位女性主義作家掌握了說話的權力，從自己的女性主義立場出發，在小說中展示

了多個性別議題，並塑造了負面的男性形象。小說中的男人，有醜陋的性器官，並且施展暴力，養父對女兒缺乏關愛，歷史老師「公然引誘處女」，德華自私地為自己打算，公雞更慘被閹割。女性主義作家利用手中的話語權，製造了與男人有關的負面話語，而這些話語通通不利於建構男人正面的形象。小說中的男人，與施暴者、操控者、醜陋、冷淡、自私、品行不端聯繫在一起。這跟以前男人壟斷話語權，說女人是「小人」（見「唯女子與小人為難養也」）、「低賤」（見「女人天生低賤」）的情形，正好相反。那麼，譯者如何處理作者所表現的這種女性話語權呢？

二、《女兒》與話語權在翻譯中的再現

（一）葛浩文的翻譯

在討論葛浩文的翻譯與話語權這個問題之前，我們先來了解一下譯者的翻譯觀以及他選譯作品的側重點，因為這可能影響了他對《女兒》這部作品的翻譯。

1. 譯者的翻譯觀

《華盛頓郵報》（2002.04.28）曾登過葛浩文的一篇文章 "The Writing Life"。文中，葛浩文根據多年的翻譯經驗，談自己對翻譯的看法。他的翻譯觀與文化學派的翻譯觀不謀而合。他認為，「翻譯即叛逆」、翻譯的本質即重寫（"Rewriting...is surely the nature of translation"）。在他看來，再好的翻譯也只能補充原作而不能複製原作。他引用斯坦納（George Steiner）的話說：「絕大多數的譯文都譯得不到位。」（"Ninety percent of all translation is inadequate"）他認為，在文字轉換的過程中，任何文本都會變形、走樣，這是避免不了的。他說：「譯文不到位是事實，但要使一部好的文學作品，其生命

在時間和空間上都得以延伸，那麼也只好如此了。」（"Translation is inadequate, but it's all we have if good writing is to have its life extended, spatially and temporally."）[3]

看來，葛浩文奉行「重寫」的翻譯觀，在前文的分析中，我們也看到，他的翻譯反映了這種翻譯觀。葛浩文「重寫」了《女兒》，放大了作品中的政治議題，而弱化了原作的女性主義意識。對於政治議題和性別議題，他似乎對前者更感興趣。這可能跟譯者的政治立場也有關？[4]

2. 譯者的政治立場

如前所述，葛浩文是以西方人的眼光來閱讀《女兒》，並藉此了解中國社會發展的歷史的（尤其是「文革」那一段歷史）。譯者在英譯本中把原著中因官方敏感而採取隱晦表達的政治事件加以說明，也說此書「當然不會讓中國官方高興，因為書中令人信服的自上而下的無法無天，正是中國官方刻意要隱瞞的」[5]。由此看來，葛浩文似乎不怎麼認同中國官方的立場和做法。在一次訪問中，他也談及政治信仰的問題，委婉地透露了自己對中國政治的看法。他說：

> 對中國的看法比較複雜，我還是五十年代長大的，那時是反戰的，我本來就是沒有腦筋沒有立場的，但那時在美國，中國是敵人，蘇聯是敵人，從越南回來之後我就跑到左翼裏去了，不過我骨子還是有老看法，洗不掉了，所以我對中國的看法還是比較複雜的──主要不是中國人，而是政治信仰。[6]

3　Howard Goldblatt, "The Writing Life", in *The Washington Post* (April 28th, 2002).

4　感謝中文大學翻譯系張甜同學及其學期論文 "Howard Goldbatt and His Translation of *Ganxiaoliuji*" 的啟發。

5　葛浩文：〈《飢餓的女兒》序〉，《飢餓的女兒》，臺北：爾雅出版社，1997。

6　郭娟：〈譯者葛浩文〉，《經濟觀察報》，2009.03.24。

　　二十世紀六十年代，葛浩文在美國海軍服役，是海軍軍官，[7]很有可能，就在此期間，他被派往越南，參與越戰。他説自己從越南回美國後，加入了「左翼」，可骨子裏還有「老看法」，在政治信仰上對中國有「複雜」的看法。在筆者看來，這種複雜的看法，很可能包括他不認同專制政權。從他對作品的選譯中，我們也可窺見一斑。比如説，被問及《狼圖騰》[8]這本書的翻譯時，葛浩文直言「很喜愛這本書」，因為這本書很「個人化」，書的作者「比較能從西方的角度來看待一些問題，比如追求自由」。[9]因此，葛浩文的政治立場，可能使他在解讀《女兒》時，有意無意地向中國的政治問題傾斜。譯者傾向於在英譯作中表現（或突出）政治問題，除了他個人的原因外，也可能有讀者市場的考慮。

3. 譯者的譯作取向

　　從葛浩文對作品的選譯中（特別是九十年代以來），也可看出，他確實偏愛帶有諷刺意味的現實小説，有不少都與政治有聯繫。除了個人口味外，市場恐怕也是原因之一。葛浩文自己也説過，他選擇作品有兩個標準：第一，他喜歡且適合他翻譯；第二，「要考慮有沒有市場與讀者」。[10]

　　第一，個人口味。

　　説起葛浩文的文學口味，一般我們會先想到蕭紅。他對蕭紅的鍾愛，大家都知道。他自稱「蕭紅迷」，[11]有人甚至説他是「蕭紅的隔世

7　羅嶼：〈中國好作家很多，但行銷太可憐〉，《新世紀周刊》，2008（10），頁118。

8　《狼圖騰》中文原作由姜戎所著；英文版由葛浩文所譯，並由企鵝出版社於二〇〇八年出版。

9　顧湘：〈《狼圖騰》譯者葛浩文：中國文學缺個人化〉，《外灘畫報》，2008.03.25。

10　羅嶼：〈葛浩文：美國人喜歡唱反調的作品〉，《新世紀周刊》，2008（10），頁120。

11　羅嶼：〈中國好作家很多，但行銷太可憐〉，《新世紀周刊》，2008（10），頁118。

戀人」。[12] 葛浩文接觸中國當代文學，始於蕭紅，[13] 他在印第安納大學做的博士論文，[14] 就以研究蕭紅的作品為題。因此其譯作中，蕭紅的作品毫無疑問佔了重要的地位。但從譯作出版的時間來看，蕭紅作品的英譯主要在葛浩文翻譯生涯的早期完成。[15] 比如說，《生死場》及《呼蘭河傳》的英文版就是葛浩文最早出版的譯作（出版於一九七九年）。[16]

除了這個「蕭紅情結」，葛浩文選譯的其他作品多是帶諷刺性、「顛覆性」的現實小說。莫言是繼蕭紅後，他所大力推崇的中國作家。他說莫言的作品他翻譯得最多，有六本。[17] 葛浩文對莫言有很高的評價，說他在想象歷史空間和重新評價中國社會方面，貢獻良多。莫言的作品揭露中國社會某些黑暗的角落，是「中國官方眼中的禍根毒藥」，莫言的小說中，遭官方曾禁售的，不止一種。[18] 但這些不討官方喜歡的作品，卻頗合葛浩文的口味。

12　羅嶼：〈中國好作家很多，但行銷太可憐〉，《新世紀周刊》，2008（10），頁 118。
13　賦格、張健：〈葛浩文：首席且唯一的「接生婆」〉，《南方周末》，2008.03.27。
14　葛浩文於一九七四年在印第安納大學獲得博士學位。見聖母大學東亞學系教授簡介，http://eastasian.nd.edu/directory/Howard-Goldblatt/index.shtml,May 12th, 2010。
15　葛浩文翻譯蕭紅的作品，還有一個原因，是他要完成博士學業，葛浩文說過，他的翻譯最早從蕭紅開始，「因為研究蕭紅」，他「要向美國漢學界介紹她，就開始翻譯她的作品。後來，逐漸就完全轉向了翻譯」。見季進：〈我譯故我在──葛浩文訪談錄〉，《當代作家評論》，2009（6），頁53。
16　此外，*Selected Stories of Xiao Hong*（《蕭紅短篇小説選集》）一九八二年出版；*Market Street: A Chinese Woman in Harbin*（《商市街》）一九八六年出版。只有 *The Dyer's Daughter: Selected Stories of Xiao Hong*（《染布匠的女兒》）在二〇〇五年出版。
17　分別是 *Red Sorghum*（《紅高粱》）、*The Garlic Ballads*（《天堂蒜薹之歌》）、*The Republic of Wine*（《酒國》）、*Shifu, You'll Do Anything for a Laugh*（《師傅越來越幽默》）、*Big Breasts and Wide Hips*（《豐乳肥臀》）、*Life and Death Are Wearing Me Out*（《生死疲勞》），詳見附錄──葛浩文譯作清單。
18　葛浩文（Howard Goldblatt）著，吳耀宗譯：〈莫言作品英譯本序言兩篇〉，《當代作家評論》，2010（2），頁 193。

　　事實上，葛浩文譯的小說裏面，不乏有不受當局歡迎，乃至被列為禁書的作品，當中多涉及政治的議題。比如說，莫言的《豐乳肥臀》描述了中國社會的發展，駁斥了官方對特定事件（包括朝鮮戰爭、「大饑荒」、「大躍進」、「文革」）的政治解讀；[19]《酒國》暴露後毛時期中國政治結構的弊端，被大陸官方「視為極具顛覆性，須是一九九二年在臺灣面市之後，才得以在大陸出版」；[20] 張偉的《古船》涉及「土改」、「大饑荒」、「大躍進」、「文革」、改革開放等政治事件；馬波的《血色黃昏》是一部記敍知青生涯的「文革」回憶錄，在大陸被禁；楊絳的《幹校六記》記錄了知識分子「文革」期間在幹部學校接受「改造」的歷史；李銳的《舊址》出現抗戰、國共內戰和「文革」等事件；還有本書所討論的《飢餓的女兒》都涉及敏感的政治話題；此外，葛浩文自己還編譯了一本短篇小說集，書名是《毛主席看了會不高興——中國當代小說選》（*Chairman Mao Would Not Be Amused: Fiction from Today's China*, 1995），收集了當代中國大陸二十位作家的二十篇小說，[21] 作品的創作時間集中於一九八五年至一九九三年。在導言中，葛浩文說，集子中的作家「否認官方對歷史的說法」，也「探索了人性和生活的陰暗面」。[22] 我們大概不難了解為甚麼「毛主席看了會不高興」了。

　　如此看來，說葛浩文對有政治成分的小說有興趣，也不為過吧。當然，葛浩文選譯這些作品，除了他個人的興趣以外，市場考慮恐怕也是重要的原因之一。

　　第二，市場的原因。

19　葛浩文（Howard Goldblatt）著，吳耀宗譯：〈莫言作品英譯本序言兩篇〉，《當代作家評論》，2010（2），頁 195。

20　同上，頁 196。

21　這二十位作家包括史鐵生、虹影、蘇童、王蒙、李銳、多多、陳染、余華、莫言、艾蓓、曹乃謙、殘雪、畢飛宇、楊爭光、格非、陳村、池莉、孔捷生、李曉等。

22　Howard Goldblatt (ed.), *Chairman Mao Would Not Be Amused* (New York: Grove Press, 1995), X.

葛浩文一方面説「按照自己的興趣」[23] 來選譯作品，另一方面，也承認自己有市場的考慮：「我看一個作品，哪怕中國人特喜歡，但是如果我覺得在國外沒有市場，我也不翻，我基本上還是以一個『洋人』的眼光來看。」[24] 而根據他的觀察，美國讀者一般喜歡「政治多一點」的中國小説，[25] 對「諷刺的、批評政府的、唱反調的作品特別感興趣」。[26] 這一點剛好解釋了，為甚麼葛浩文所選譯的中國小説裏面，有相當一部分與官方唱對臺戲。或許為了迎合美國讀者的口味，葛浩文在譯《女兒》的時候，也突出了政治的問題，而增加了小説的賣點吧。

由上述兩點來看，葛浩文以社會學、歷史學的角度解讀《女兒》，並放大作品的政治議題，而弱化性別議題的做法，倒也不足為奇。這一點也解釋了葛浩文翻譯某些與政治事件相關的文本的具體做法。比如，他會解釋原文，添加內容，把事件説得更清楚。如，例 28 中，他加入了文內解釋（intra-textual gloss）：

原文：

連在家糊布殼剪鞋樣的老太婆，都能倒背如流好多段**偉大領袖**或**偉大副統帥**的教導，講出讓人啞口無言的革命道理，家裏人經常分屬幾派，拍桌子踢門大吵。

葛譯：

...even old women who eked out a living mending rags and cutting shoe soles could recite quotations from the Great Leader, **Chairman**

23　季進：〈我譯故我在──葛浩文訪談錄〉，《當代作家評論》，2009（6），頁 47。

24　郭娟：〈譯者葛浩文〉，《經濟觀察報》，2009.03.24。

25　在一次訪問中，被問及美國讀者一般喜歡哪一類中國小説，葛浩文答道：「大概喜歡兩三種小説吧，一種是 sex（性愛）多一點的，第二種是 politics（政治）多一點的，還有一種偵探小説。」見季進：〈我譯故我在──葛浩文訪談錄〉，《當代作家評論》，2009（6），頁 46─47。

26　羅嶼：〈葛浩文：美國人喜歡唱反調的作品〉，《新世紀周刊》，2008（10），頁 120。

Mao, or his Great Second in Command, **Lin Biao**, and silence their critics with revolutionary slogans. Families that had split into opposing factions fought like cats and dogs.

又如，例 29 中，他用了許多連接詞，使內容的邏輯性更加明顯，方便讀者閱讀譯文、了解事件：

原文：

六十年代後期共產黨才發現鼓勵生育之愚蠢，這塊耕作過度的國土，已擠不下那麼多人。於是，七十年代猛然轉到另一頭，執行嚴格的計劃生育。基數已太大，為時過晚，政策和手段只能嚴酷：一家一胎，男紮女結。

葛譯：

It wasn't until the late 1960s that the Communist Party finally realized the stupidity of promoting large families, and by then this over-cultivated land could not sustain the rapidly expanding population. **A decision on what to do, however, was delayed until the 1970s, owing to the Cultural Revolution.** Since every change of policy by the government was violent, Family Planning became a draconian policy. But by then it was too late. Given the huge population base, each family was now allowed only one child; after that, either of the couple had to be sterilized. **Much later on, to ease widespread resistance, couples were allowed to try once more if the first child was female.**

譯者放大了作品的政治議題，弱化了性別議題，這卻影響了女性話語權在譯作中的表現。

4. 葛譯本中的女性話語權

　　從第三章的分析中，我們看到，葛浩文在不同程度上修補了男性的形象，並緩和了原作激進的女性主義立場。譯者操縱了譯文，減輕了男人施暴的暴力程度，如例 4：

原文：

她丈夫從船上回來，**發現她與同院的男人瘋瘋鬧鬧打情罵俏，就把她往死裏打**，用大鐵剪剪衣服，用錘子在她身上砸碗，嚇得她一個月不說話，也顧不上罵我家。

葛譯：

One day her husband came home from his boat and found her **flirting with one of the male neighbours, using all the sexual innuendo in her repertoire**. He gave her **the beating of her life**, cutting up her clothes with a pair of scissors and actually smashing bowls on her body with a hammer...

　　去掉男人掌控女人命運的信息，如例 10：

原文：

我說到我出生前家裏親人因飢餓而死，也說到大姐幾次大吵大鬧離婚。歷史老師接過我的話說，**她想藉換個男人換一種生活**。她用耗盡自己生命力的方式，對付一個強大的社會，她改變不了命運。

葛譯：

I told him about my relatives who had starved during the famine, before I was born, and how my eldest sister had stormed through one marriage after another. His view was that she was trying to change her life. But even by exhausting all her strength to fight society's power, she could not alter her fate.

此外，譯者在譯文中試圖拉近作者及譯文讀者與「男人」的距離，維護了養父、歷史老師、德華的形象，且刪除了原作中公雞被閹割的段落。

根據上述的話語權力理論，主體生活在話語中，由權力話語所建構，因此，誰擁有話語權力，其主體的建構就越明顯、越具有優勢，在權力關係中就越佔據有利的地位，而這也會反過來鞏固權力。如果話語越符合說話者的利益，就越能鞏固說話者的權力。在原作中，虹影掌握了說話的主動權，以自己的立場來描述男人（多帶貶抑），並向讀者展現了一個堅韌獨立的女性形象（即小說的主人公）。作者以不同的取向構建了男女兩性的品質，尤其從女性／女性主義的立場出發，褒雌貶雄，彰顯並鞏固了女性的話語權。

然而，英譯本卻削弱了原作所彰顯的話語權力。男人對女人施暴、父親對女兒冷淡、歷史老師品行不好、德華自私懦弱、公雞被閹割，這些通通指向男人主體性的負面。可能這些與男性有關的負面內容不利於表達男人的英雄氣概，因而譯者淡化了。

如前文所言，譯者受其閱讀視角所影響，沒有把《女兒》當作一部女性主義作品來解讀，而把它當成一部記錄中國社會發展歷史的小說來讀，因此，譯者更着重社會現象及政治事件，而忽略作品中的性別議題（或對此根本不感興趣），因而影響了原作所宣揚的話語權力在翻譯過程中的傳遞。

（二）穆雷的翻譯

從前文的譯文分析中，我們也發現，女譯者穆雷採取了女性主義的視角來解讀原作，因而更加關注作品中的性別議題。她指出葛氏對

《女兒》某些段落的翻譯,「削弱了原作的女性主義色彩」,[27] 並提供重譯過的譯文作對比。從穆雷的譯文來看,譯者顯然對小說中的性別問題更為敏感,而譯文也傳達了原文的女性主義信息。雖然穆雷作的只是節譯,在篇幅上遠比不上葛譯本,但從她的譯文來看,其視角明顯與葛浩文的不同。換言之,葛浩文削弱了作者及作品所彰顯的女性話語權,穆雷則傳遞了這種女性話語權。

《女兒》的英譯是這種情況,那麼,萊辛作品的中譯,又怎麼樣呢?

英作中譯:*Free Women* 與《自由女性》

在第四章中,我們分析了《金色筆記》中的獨立小說 *Free Women*,以及分別由男女譯者所翻譯的兩個中譯本《自由女性》,發現兩個版本的譯文有明顯的差別,其中女譯者的解讀與譯文較符合原作的女性主義精神。換言之,女譯者在譯本中傳達乃至加強了原作所表現的女性話語權,而男譯者則削弱甚至破壞了這種女性權力。

一、話語權與理查、自由女性的形象

萊辛在 *Free Women* 中彰顯女性的話語權,這一點十分明顯。她在作品的序中說,女權運動興起之前,小說和戲劇多是「由那些對女

27　穆雷:《翻譯研究中的性別視角》,武漢:武漢大學出版社,2008,頁115。

性極盡刻薄的男性寫出來的」，[28] 女人常被描繪成兇悍或不忠的婦人，被說成是專搞破壞的陰險小人（underminers and sappers）更是常有之事；[29] 但是，男作家對女人的這種態度，如同「堅固的哲學基礎一樣」[30] 理所當然，沒有人認為他們這麼做是仇視女性，更不會有人說他們「思想激進、神經過敏」。[31]

萊辛意識到了性別不平等的問題，由此也可看出，她的女性主義意識及話語權意識十分明顯。

一如《女兒》，小說所表現的女性話語權體現了權力、話語以及主體之間的相互影響。與虹影一樣，萊辛在作品中以女性作家的身份，掌握了説話的主動權，建構了以理查為代表的虛偽的大男人形象，以及以安娜和莫莉為代表的自尊自信的女性形象。在小說中，作者貶抑了理查，並藉此映襯出自由女性的灑脫和才幹。[32] 也就是說，作者以小說的形式，利用話語的抵抗力量，重塑了男人和女人的主體性，而彰顯了女性的話語權。

二、*Free Women* 與話語權在翻譯中的再現

（一）男女譯者的性別立場

如前所示，男女譯者對萊辛有不同的解讀。從性別視角來看，譯

28　多麗斯・萊辛 (Doris Lessing) 著，程惠勤譯：〈前言〉，《金色筆記》，臺北：時報文化，1998，頁 8。

29　Doris Lessing, "Preface", in *The Golden Notebook* (London: Panther, 1973), 10.

30　多麗斯・萊辛 (Doris Lessing) 著，程惠勤譯：〈前言〉，《金色筆記》，臺北：時報文化，1998，頁 8。

31　Doris Lessing, "Preface", in *The Golden Notebook* (London: Panther, 1973), 10.

32　當然，作品中的自由女性也有困惑的時候，但安娜的困惑，主要在她所寫的日記中表現出來，由於日記部分不在本書的討論範圍之內，在這裏就暫不討論了。

者的性別身份很可能干擾了翻譯，因性別身份的不同，往往會造成不同的性別立場，因而對性別問題也有了不同的理解。

1. 男譯者對萊辛及女性主義的看法

在男譯者版本中，沒有萊辛的序言（沒譯出來），只有譯者自己的譯序。在譯序中，譯者直言不諱地表達了自己對萊辛及女性主義的看法，透露了其男性的性別立場。首先，他否定了萊辛的女性主義意識，而認為萊辛是所謂的「女權主義的悲觀論者」。他說：

> ……說萊辛是女權主義自我意識的先驅，也是不合適的。萊辛不是甚麼先驅，更不是極力主張女權主義的鬥士，**而是一個女權主義的悲觀論者**。「自由女性」在她筆下只是一個反語。像塞萬提斯以模仿騎士文學來否定騎士文學那樣，萊辛也是想以標榜女性的自由為幌子來證明**女性自由的非現實乃至荒謬的**。[33]

這一點，筆者實在不敢苟同。其次，他也發表自己對「女權主義」的看法，否定了女性主義的意義。他說：

> 男女的世界是一個相輔相成的整體，男人少不了女人，女人也少不了男人。絕對自由的女性是不存在的……作者的描述顯然想給讀者留下這樣一個印象：**女權主義並不能幫助婦女獲得真正的自由，離開了男人奢談女權，這種思潮本身就沒有多大意義。更何況人類所面臨的問題很多，而且也更重要，女權主義還遠遠排不上議事日程。**[34]

33　陳才宇：〈譯序〉，萊辛（Doris Lessing）著，陳才宇、劉新民譯：《金色筆記》，南京：譯林出版社，2000，頁8。筆者以黑體來標明譯者的觀點。
34　同上，頁9。筆者以黑體來標明譯者的觀點。

　　顯然，男譯者並不認同女權運動，也片面地認為女性主義就是與男人為敵，這實在是嚴重誤解了女性主義的含義。更甚者，他還認為，「女權主義」的問題不怎麼重要，「還遠遠排不上議事日程」。其排斥女性主義的立場一目了然。

2. 女譯者與萊辛

　　女譯者沒有像男譯者那樣直接說明自己對女性主義的看法，但我們從其他途徑，也能間接了解其性別立場。首先，女譯者譯出了萊辛長達二十二頁的序言，給讀者展示了女作家構思、創作小說的想法，以及她對性別問題、女權運動等問題的看法。[35] 其次，女譯者除了譯《金色筆記》以外，還翻譯過萊辛的其他作品。

　　一九九七年第五期的《世界文學》登載了萊辛的一篇短篇小說《唯一例外的女人》（"One Off the Short List," 1958），[36] 編輯介紹此作品時，除了明確說明萊辛「是一位具有女權主義思想」的作家外，還說到此作品：

　　　　揭示了在男性為主宰的社會中一些競爭失敗的男性卻想在風月場上壓倒事業有成的女性，以求得某種「平衡的變態心理」，也描寫了一些有成就、不屈從男子的女人的獨立人格。[37]

35　在這篇序言中，萊辛說她「毫無疑問」地支持婦女解放運動，也說到男女不平等的問題，她說（引自程惠勤的譯文）：「比方說，十年以前，或者甚至就在五年以前……那時候小說和戲劇都是由那些對女性極盡刻薄的男性寫出來的，尤其是在美國，當然也有英國，婦女們被描繪成悍婦和不忠者，尤其是被指責為暗中破壞者、挖牆腳者。但是男性作家的這種態度卻被看作是天經地義的，如同堅固的哲學基礎一樣，十分的正常，當然不會有人認為他們仇視女性、好鬥或者神經不正常。這種狀況現在仍然繼續着──但是好多了。」見多麗斯·萊辛 (Doris Lessing) 著，程惠勤譯：〈前言〉，《金色筆記》，臺北：時報文化，1998，頁 8。

36　多麗斯·萊辛 (Doris Lessing) 著，程惠勤譯：〈唯一例外的女人〉，《世界文學》，1997（5），頁 5－36。

37　見編輯海舟子（鄒海倫）的導言，《世界文學》，1997（5），頁 5。

作品有如此鮮明的女性主義意識，而其譯者，與譯《金色筆記》的程惠勤就是同一人。因此，雖然女譯者並無直接説明自己的性別立場，但從她的做法（照譯萊辛的序言，選譯萊辛的作品）來看，譯者應該很清楚萊辛的女性主義思想，甚至是在認同的基礎上才作的翻譯。而從前文的譯文分析來看，我們也發覺，女譯者的解讀確實更接近萊辛的原著；有時候譯者甚至加入以作者為代表的女性 / 女性主義的陣營，表明了其性別立場。

因此，上述男女譯者很有可能以自己的性別立場介入翻譯，而導致萊辛作品所彰顯的話語權在目的語中有了不同的表現。

（二）話語權在男女譯者版本中的不同表現

我們已經知道，男女譯者對作品中的人物有不同的理解，而帶給譯入語讀者同一個人物的兩種不同的形象。以理查、安娜、莫莉為例，男女譯者用中文塑造其形象時，就有不同的做法，因而女性話語權在翻譯的傳遞過程中，也有了不同的命運。

1. 男譯者版本

萊辛在作品中把理查塑造為大男人的代表，並貶抑了這種男人，而男譯者譯本卻重寫了理查的形象，減弱了原作所彰顯的女性話語權。比如説，例 34，男譯者將原文帶有貶義色彩的 "dogged determination"，譯為褒義的「堅強果斷」：[38]

原文：

He was a shortish, dark, compact man, almost fleshy. His round face, attractive when he smiled, was obstinate to the point of sullenness when he was not smiling. His whole solid person—head poked out

---

38　此例中的 "dogged determination"，本身沒有褒貶的色彩，可以是中性詞，然而在這裏的上下文語境中，則有貶義的傾向了。

forward, eyes unblinking, had this **look of dogged determination**.

陳譯（男）：

他是個身材偏矮、皮膚黝黑、體格強壯的男子，差不多稱得上胖子。他的那張圓臉笑起來很有魅力，但不笑時便**陰沉沉**的顯得很呆板。他的整個形象——頭向前傾，眼睛一眨也不眨——顯得很**堅強果斷**。

例 49，把憤怒（"spoke fiercely"）的理查，譯為威嚴的理查（「聲色俱厲」）：

原文：

Richard **spoke fiercely** to Molly, turning hot and angry eyes on Anna, so as to include her: "That was a pretty bloody thing you did, wasn't it?"

陳譯（男）：

理查**聲色俱厲**地對摩莉說話，同時還把憤怒的目光投向安娜，以便把她也拉扯進去：「這簡直太殘忍了，是不是？」

此外，譯本還傾向於表現理查的正面性格特徵。我們不妨作以下推測：譯者或許不認同女人／女作家對理查、對男人的說法，而把話語權搶了過來，以男性的立場重新詮釋男人。

至於自由女性，在男譯者譯本中也被重新詮釋了。

男譯者在序中就表明了自己不贊同女性主義的立場，並認為「自由女性」只是萊辛筆下的「一個反語」，而女性的自由是「非現實乃

至荒謬的」。[39] 譯者還說，小說中的「兩個女人」，「都標榜女性的自由」，並「自覺地站在男人的對立面，總以為自己的不幸是男人造成的」[40]。因此，自由女性安娜和莫莉在男譯者譯本中，是咄咄逼人的，是冷傲易怒的，是「情緒說變就變」[41] 的；總之，是不大能引起讀者好感的女性角色。

其實，男譯者說作品中的「自由女性」是反語，只說對了一半。不錯，萊辛筆下的「自由女性」，確實帶有反諷的意味，但諷刺的並非男譯者所言之「女性自由的非現實乃至荒謬」。[42] 萊辛筆下的「自由女性」，其諷刺的含義在於所謂的自由女性其實並不自由，也就是說，女性還沒有獲得真正的自由，在通往自由的道路上，還面臨重重困難；作品中的自由女性，只是相對於傳統女性而言，傳統女性囿於家庭領域，受不美滿的婚姻所束縛，[43] 而安娜和莫莉卻勇敢地踏出了這一步，成為那個時代的所謂的「自由女性」。

男譯者否定了萊辛的女性主義意識，也曲解了「自由女性」的含義，而在譯本中醜化了安娜和莫莉的形象。譯者的這種做法，改變了原作中理查與安娜、莫莉之間的性別權力關係。如前所述，萊辛把話語權賦予作品中的女性人物，以與男性話語霸權相抗衡。原作中的安娜及莫莉獨立而有主見，在與理查的交鋒中，揭露了理查的理虧以及男權的不合理。然而，在男譯者的譯本中，性別政治卻以另一種面目出現。譯者重塑了安娜和莫莉，描繪了她們的囂張與狂妄，對理查總是「肆無忌憚的嘲諷」，[44] 而襯托出理查的無奈和無辜，這實在偏離了原作的意圖。男譯者改寫了小說中男女人物的形象，其翻譯影響了話

39　陳才宇：〈譯序〉，萊辛（Doris Lessing）著，陳才宇、劉新民譯：《金色筆記》，南京：譯林出版社，2000，頁 8。

40　同上。

41　同上，頁 10。

42　同上，頁 8。

43　Barbara Bellow Watson, "On Power and the Literary Text", in *Signs*, 1:1 (1975), 117.

44　高佳：〈從破碎到完整——淺談多麗絲·萊辛《金色筆記》中「自由女性」形象〉，《黑龍江教育學院學報》，2010（2），頁 116。

語權的傳遞。

2. 女譯者版本

就女性主義思想而言，女譯者的譯文接近原作，甚至比原作還要強烈，因而傳達並肯定了女性的話語權力。首先，對於理查，譯者的解讀符合原作的精神，譯文大致再現了理查的形象及其負面的性格特徵。比如説，"dogged determination"，女譯者就譯為「一意孤行」，與原意大致相符合。此外，原文有關理查婚外情的內容，譯文也都一一再現了。女譯者譯出了理查家庭觀念的淡薄、他的風流不自律、他的獨斷專橫。從女譯者的譯文來看，譯者與作者站在同一條性別陣線上，傳遞並加強了原作的女性主義思想，鞏固了原作的女性話語權。

有時候，女譯者以自己的性別身份和性別立場來介入翻譯，加強了原作的話語權。這在譯者翻譯安娜和莫莉這兩位自由女性最能體現出來。安娜和莫莉在女譯者的譯本中，並不張狂囂張，而是聰明能幹，與男譯者醜化自由女性的做法截然相反，女譯者在傳達原意的基礎上，甚至有進一步美化女性形象的傾向。且看例 56：

原文	陳譯（男）	程譯（女）
said Anna, drily	安娜冷冷地説	安娜淡然道
said Anna drily	安娜冷冷地説	安娜**不動聲色**地説

原文用了 "said drily" 來描述安娜説話的神態，這裏的 "dry" 一詞，根據牛津英語大詞典，意為 "Feeling or showing no emotion, impassive; destitute of tender feeling; wanting in sympathy or cordiality; stiff, hard, cold"。[45] 中文裏面，接近此意且相對中立的説法應是「沒有

---

45 《牛津英語大詞典》（*The Oxford English Dictionary*）官方在線版，"dry" *a*. 13: http://dictionary.oed.com/cgi/entry/50070345?query_type=word&queryword=dry&first=1&max_to_show=10&sort_type=alpha&result_place=2&search_id=D33D-GseqrO-385&hilite=50070345 (July 18th, 2010)。

表情」吧。但男女譯者再現安娜的這種神態時，表現出褒貶不一的取向，男譯者以「冷冷地說」來刻畫安娜的冷漠，但女譯者則用「淡然」、「不動聲色」來描述安娜的從容應對，帶出安娜聰明、沉着的形象。

此外，女譯者似乎在兩位自由女性身上找到認同感，並與作者以及小說中的女性人物組成一種女性「話語同盟」，[46] 為瑪麗恩抱不平，且加入批判理查的大男人主義行徑的行列，因此，譯者放大了作者賦予安娜、莫莉的話語權力。例 42 就說明了這一點。在此例中，女譯者以自己的性別立場干預了譯文，使莫莉和瑪麗恩形成一種女性同盟，加強了莫莉指責理查的語氣，而譯者自己也加入了這個同盟，與莫莉站在同一陣線上，一起去斥責理查以及這種把婦女禁錮於家庭領域的做法。譯文中的莫莉，明顯在對話中佔了上風，彰顯了其話語權力。

例 46 也說明了同樣的問題：

原文	程譯（女）	陳譯（男）
(Richard) has been with some woman	跟別的甚麼女人**鬼混**	跟某個女人有**來往**
(Richard) having affairs with his secretaries	與女祕書們**廝混**	跟他的祕書保持**曖昧關係**
(talking about Richard) and his secretaries	和他的女祕書**鬼混**	**和他的祕書**

此例述及理查的外遇行為。萊辛的原文只是客觀地道出理查的行為，並沒有直接表露敘述者的道德立場。然而，女譯者在重述理查的行為的時候，卻用了「鬼混」、「廝混」等明顯帶有貶責意味的詞語，來指控理查。女譯者再次以其性別身份及性別立場干預了翻譯，也再

46　孟悅、戴錦華：《浮出歷史地表》，臺北：時報文化，1993，頁 13。

次與作者及小說中的女性人物形成一個女性的話語同盟，一起指責理查、指責男人這種對妻子、對婚姻不負責任的行為。如前文所述，譯者女性的身份，很可能使她在解讀原作時，更能體會到作者的用意而產生共鳴。因此，女譯者在解讀和重寫原作的過程中留下了「操縱文本的痕跡」。[47] 譯者與作者一起製造女性的話語，傳遞並鞏固了原作所表達的話語權；或者也可以說，譯者為了女性話語權力而操縱了譯文。

女譯者以性別身份干擾了翻譯，也在某種程度上操縱了譯文，但這種操縱文本的做法與西方女性主義譯者比起來，還是有點不同。西方女性主義譯者在操縱文本和干預意義這點上，立場堅定而態度鮮明，帶有明確的女性主義目的：用翻譯來「女性化操縱（womanhandling）」文本，使譯文符合女性主義的要求。為達到此目的，她們甚至理所當然地改寫原文：「女性主義譯者以捍衛女性主義真理（feminist truths）的名義去『糾正』她們所要翻譯的文本。」[48] 而本個案研究中的女譯者，雖然也有改寫原文的嫌疑（比如說，用「廝混」、「鬼混」等詞譯理查的外遇事件），但這種「改寫」在整篇譯作中其實並不多見，更多時候，譯者只是傳達了原文的意思和原著的精神。在筆者看來，譯者對於萊辛以及小說中的女性人物有一種性別身份上的認同感，並同她們組成了一個女性的話語同盟，在譯文的某些地方把萊辛的意思講得更清楚，因而留下了「改寫」文本的痕跡。西方女性主義譯者是故意改寫原文、操縱文本，但本個案研究中女譯者的做法，並不一定是有意而為之。

總結來說，男女譯者對於原作所表達的女性主義思想和話語權有

---

47 Barbara Godard, "Theorizing Feminist Theory/Translations", in *Translation, History and Culture* Susan Bassett and André Lefevere (eds.), (London: Frances Pinter, 1990), 91, cited in Sherry Simon, *Gender in Translation: Cultural Identity and the Politics of Transmission* (London; New York: Routledge, 1996), 13.

48 Oana-Helena Andone, "Gender Issues in Translation", in *Perspectives: Studies in Translatology*, Cay Dollerup and Wang Ning (eds.), (Beijing: Tsinghua University Press, 2003), 139.

不同的譯法。兩位女譯者中，穆雷大致傳達了原作的女性主義思想；而另一位女譯者程惠勤在傳達原作的精神時，甚至在某些地方把原文的意思說得更加明白而增強了原作的女性主義色彩，賦予作品中的女性更多的權力。上述兩位女譯者都關注性別問題，並意識到了原作的女性主義傾向，其譯文傳遞了原作的女性主義思想。而在男譯者譯本中，原作的女性主義意識及女性話語權均受到不同程度的影響。

或許，性別身份、性別立場不同的譯者對女性主義作品有不同的理解，這種理解影響了譯文。可見，性別這個輔文本因素（para-textual element），[49] 可能在翻譯活動中扮演了重要的角色。它可以是影響翻譯的一個重要因素，尤其在女性主義作品的翻譯中，性別這項因素更加不可忽視。

翻譯中的性別因素

如前所述，文化學派的翻譯觀認為，翻譯的過程就是重寫原作的過程，反映了譯者的意識形態。文化學派所提倡的這種翻譯觀，使譯者有了較大的自由度，能以自己的意識形態去介入翻譯並重寫文本。上述幾位譯者就採取了這種做法。他們以自己的性別視角或性別立場介入了翻譯，並重寫了原作，削弱或加強了原作的女性主義意識及女性話語權，也在不同程度上改變了原作本來的面目。或者也可以說，

49　二〇一〇年六月二十一至二十三日，巴塞羅那自治大學舉辦了一個學術會議 "Seventh International Conference on Translation: The Paratextual Elements in Transaltion"，以討論翻譯中的輔文本因素為主題。筆者參加了這次會議。根據會方的定義，輔文本指在翻譯活動中，除語言因素以外的所有能影響譯文讀者理解意思的文字或非文字性的因素；前者比如說包括譯者的譯序、訪問稿，後者比如說包括意識形態、政治審查、譯作的插圖、封面設計等。由於這個詞（即 para-text）比較新，還沒有怎麼見到對應的中譯名，因此筆者暫譯為「輔文本」。

男女譯者的翻譯,皆「操縱」了文本、重寫了文本。

　　然而,譯者這種行為本身其實無可厚非,因為要翻譯不受其他因素的干擾而完全「忠實」於原作實在不大可能,這一點不少翻譯學者都有所論述。哈蒂姆(Basil Hatim)和梅森(Ian Mason)就說過,譯者干預文本這件事是避免不了的;在翻譯的過程中,不管譯者怎樣努力想做到「不偏心(impartial intention)」,他/她都會將自己的觀念、學識、態度輸入其本人所翻譯的文本中,「使譯文在某種程度上反映了譯者的精神面貌」。[50] 而韋努蒂(Lawrence Venuti)甚至認為,譯者根本沒必要去作這種努力,因為執着於追求一種「忠實」於原文的譯文,不但不合理,也不可取。[51] 他認為,像翻譯這種跨文化的語言行為不可能不受到意識形態(尤其是政治方面的意識形態)的影響,[52] 因此,他始終堅持「翻譯非透明(not transparent)」的觀點,也就是說,只要經由翻譯,原作的信息便不可能完整無缺地在譯作中保留下來。巴斯奈特(Susan Bassnett)說得更直接,在她看來,翻譯就是一種「強加意義(imposing meaning)」的行為。[53]

　　因此,從上述學者的論述來看,翻譯其實並不「忠實」,也不「等值」,因為譯者可以按照自己的理解,增添或刪改原作的意義,使譯文與自己的意識形態相符合。

　　從性別視角來看這個問題,有學者就指出不同性別的譯者對同一個文本的理解和翻譯都可能會不同。漢妮蒂柯(Valerie Henitiuk)

50　Basil Hatim and Ian Mason, *Discourse and the Translator* (New York: Longman, 1990), 11.

51　Lawrence Venuti, *The Scandals of Translation: Towards an Ethics of Difference* (New York: Routledge, 1998), 82, cited in Joyce Tolliver, "Rosalía between Two Shores: Gender, Rewriting, and Translation", in *Hispania,* 85:1(2002), 36.

52　同上。

53　Susan Bassnett and André Lefevere, *Constructing Cultures: Essays on Literary Translation* (Toronto: Multilingual Matters, 1998), 136, cited in Joyce Tolliver, "Rosalía between Two Shores: Gender, Rewriting, and Translation", in *Hispania,* 85:1(2002), 36.

在其文章〈解讀女人：從男人眼中讀女人〉（"Translating Woman: Reading the Female through the Male"，1999）[54] 中，就繼承了女性主義文學批評的觀點，認為人們對文學範式 (literary paradigms)、比喻 (metaphors)，乃至整體意義 (meaning in general) 的理解都深受作者與讀者的性別身份所影響。男人與女人生活在不同的世界裏，或至少對這個「世界」有不一樣的看法，因為社會文化所建構出來的性別差異，會影響兩性如何看待外界與異性。[55]

從事女性主義文學批評的學者中，有不少人都認為讀者的性別身份與文本的解讀也有關係。比如說，柯羅妮（Annette Kolodny）就認為，「男、女讀者差別很大」。她認為，讀者的性別身份直接影響他 / 她對文本的解讀，男人要讀懂女人，往往不容易；[56] 艾貝爾（Elizabeth Abel）認為，作者和讀者的性別身份，使文本的創作和文本的解讀這兩件事情變得複雜了；[57] 佛瑞曼（Susan Stanford Friedman）經研究發現，男女讀者對於文學作品中與女性主題有關的比喻，比如說分娩 (childbirth)，有不同的反應和理解；[58] 安董妮（Oana-Helena Andone）說，在閱讀上，女人有別於男人（"Women read differently from

54 Valerie Henitiuk, "Translating Woman: Reading the Female through the Male", in *Meta,* 44:3 (1999), 469-484.
55 同上，頁 469。
56 Anntte Kolodny, "A Map for Rereading: Or, Gender and the Interpretation of Literary Texts", in *New Ltierary History*, 11(1980), 460-463, cited in Patrocinio P. Schweickart, "Reading Ourselves: Toward a Feminist Theory of Reading", in *Speaking of Gender*, Eliane Showalter (ed.), (New York: Routledge, 1989), 41-42, cited in Valerie Henitiuk, "Translating Woman: Reading the Female through the Male", in *Meta,* 44:3 (1999), 473.
57 Elizabeth Abel, "Editor's Introduction", in *Critical Inquiry,* 8 (1981), 173, cited in Susan Stanford Friedman, "Creativity and the Childbirth Metaphor: Gender Difference in Literary Discourse", in *Speaking of Gender,* Elaine Showalter (ed.), (New York: Routledge, 1989), 74.
58 Susan Stanford Friedman, "Creativity and the Childbirth Metaphor: Gender Difference in Literary Discourse", in *Speaking of Gender,* Elaine Showalter (ed.), (New York: Routledge, 1989), 77.

men"）；[59] 施維克特（Patrocinio Schweickart）也曾指出，讀者的性別身份對於解讀文本的意義至關重要。[60]

如漢妮蒂柯所言，譯者首先是讀者，而讀者往往會偏重作品中「最符合他的價值觀（values most congenial to him）」的東西。原作所蘊含的信息在譯者的解讀過程中總會經過篩選，因而「透明」的翻譯是不存在的；每一個譯者，無論有意無意，都會對文中不同的價值觀、人物的性格特徵、人物印象等有不同的興趣，而給予不同程度的關注。[61] 因此，身為讀者的譯者，其性別身份在解讀並翻譯女性主義文

---

59 Oana-Helena Andone, "Gender Issues in Translation", in *Perspectives: Studies in Translatology*, Cay Dollerup and Wang Ning (eds.), (Beijing: Tsinghua University Press, 2003), 136.

60 Patrocinio P. Schweickart, "Reading Ourselves: Toward a Feminist Theory of Reading", in *Speaking of Gender,* Elaine Showalter (ed.), (New York: Routledge, 1989), 32.
中國的學者陳順馨則從創作的角度討論男女之間的性別差異。在〈兩性寫作與女性在文本中的命運——從凌叔華的《酒後》到丁西林的《酒後》〉一文中，作者指出，凌叔華創作的小説與丁西林改編的戲劇，在基調、女主人公的位置和情節發展的基點方面都有顯著的差異，尤其在女主人公的位置方面，從慾望和感情的主體變成受男人支配和嘲弄的客體（見陳順馨：《中國當代文學的敍事與性別》，北京：北京大學出版社，1994，頁 25）。
另外，陳順馨也從性別視角研究了大陸的「十七年」小説（從一九七七至一九九四年間的小説），發現男女作家在小説的創作中，敍事角度有差別。她把這種差別總結為：

「女性」視點敍事	「男性」視點敍事
1. 重視內在感情、心理的描述。 2. 女性形象放在主體和看的位置，她是選擇自己生活道路的主動者。 3. 肯定女性意識和慾望的存在。	1. 重視理性、思辨色彩和外在客觀因素的引入。 2. 女性形象放在客體和被看的位置，她的選擇是被動的，無奈的或為男性所預設的。 3. 對於女性意識和慾望持道德批判態度，或將之轉化為政治意識。

詳見陳順馨：《中國當代文學的敍事與性別》，北京：北京大學出版社，1994，頁 26。

61 Valerie Henitiuk, "Translating Woman: Reading the Female through the Male", in *Meta,* 44:3 (1999), 470.

本的過程中所扮演的角色不可忽視，因為他／她在傳達信息的時候，很可能已經悄然融入了自己的性別立場。[62] 本書譯作評論部分的個案研究就印證了這一點，在中作英譯以及英作中譯的情況中，男女譯者皆呈現出不同的版本。

帶女性主義視角的翻譯批評觀認為，男譯者在翻譯女性作品（尤其女性主義作品時），譯文往往會出現偏差。更激進的觀點則認為，男譯者往往會「男性化操縱（man-handling）」[63] 譯文，成為「男性主義譯者（phallo-translator）」。[64]

如果說，讀者／譯者的性別身份對文本的解讀有影響，那麼，這樣是不是就意味着女性作品只能夠由女譯者來翻譯呢？

筆者認為，只有女譯者才有資格去翻譯女作家的作品這種說法，太絕對了，也落入本質主義的窠臼，當然是錯誤的。[65] 在這個問題上，筆者同意漢妮蒂柯的看法。漢妮蒂柯認為，假如作者的性別身份與作品所表現的主題密切相關，那麼，翻譯這種作品（往往是女性主義作品）的譯者，其性別身份及性別立場就不容忽視了，因為不能充分理解作品的讀者（inadequate reader）很可能忽略作品的女性主義信息而改變作品的主題。[66]

而男女兩性由於性別經驗的不同，看待兩性問題的視角也不盡相

62　其中最明顯的例子就是，加拿大女性主義譯者的翻譯，她們以自身的性別立場干預原文這一點十分明顯。費洛陶說，她們除了是譯者之外，還是文學批評者（critics），在譯文中加入了自己的語言。見 Luise von Flotow, "Sacrificing Sense to Sound: Mimetic Translation and Feminist Writing", in *Translation and Culture,* Katherine M. Faull (ed.), (Lewisburg: Bucknell University Press, 2004), 91-106。

63　「男性化操縱（man-handling）譯文」的提出與女性主義翻譯理論提出的「女性化操縱（woman-handling）譯文」相對應，只不過後者是旗幟鮮明地提出要以女性主義的姿態故意干涉譯文，而前者卻是在不經意間就完成了這樣一種行為。

64　Valerie Henitiuk, "Translating Woman: Reading the Female through the Male", in *Meta,* 44:3 (1999), 474.

65　同上，頁 474。

66　同上，頁 473。

同。女譯者在翻譯女作家時，由於同是女人，經歷大部分相同的女性經驗，與男譯者比起來，她們對性別問題可能更加敏感，因而更可能體會到女作家的用意並產生共鳴，而作出忠實於原作或接近原作的譯文。由於「每一個女性文本都隱含了性別關係」，[67] 而翻譯又「必然是主觀、片面的解讀」，[68] 因而譯者的性別身份、性別視角、性別立場就成了關鍵的因素。它們構成了譯者意識形態的一部分，參與了文本的解讀與重寫，影響了譯文的產生。

　　本書所討論的兩部女性主義作品的中英對譯中，幾位譯者或以不同的視角，或以不同的立場，去解讀原作、創作譯文，使得原作所彰顯的女性話語權在譯入語中發生了改變。其中，在男譯者譯本中，《飢餓的女兒》與 *Free Women* 的女性主義意識和話語權被削弱；而兩位女譯者中，穆雷意識到了原作的女性主義思想並相對忠實地把這種思想傳達了出來，而 *Free Women* 的女譯者程惠勤，在傳達原作的女性主義思想之餘，甚至還放大了作者的聲音，鞏固了女性的話語權。換言之，女性權力在譯本中被放大了。男女譯者對話語權的不同處理，讓我們看到一個有趣的畫面，那就是男女譯者各自站在自己的性別陣營，而權力（話語權）的角逐在這兩個性別陣營中悄然展開。

67　Elaine Showalter, "Introduction: The Rise of Gender", in *Speaking of Gender,* Elaine Showalter (ed.), (New York: Routledge, 1989), 4-5.

68　Valerie Henitiuk, "Translating Woman: Reading the Female through the Male", in *Meta,* 44:3 (1999), 470.

第六章

結　語

在西方女權運動的影響下，性別意識及女性主義的視角進入了語言領域，繼而進入了翻譯領域。在中國，性別意識及女性主義的視角也已經進入了學術研究的領域，並且逐漸得到重視。性別意識和翻譯的結合，豐富了性別研究和翻譯研究這兩個學科的內涵，也拓寬了研究者的視野。

本書從性別視角研究了當代女性主義小說的翻譯，論述了女性主義寫作、翻譯與性別話語權之間的關係，並討論了翻譯所涉及的話語權問題以及性別因素在翻譯中所可能造成的影響。在研究本課題的過程中，筆者除了對上述問題得以一探究竟以外，也有一些發現，並作了幾點反思。

一、文藝政策的重要性

首先，筆者有感寬鬆的言論自由及創作環境對文學的發展和文化的繁榮至關重要。對於這一點，筆者在考察新時期女性文學的發展及福柯思想在中國的傳播時深有體會。女性文學和福柯思想在中國的發展，都直接得益於新時期調整過來的文藝政策。就女性文學的發展來說，文藝政策無疑扮演了重要的角色。由於政策得到了調整，西方各種思潮才得以進入中國，包括女性主義思潮。在政策的調整下和女性主義思潮的影響下，新時期女性文學才慢慢發展起來。同樣，由於國家放鬆了言論的管制，允許多種思潮進關、多種思想並存，而取代以往官方單一的意識形態。八十年代末，福柯的思想才得以經學者的介紹，為中國讀者所知，並在中國生根發芽，豐富了學術界對於不同哲

學思想的討論，也加深了人們對於不同文化現象的認識。

二、萊辛和虹影的異同

其次，在女性主義小說如何表現女性主義意識這一點上，筆者發現，女性主義小說除了普遍具有解構以男性為中心的意識形態，和挑戰男尊女卑的性別秩序這兩個特點以外，每位作者、每本小說所選取的角度以及所表現的側重點都可能不同。比如說，萊辛和虹影，以及她們的代表作（分別為 *The Golden Notebook* 和《飢餓的女兒》），所表現出來的女性主義意識就有一些不同之處。這不同之處表現在：

第一，兩者之間有一種階級意識的差異。萊辛在作品中，主要表現了英國中產階級的知識女性在追求自由的過程中所遭遇的困境，而出現在虹影作品中的女性角色則多屬勞苦階級，都是處於中國社會底層的勞苦婦女。

第二，兩位作家表現性別議題的側重點也不太一樣。相對而言，萊辛在寫作中更注重探索人物的內心世界和描寫人物的心理、關注女性的思想和感情，「並從女性自身的體驗、對生活的反應以及她們的價值觀等方面去塑造新的女性形象」，[1] 此外，萊辛的作品展現的主要是離了婚並獨自撫養孩子的「自由女性」——安娜和莫莉——在追求自由的道路上所面對的挑戰和困難；而虹影在作品中，則更傾向於展現中國社會底層的婦女的無權地位，她們在現實生活中所遭受的不平等待遇及粗暴對待。這些議題與中國的社會背景緊密聯繫在一起，[2] 在

1　羅婷：〈中英女權思想與女性文學之比較〉，羅婷：《女性主義文學與歐美文學研究》，北京：東方出版社，2002，頁 198。

2　比如說，《飢餓的女兒》中，長江南岸貧民窟的婦女，生存的空間十分狹小，只能以出賣苦力，或做其他一些苦工為生；由於廁所嚴重缺乏，多數婦女都有便秘的毛病；女知青被幹部強姦也只能忍氣吞聲；女人（主人公的三姨）甚至因糧食短缺而活生生餓死。這些問題，相信是白人中產階級女性——安娜和莫莉之輩——所不能想象的。

某種意義上，屬於中國這個第三世界國家的底層婦女所特有、所必需面對的問題。當第一世界國家的中產階級婦女在爭取與男人平等的政治權利的時候，很有可能，處於第三世界貧民窟的長江南岸婦女卻要為起碼的生存權利（比如解決溫飽問題）而努力掙扎。[3]

第三，從女性主義色彩的濃淡來看，兩部作品也稍有不同。虹影在小說中表現性別議題的方式更前衞、更激進，比如說，作者在作品中坦然剖白了自己的性別經歷、性經歷，也以閹割這種大膽的手法去解構以男性為中心的意識形態；相對而言，萊辛的立場則較為溫和、深沉，以一種冷靜的筆觸去分析人物的心理轉折，並揭露了男女不平等的問題。

萊辛和虹影，分屬兩個時代、兩種地域文化，因而女性主義的具體表現有所不同，也在意料之中。兩者雖然有以上幾點不同之處，但兩位作家在其作品中，都站在獨立女性的立足點（standpoint）上，去解構以男性為中心的意識形態，去思考男女平等的問題。

三、譯者的性別身份與文本的選譯

在本研究中，筆者還發現，譯者的性別身份與他們對作品的選譯有某種關係。基於前面的譯文分析，我們已經看到，男女譯者對於女性主義作品有不同的理解。這說明了，在翻譯女性主義文本的時候，

---

3 陳惠芬在《神話的窺破：當代中國女性寫作研究》（上海：上海社會科學院出版社，1996）一書中，就結合性別意識和國族身份兩個方面研究了王安憶的小說。作者指出王安憶的小說是第三世界女性文學的代表，而且這種小說多表現第三世界的女性在現實生活中所遇到的問題，比如說，兩性的衝突以及女性在社會上所遭受的性別歧視。此類作品不僅僅關注兩性的問題，也關注社會問題和國族問題。參考 Lin Shuming and He Songyu, "Feminist Literary Criticism in China since the Mid-1990", in *Gender, Discourse and the Self in Literature: Issues in Mainland China, Taiwan and Hong Kong*, Kwok-kan Tam and Terry Siu-han Yip (eds.), (Hong Kong: The Chinese University Press, 2010), 35-52。

譯者的性別身份可能是一項因素；這也說明了，男女讀者 / 譯者對性別議題的理解和興趣可能不同。事實上，筆者在撰寫此書及收集資料的過程中，也發現女性讀者 / 譯者與男性讀者 / 譯者比起來，可能對性別議題更感興趣、更為關注。比如說，筆者就發現，把萊辛的作品翻譯過來成中文的，多是女性譯者：

（1）短篇小說集《雷荸》(黃淑宜譯，1991 臺灣出版)

（2）短篇小說集《一個男人和兩個女人的故事》（范文美譯，1998 廣州出版）

（3）《野草在歌唱》(*The Grass is Singing*, 1950)（一蕾譯，1999 南京出版）

（4）《金色筆記》(*The Golden Notebook*, 1962)（程惠勤譯，2000 臺灣出版）

（5）《第五個孩子》(*The Fifth Child* , 1988)（何穎怡譯，2001 臺灣出版）

（6）《浮世畸零人》(*Ben, in the World*, 2000)（朱恩伶譯，2001 臺灣出版；2008 南京出版）

（7）《貓語錄》(*The Old Age of El Magnifico*, 2000)(彭倩文譯，2002 臺灣出版)

（8）短篇小說集《我如何最終把心給丟了》（范文美譯，2003 臺灣出版）⁴

（9）短篇小說集《一封未投郵的情書》（范文美譯，2003 臺灣出版）⁵

（10）《特別的貓》(*Particularly Cats and More Cats*, 1989)(彭倩文譯，2006 臺灣出版)

4　包括以下短篇小說 :《女人》、《天臺上的女人》、《一個男人和兩個女人》、《我如何最終把心給丟了》、《情婦》、《天堂裏的上帝之眼》。

5　包括以下短篇小說 :《男人間》、《十九號房》、《吾友茱蒂絲》、《佛特斯球太太》、《老婦人和她的貓》、《一封未投郵的情書》、《愛的習慣》、《危城紀實》。

（11）《影中漫步》(*Walking in the Shade: Volume Two of My Autobiography, 1949-1962,* 1998)(朱鳳餘譯，2008 西安出版)

上述翻譯萊辛作品的譯者全是女性，男女合譯的有下面兩本：

（12）《又來了，愛情》(*Love, again,* 1996) （瞿世鏡 *[6]、楊晴譯，1999 上海出版)

（13） 短篇小說集《另外那個女人：多麗絲・萊辛小說》(黃梅選編；傅唯慈 * 等譯，2003 杭州出版)

而由男譯者單獨翻譯的作品，只有本書所討論的《金色筆記》一書：

（14）《女性的危機》（*The Golden Notebook,* 1962） （顧濤等譯，1988 瀋陽出版)

（15）《金色筆記》（*The Golden Notebook,* 1962） （陳才宇、劉新民譯，2000 南京出版)

從萊辛作品的譯者的性別比例來看，女譯者遠多於男譯者，這是否驗證了女人比男人更關注性別 / 女性主義議題的這種說法呢？[7] 在萬之 [8] 的《凱旋曲──諾貝爾文學獎傳奇》一書中，作者在介紹萊辛這位得主時，所用的篇名〈只有女人更懂她──2007 萊辛〉也給了我們這樣一種暗示：男人與女人的興趣和關注的重點不太一樣。作者在文章中猜測道，萊辛獲獎的原因，可能跟瑞典學院的性別比例的改變有關。由於喜歡萊辛作品的多是女性，而瑞典學院又以男院士佔絕大多數，因而萊辛的作品不怎麼有機會被人欣賞；而在二〇〇六年，學院

6　* 號表示此譯者為男性。

7　筆者在此只針對萊辛中譯作中譯者的性別比例情況而做的猜測。在翻譯女性主義作品的譯者中，當然有男性。我們不排除其中有男譯者確實對性別 / 女性主義問題感興趣，因而選擇翻譯這類作品；另外，男譯者翻譯具有女性主義思想的作品，也有可能受了出版社的委託，或因出版社認為該書在譯入語中有市場。

8　任教於瑞典斯德哥爾摩大學中文系，曾任國際筆會獨立中文筆會副會長、祕書長及瑞典筆會理事。《凱旋曲──諾貝爾文學獎傳奇》一書收錄了作者撰寫的有關諾貝爾文學獎獲獎作家的文章，包括隨筆、報導、評述、訪談等。

有「兩個大男子老頭子」去世，隨後補選了兩位作家，其中包括瑞典
著名的女詩人和劇作家克里斯蒂娜・隆（Kristina Lugn）。[9] 瑞典學院
院士性別比例的改變，可能與萊辛最終得以獲獎不無關係。當然，這
種說法作者在文中只是猜測，而沒有進一步予以證明。但這種猜測，
卻透露了這樣一個有趣的信息：性別問題似乎無處不在。從萊辛作品
的中譯者的性別比例上看，男女確實有別，女譯者遠遠多於男譯者，
會不會是因為「萊辛的作品主要就是女人喜歡讀」呢？[10]

四、關於用性別／女性主義視角分析問題的一點反思

在做本研究的過程中，筆者撰寫文獻綜述這部分時，閱讀了不少
結合性別意識／女性主義視角和翻譯的文章，發現有部分研究在運用
女性主義理論分析問題的時候，往往有過分解讀的傾向。誠然，女性
主義理論這個女權運動下的產物，確實為我們提供了新穎的角度去討
論文化現象。它擴大了不同學科的範疇，並拓展了我們討論問題的空
間。然而，女性主義理論並非總是適用於翻譯、文學、文化現象的解
讀。有時候過分的解讀，往往成為強弩之末，在分析問題的時候不僅
不能觸及問題的核心，反而失去了說服力。

9　萬之：《凱旋曲——諾貝爾文學獎傳奇》，香港：牛津大學出版社，
　　2009，頁 281。
10　同上，頁 279。在〈只有女人更懂她——2007 萊辛〉這篇文章中，萬之
　　以與妻子安娜對話的方式，來談論對萊辛獲獎的看法。文中安娜（據作
　　者介紹，安娜是瑞典南方隆德大學的中文語言和歷史學博士，曾是瑞典
　　漢學家馬悅然的學生）的一番話很有趣，她說：「其實萊辛的作品主要就
　　是女人喜歡讀。我記得讀過她那本《第五個孩子》，寫一個女人懷第五
　　個孩子的經驗。前面生了四個孩子都很順利，可是這個孩子給她很多麻
　　煩。小說就是寫這個懷孕、生養的過程。這樣的身心經驗，你們男人當
　　然不會有，也不懂。你們不會感興趣，不會去讀，也不關心！可我還沒
　　有結婚生孩子的時候就感興趣，就想知道一個女人這樣的經驗，我就喜
　　歡讀！」

比如說，〈從《傲慢與偏見》兩個譯本看翻譯中的女性主義〉[11] 一文，作者從女性主義視角評論《傲慢與偏見》的兩個中譯本，可惜文中所舉的例子說服力不夠，甚至有過分解讀的嫌疑。看以下例子：

原文：

Oh! She is the most beautiful creature I ever beheld!

譯文一：

哦，她的確是我所見過的絕色美人兒！

譯文二：

哦！我從沒見過她這麼美麗的姑娘！

作者在分析的時候，指出譯文一中的兒化詞「具有男性傾向」，譯文是「從傳統的男性視角來審視女性，帶有一定程度的男性中心意識，受男權中心社會審美標準的影響」，[12] 而譯文二用「美麗的姑娘」則不存在這種問題，「恰如其分地表達了原文的意思」。[13] 這種解讀，在筆者看來，就顯得有點牽強了。

又如，在〈女性主義操縱下的文學翻譯〉[14] 一文中，作者在解讀朱虹的翻譯時，也過於強調女性主義思想，而作了過度的解讀。看下面這個例子：

原文：

生命的發生本由男女合成，卻必由女人擔負艱苦的孕育和分娩。

---

11 李瑩瑩、吳柳：〈從《傲慢與偏見》兩個譯本看翻譯中的女性主義〉，《合肥工業大學學報》，2008（5），頁 134—137。
12 同上，頁 136。
13 同上。
14 王欣：〈女性主義操縱下的文學翻譯〉，《九江學院學報》，2009（1），頁 104—106。

譯文：

Life begins with the union of men and women, but women alone have to bear the burden of pregnancy and deliverance.

文章的作者認為，朱虹譯文中的"alone"一詞，突出了女性克服困難的堅韌個性，「譯文中的女性更勇敢、更獨立」。[15] 但在筆者看來，朱虹的譯文只傳達了原文的意思，譯文中的女性並不見得更勇敢、更獨立。

上述文章從女性主義角度研究文學翻譯並提出了新穎的觀點，不過所表現出來的女性主義立場，未免過了點。筆者認為，女性主義固然拓寬了我們認識世界、看待問題的視野，但我們在分析具體問題的時候，應盡量避免先入為主的做法；女性主義只是一個角度，而不應作為一種指導方法。這是筆者在研究本課題時所得出的一點個人感想。而對於本研究，筆者也意識到了幾點局限。

首先，書中對於中英文學作品互譯的探討，只是在個案研究的基礎上所做的討論。對於中英女性主義作品互譯的考察，本書只各自選取了其中的一部代表作（虹影的《飢餓的女兒》和萊辛的 *The Golden Notebook*）及其譯作來分析。書中雖然討論了多個版本的譯文，但到底還是屬於個案研究。而在個案研究的基礎上所得出的結論，自有其局限性，並不能推及所有女性主義作品的翻譯。因此，本書對於女性主義作品的翻譯的探討，是一個小樣本的個案研究，但希望能夠藉此研究以小窺大，從中探悉女性主義作品在翻譯的時候所出現的一些問題。

其次，筆者在分析文本時，從前人的研究中汲取經驗，時刻提醒自己避免以偏激的立場來過分解讀文本，並盡量選取有說服力的例子來說明問題；儘管如此，文本的分析和解讀始終帶有某種主觀性，筆

15　王欣：〈女性主義操縱下的文學翻譯〉，《九江學院學報》，2009（1），頁106。

者的個人立場和世界觀可能已經有意無意地參與了這個解讀的過程。這一點實在難以避免，筆者在本書的寫作過程中已經意識到這個問題，因而盡量減少主觀性的干預，盡可能公允地去分析男女譯者的譯文。

此外，在地域範圍上，由於本研究所定下的着重點是中國大陸，因此，書中所提出的許多問題（比如說，文藝政策對文學發展的影響，女性／女性主義文學的界定，女性文學的發展，前人的研究中存在的問題，等等），所針對的主要是大陸這個地區；在文獻的統計和綜述方面，也主要面向大陸，而涉及港臺地區的有關研究則有待補添。

本書從性別視角討論了女性主義作品的翻譯，並結合哲學、文學、女性主義、翻譯研究、文化研究等學科的相關論述，分析了性別因素對翻譯的影響，從一個側面揭示了性別研究與翻譯研究這兩個學科的多元化特徵，希望能彌補前人研究的不足，並為推動此研究方向的發展略盡綿薄之力。

附　錄

參考文獻

◎北京大學語言學教研室編。1962。《語言學名詞解釋》。北京：商務印書館。

◎包相玲。〈試論女性主義視角下的譯者主體性〉,《讀與寫》。2007（10）,頁6—8。

◎包亞明編,嚴鋒譯。1997。《權力的眼睛——福柯訪談錄》。上海：上海人民出版社。

◎畢光明。2013。《純文學視境中的新時期文學》。北京：中國社會科學出版社。

◎賦格、張健。〈葛浩文：首席且唯一的「接生婆」〉,《南方周末》。2008.03.27。

◎車紅梅。2012。《北大荒知青文學：地緣文學的另一副面孔》。北京：中國社會科學出版社。

◎陳德鴻、張南峰編。2000。《西方翻譯理論精選》。香港：香港城市大學出版社。

◎陳麗娟。〈女性主義：譯作評論的新視角〉,《外國語言文學研究》,2006（1）,頁70—82。

◎陳果安。2004。《小說創作的藝術與智慧》。長沙：中南大學出版社。

◎陳惠芬。1996。《神話的窺破：當代中國女性寫作研究》。上海：上海社會科學院出版社。

◎陳駿濤。〈當代中國（大陸）三代女學人評說〉,《文藝爭鳴》。

2002（5），頁 42—48。

◎陳駿濤。2007。〈關於女性寫作悖論的話題〉，陳惠芬、馬元曦編：
《當代中國女性文學文化批評文選》。桂林：廣西師範大學出版
社，頁 160—168。

◎陳雪晴。〈從女性主義翻譯觀看譯者主體性〉，《齊齊哈爾職業學院
學報》。2008（4），頁 76—79。

◎陳順馨。1994。《中國當代文學的敘事與性別》。北京：北京大學出
版社。

◎陳染。1993。《無處告別》。長春：時代文藝出版社。

◎陳染。1996。《凡牆都是門》。北京：華藝出版社。

◎陳染。1996。《陳染文集》。南京：江蘇文藝出版社。

◎陳才宇。〈中古英語辯論詩述評〉，《浙江大學學報》。2003（3），
頁 119—124。

◎陳鈺、陳琳。〈話語的女性主義重寫——兼比較《簡愛》的兩個中
譯本〉，《山西師大學報（社會科學版）》。2005（6），頁 120—
123。

◎陳永國。2006。〈話語〉，趙一凡等主編：《西方文論關鍵字》。北京：
外語教學與研究出版社，頁 222。

◎戴·洛奇（David Lodge）著，王峻嚴等譯。1999。《小說的藝術》。
北京：社會科學文獻出版社。

◎戴桂玉。〈從文化學派角度看女性主義翻譯主體性〉，《西安外國語
學院學報》。2007（1），頁 57—59。

◎戴錦華。〈真淳者的質詢——重讀鐵凝〉，《文學評論》。1994（5），
頁 14。

◎戴錦華。2005。〈重寫女性：八、九十年代的性別寫作與文化空
間〉，譚琳、劉伯紅編：《中國婦女研究十年（1995—2005）》。
北京：社會科學出版社，頁 595—601。

◎但昭彬。2008。《話語與權力：中國近現代教育宗旨的話語分析》。
濟南：山東教育出版社。

◎鄧利。2007。《新時期女性主義文學批評的發展軌跡》。北京：中國社會科學出版社。

◎鄧小平。1982。〈在中國文學藝術工作者第四次代表大會上的祝辭〉，中共中央書記處研究室文化組編：《黨和國家領導人論文藝》。北京：文化藝術出版社，頁 181—190。

◎丁帆。〈新時期文學〉，《南方文壇》。1999（4），頁 25—28。

◎董美珍。2010。《女性主義科學觀探究》。北京：社會科學文献出版社。

◎杜聲鋒。1988。《拉康結構主義精神分析學》。香港：三聯書店。

◎馮文坤。〈舞者，還是舞？——論女性主義翻譯觀與譯者主體性〉，《四川師範大學學報》。2005（1），頁 106—110。

◎弗‧伍爾芙（Virginia Woolf）著，劉炳善譯。〈三位英國女作家的畫像〉，《世界文學》。1985（4），頁 243—270。

◎葛浩文。2010。〈莫言作品英譯本序言兩篇〉（吳耀宗譯），《當代作家評論》。2010（2），頁 193—196。

◎高佳。〈從破碎到完整——淺談多麗絲‧萊辛《金色筆記》中「自由女性」形象〉，《黑龍江教育學院學報》。2010（2），頁 115—117。

◎高宣楊。2005。《福柯的生存美學》。北京：中國人民大學出版社。

◎高瞻。2005。《走向大國之路》。天津：天津古籍出版社。

◎高爾純。1985。《短篇小說結構理論與技巧》。西安：西北大學出版社。

◎龔剛。2012。《百年風華：20 世紀中國文學備忘錄》。廣州：花城出版社。

◎顧濤。〈21 世紀期刊出版探討〉，《編輯學報》。2001（1），頁 29—30。

◎顧湘。〈《狼圖騰》譯者葛浩文：中國文學缺個人化〉，《外灘畫報》，2008.03.25。Http://cul.sohu.com/20010325/n255905547.shtml，2010.03.05。

◎顧燕翎 。1996。《女性主義理論與流派》。臺北：女書文化。

◎郭娟。〈譯者葛浩文〉，《經濟觀察報》，2009.03.24。http://www.eeo. com.cn/Business_lifes/Art/2009/03/24/133257.shtml，2010.05.03。

◎龔見明。1998。《文學本體論：從文學審美語言論文學》。桂林：廣西師範大學出版社。

◎康正果。1994。《女權主義與文學》。北京：中國社會科學出版社。

◎韓靜。〈翻譯中的性別——論西方女性主義思潮與翻譯研究的結合〉，《社會科學論壇》。2006（4），頁 141—143。

◎胡啟立。〈在中國作家協會第四次會員代表大會上的祝詞〉，《文藝研究》。1985（2），頁 4—6。

◎胡勤。〈多麗絲·萊辛在中國的譯介和研究〉，《貴州大學學報》。2007（5），頁 75—80。

◎胡生琴。〈論翻譯的性別意識——女性主義翻譯〉，《連雲港師範高等專科學校學報》。2008（2），頁 63—65。

◎胡耀邦。1982。〈堅持兩分法 更上一層樓（會見全國故事片創作會議代表的講話）〉，中共中央書記處研究室文化組編：《黨和國家領導人論文藝》。北京：文化藝術出版社，頁 269—278。

◎胡耀邦。1982。〈在劇本創作座談會上的講話〉，中共中央書記處研究室文化組編：《黨和國家領導人論文藝》。北京：文化藝術出版社，頁 209—254。

◎慧輝。〈現代作家小傳——多麗絲·萊辛〉，《世界文學》。1986（3），頁 102—103。

◎黃梅選編，傅唯慈等譯。2003。《另外那個女人：多麗絲·萊辛小說》。杭州：浙江文藝出版社。

◎黃國文。1988。《語篇分析概要》。長沙：湖南教育出版社。

◎黃華。2005。《權力，身體與自我：福柯與女性主義文學批評》。北京：北京大學出版社。

◎黃淑宜編譯。1991。《雷莘》。臺北：光復書局股份有限公司。

◎虹影。〈以筆為旗，為那些無聲的女人〉，《華商報》，2010.01.07。

http://hsb.hsw.cn/2009-11/07/content_7522812.htm，2010.03.05。

◎虹影。1992。《裸舞代》（後改名為《背叛之夏》）。臺南：文化生活新知出版社。

◎虹影。1997。《飢餓的女兒》。臺北：爾雅出版社。

◎虹影。1999。〈康乃馨俱樂部〉，虹影：《辣椒式的口紅》。成都：四川文藝出版社，頁 205—282。

◎黃永林。2013。《20 世紀中國大眾文學的現代轉型及其品格》。武漢：華中師範大學出版社。

◎季進。〈我譯故我在——葛浩文訪談錄〉，《當代作家評論》。2009（6），頁 45—56。

◎金兵。〈女性主義翻譯理論與譯者主體性〉，《鄭州航空工業管理學院學報》。2005（6），頁 67—69。

◎李怡、顏同林、周維東。2009。《被召喚的傳統：百年中國文學新傳統的形成》。北京：中國社會科學出版社。

◎李培林。〈微型權力專家：福柯——巴黎讀書札記〉，《讀書》。1989（2），頁 36—42。

◎李培林。2005。《另一隻看不見的手：社會結構轉型》。北京：社會科學文獻出版社。

◎李紅玉。〈性別與翻譯——論翻譯中的性別視角在國內的發展與現狀〉，《廣東外語外貿大學學報》。2007（1），頁 49—52。

◎李小江。2005。《女性／性別的學術問題》。濟南：山東人民出版社。

◎李小江。2005。《女人讀書：女性／性別研究代表作導讀》。南京：江蘇人民出版社。

◎李子雲。1984。〈滿天星斗煥文章〉，李子雲：《當代女作家散論》。香港：三聯書店。

◎李子雲。1991。〈她們在崛起（代序）〉，李子雲編：《中國女性小說選》。香港：三聯書店。

◎李子雲編。1991。《中國女性小說選》。香港：三聯書店。

◎李燕。〈孔子何曾罵女子——「唯女子與小人為難養也」辯〉，《中華

兒女》。1997（3），頁 68。

◎李銀河。2001。《福柯與性：解讀福柯〈性史〉》。濟南：山東人民出版社。

◎李銀河。2003。《女性主義》。臺北：五南圖書出版有限公司。

◎李瑩瑩、吳柳。〈從《傲慢與偏見》兩個譯本看翻譯中的女性主義〉，《合肥工業大學學報》。2008（5），頁 134—137。

◎李育春。2002。《權力·主體·話語：20 世紀 40—70 年代中國文學研究》。武漢大學 2002 年博士論文。取自香港中文大學萬方資料庫：http://hk.wanfangdata.com/wf/~CDDBN/Y479204/PDF/index.htm，2010.02.10。

◎李悅娥、范宏雅。2002。《話語分析》。上海：上海外語教育出版社。

◎廖七一。2000。《當代西方翻譯理論探索》。南京：譯林出版社。

◎林麗珊。2013。《女性主義與性別關係》。臺北：五南圖書出版股份有限公司。

◎劉明武。〈為孔子辯：「唯女子與小人為難養也」中的「女子」非指「女人」〉，《婦女研究論叢》。1998（4），頁 54—55。

◎劉芳。〈女性主義視角下的翻譯忠實性及譯者主體性〉，《天津外國語學院學報》。2006（2），頁 9—13。

◎劉海濤。1994。《現代人的小說世界》。上海：上海文藝出版社。

◎劉驥鵬。2013。《變革中的啟蒙訴求：中國左翼啟蒙派文藝思潮研究》。北京：中國社會科學出版社。

◎劉靜生、黃毓璜。1983。《文苑探微》。南京：江蘇人民出版社。

◎劉希珍。《虹影小說的情 / 慾》。臺灣國立政治大學中國文學系 2007 年碩士論文。取自政大機構典藏：http://nccur.lib.nccu.edu.tw/simple-search?query=%E8%99%B9%E5%BD%B1&query1=%E8%99%B9%E5%BD%B1&newsubmit=1，2010.03.01。

◎劉新民。〈濟慈書信閱讀札記〉，《外語研究》。2003（1），頁 72—75。

◎劉雪嵐。1998。〈分裂與整合——試論《金色筆記》的主題與結

構〉，《當代外國文學》。1998（2），頁 156—160。

◎劉潤清。2002。《西方語言學流派》。北京：外語教學與研究出版社。

◎劉再復。〈筆談外國文學對我國新時期文學的影響〉，《世界文學》。
1987（6），頁 287—294。

◎劉再復。1988。〈我的文學小傳（代自序）〉，《劉再復集——尋找·
呼喚》。哈爾濱：黑龍江教育出版社。

◎劉再復。1988。〈文學研究中的文化視角〉，《劉再復集——尋找·
呼喚》。哈爾濱：黑龍江教育出版社，頁 181—198。

◎劉再復。2009。〈虹影：雙重飢餓的女兒〉，《飢餓的女兒》。香港：
明報月刊出版社，頁 346—348。

◎劉思謙。〈女性文學：女性·婦女·女性主義·女性文學批評〉，《南
方文壇》。1998（2），頁 15—17。

◎劉思謙。2005。〈女性文學這個概念〉，《南開學報》。2005（2），
頁 1—6。

◎劉嚴。2004。〈露絲·依里加蕾：法國後現代女性主義者〉，《中國
女性主義 2004 秋》。桂林：廣西師範大學出版社，頁 130—139。

◎林白。1996。《一個人的戰爭》。呼和浩特：內蒙古人民出版社。

◎林白。1997。《林白文集》。南京：江蘇文藝出版社。

◎林建法。2014。《百年中國文學紀事》。瀋陽：遼寧人民出版社。

◎林舟。〈在顛覆與嬉戲之中——徐坤訪談錄〉，《江南》。1998（3），
頁 135—140。

◎林樹明。〈自由的限度——萊辛、張潔、王安憶比較〉，《外國文學
評論》。1994（4），頁 90—97。

◎盧卡契（Ceorg Lukács）著，中國社會科學院外國文學研究所外
國文學研究資料叢刊編輯委員會編譯。1981。《盧卡契文學論文
集》。北京：中國社會科學出版社。

◎魯迅。1980。〈寄《戲》周刊編者信〉，吳子敏、徐迺翔、馬良春
編：《魯迅論文學與藝術（下冊）》。北京：人民文學出版社，頁
761—762。

◎陸楊。2000。《後現代性的文本闡釋：福柯與德里達》。上海：三聯書店。

◎羅婷。2002。〈中英女權思想與女性文學之比較〉，《女性主義文學與歐美文學研究》。北京：東方出版社，頁 192—202。

◎羅嶼。〈葛浩文：美國人喜歡唱反調的作品〉，《新世紀周刊》。2008（10），頁 120—121。

◎羅嶼。〈中國好作家很多，但行銷太可憐〉，《新世紀周刊》。2008（10），頁 118—119。

◎羅秀美。2010。《從秋瑾到蔡珠兒：近現代知識女性的文學表現》。臺北：臺灣學生書局。

◎馬春花。2008。《被縛與反抗——中國當代女性文學思潮論》。濟南：齊魯書社。

◎馬福華。〈女性主義翻譯理論視角下的譯者主體性〉，《重慶科技學院學報》，2008（6），頁 136—137。

◎馬福華。2008。〈女性主義翻譯理論視角下的譯者主體性〉，《安陽工學院學報》。2008（1），頁 91—94。

◎馬森。1996。〈從寫作經驗談小說書寫的性別超越〉，鄭振偉編：《女性與文學——女性主義文學國際研討會論文集》。香港：嶺南學院現代中文文學研究中心，頁 115—124。

◎莫偉民。1996。《主體的命運——福柯哲學思想研究》。上海：三聯書店。

◎毛澤東。1969。〈在延安文藝座談會上的講話（一九四二年五月）〉，《毛澤東選集第三卷》。北京：人民出版社，頁 804—835。

◎曼弗雷德·弗蘭克（Manfred Frank）著，陳永國譯。2001。〈論福柯的話語概念〉，汪民安、陳永國、馬海良編：《福柯的面孔》。北京：文化藝術出版社，頁 83—104。

◎孟翔珍。〈女權主義在翻譯文學中的創造性叛逆〉，《鄭州大學學報》。2002（5），頁 31—35。

◎孟悦、戴錦華。1993。《浮出歷史地表》。臺北：時報文化。

◎孟悦、李航、李以建。1988。《本文的策略》。廣州：花城出版社。

◎穆雷。〈心弦——女翻譯家金聖華教授訪談錄〉，《中國翻譯》。1999（2），頁 36—38。

◎穆雷。2008。《翻譯研究中的性別視角》。武漢：武漢大學出版社。

◎南茜‧弗雷澤（Nancy Frazer）著，李靜韜譯。2001。〈福柯論現代權力〉，汪民安、陳永国、馬海良編：《福柯的面孔》。北京：文化藝術出版社，頁 122—144。

◎彭蘇。〈「苦難的女兒」虹影〉，《南方人物周刊》。2009（51），頁 74—78。

◎任大霖。1988。《我這樣寫小說》。太原：希望出版社。

◎榮維毅。2004。〈女性主義在反家庭暴力行動中成長〉，荒林編：《中國女性主義 2004 秋》。桂林：廣西師範大學出版社，頁 12—19。

◎沈建青。2005。〈來自美杜莎的笑聲——法國女性主義學者：埃萊娜‧西蘇〉，荒林編：《中國女性主義 2005 春》。桂林：廣西師範大學出版社，頁 146—153。

◎沈昌文。2003。〈知識分子——我們的對象〉，沈昌文：《閣樓人語：〈讀書〉的知識分子記憶》。北京：作家出版社。

◎沈睿。〈她者的眼光——兩本女性主義的中國現代文學研究著作〉，《二十一世紀》。2002（1），頁 142—148、150。

◎尚志英。〈西方知識考古：福柯與《詞與物》〉，《讀書》。1988（12），頁 25—30。

◎孫桂榮。2010。《消費時代的中國女性主義與文學》。北京：中國社會科學出版社。

◎孫桂榮。2011。《性別訴求的多重表達：中國當代文學的女性話語研究》。北京：人民文學出版社。

◎孫家富、張廣明編。1983。《文學詞典》。武漢：湖北人民出版社。

◎孫宗白。〈真誠的女作家多麗絲‧萊辛〉，《外國文學研究》。1981（3），頁 67—70。

◎孫運梁。2009。《福柯刑事法思想研究：監獄、刑罰、犯罪、刑法知識的權力分析》。北京：中國人民公安大學出版社。

◎鐵凝。1989。《玫瑰門》。北京：作家出版社。

◎西慧玲。〈八九十年代中國女性寫作特徵回眸〉，《文藝評論》。2001（5），頁47—52。

◎西慧玲。2003。《西方女性主義與中國女作家批評》。上海：上海社會科學出版社。

◎西蘇（Hélène Cixous）著，黃曉紅譯。1992。〈美杜莎的笑聲〉，張京媛編：《當代女性主義文學批評》。北京：北京大學出版社，頁188—211。

◎夏光。2003。《後結構主義思潮與後現代社會理論》。北京：社會科學文獻出版社。

◎夏志清。1996。〈序一〉，夏志清、孔海立編：《大時代——端木蕻良四〇年代作品選》。臺北：立緒文化。

◎肖沃特（Elaine Showalter）著，劉涓譯。1998。〈女性主義文學批評的革命〉，王政、杜芳琴編：《社會性別研究選擇》。北京：三聯書店，頁131—143。

◎謝聰譯。2000。〈翻譯的策略：救生索、鼻子、把手、腿：從阿里斯托芬的《呂西斯特拉忒》說起〉，陳德鴻、張南峰編：《西方翻譯理論精選》。香港：香港城市大學出版社，頁175—184。

◎謝玉娥編。1990。《女性文學研究教學參考資料》。開封：河南大學出版社。

◎蕭程。1989。〈性、系譜、主體（讀福柯《性史》）〉，《讀書》。1989（7—8），頁39—45。

◎小鳳。〈敏感問題：熱線電話訪虹影〉，《北京文學 精彩閱讀》。2004（3），頁94—97。

◎徐寶強、袁偉編。2001。《語言與翻譯的政治》。北京：中央編譯出版社。

◎徐來。〈在女性的名義下「重寫」——女性主義翻譯理論對譯者主體

性研究的意義〉，《中國翻譯》。2004（4），頁 18—21。

◎ 徐曉、丁東、徐友漁編。1999。《遇羅克遺作與回憶》。北京：中國文聯出版公司。

◎ 徐崇溫。1986。《結構主義與後結構主義》。瀋陽：遼寧人民出版社。

◎ 徐志偉、李雲雷。2012。《重構我們的文學圖景：「70 後」的文學態度與精神立場》。桂林，廣西師範大學出版社。

◎ 薛華。〈「女權主義」還是「精神崩潰」？——《金色筆記》主題探析〉，《復旦外國語言文學論叢》。2008（2），頁 51—59。

◎ 于東曄。2006。《女性視域：西方女性主義與中國文學女性話語》。北京：中國社會科學出版社。

◎ 苑廣濱。〈性別與翻譯——論女性主義翻譯理論對傳統譯論的顛覆及其局限性〉，《哈爾濱學院學報》。2008（9），頁 114—118。

◎ 趙一凡。〈福柯的知識考古學〉，《讀書》。1990（9），頁 92—102。

◎ 安妮・史蒂布（Anne Stibbs）著，蔣顯璟譯。2001。《女人語錄》。北京：中國社會科學出版社。

◎ 二言。〈同性戀研究的歷史演變〉，《中國性科學》，2004（1），頁 26—32。

◎ 亞里斯多芬尼茲（Aristophanes）著，呂健忠譯。1989。《利西翠姐》。臺北：書林出版有限公司。

◎ 楊松年、詹宇霈主編。2013。《繽紛的視野：世華文學作品評析》。臺北：唐山出版社。

◎ 楊朝燕、丁燕雯。〈從女性主義翻譯觀看譯者的主體性〉，《武漢理工大學學報》。2007（4），頁 552—555。

◎ 楊朝燕、胡素芬。〈朱虹與女性主義翻譯觀下的女性譯者主體性〉，《湖北社會科學》。2007（5），頁 118—120。

◎ 楊昌年。1979。《小說賞析》。臺北：牧童出版社。

◎ 楊子彬。〈「唯女子與小人為難養也」辨析〉，《中華女子學院山東分院學報》。1997（1），頁 25—30。

◎ 吳福輝。2010。《插圖本中國現代文學發展史》。北京：北京大學出

版社。

◎ 吳全權。〈《論語》「唯女子與小人為難養也」析辨〉,《漢江大學學報》。1997（5）,頁 47—50。

◎ 吳秀明編。2004。《當代中國文學五十年》。杭州:浙江文藝出版社。

◎ 吳向北。2009。《觸摸:作家潛在意識》。北京:中國社會科學出版社。

◎ 萬之。2009。《凱旋曲——諾貝爾文學獎傳奇》。香港:牛津大學出版社。

◎ 文傑編稿,曉沖主編。2006。《中共改革關鍵人物第二集》。香港:夏菲爾出版有限公司。

◎ 王澄霞。2012。《女性主義與中國當代文化》。北京:社會科學文獻出版社。

◎ 汪民安。2002。《福柯的界線》。北京:中國社會科學出版社。

◎ 王豔峰。2009。《從依附到自覺:當代女性主義文學批評研究》。上海:上海交通大學出版社。

◎ 王逢振編。1998。《二十世紀外國文學大詞典》。南京:譯林出版社。

◎ 王德春。2002。《多角度研究語言》。北京:清華大學出版社。

◎ 王德威。1998。〈三個飢餓的女人〉,王德威:《如何現代,怎樣文學?:十九、二十世紀中文小說新論》。臺北:麥田出版股份有限公司,頁 205—250。

◎ 王風、蔣朗朗、王娟編。2014。《重回現場:五四與中國現當代文學》。北京:北京大學出版社。

◎ 王立英、岳東芳。〈淺析女性主義翻譯理論下的譯者主體性彰顯〉,《商業文化》。2008（8）,頁 137。

◎ 王麗麗。2007。《多麗絲‧萊辛的藝術和哲學思想研究》（英文）。北京:社會科學文獻出版社。

◎ 王紅霞。2004。〈也說「唯女子與小人為難養也」〉,《船山學刊》。2004（4）,頁 45—48。

◎ 王明科。2010。《中國文化與文學的現代化》。蘭州:蘭

州大學出版社。

◎ 王曉元。2002。〈性別，女性主義與文學翻譯〉，楊自儉編：《英漢語比較與翻譯》。上海：上海外語教育出版社，頁 618—630。

◎ 王欣。〈女性主義操縱下的文學翻譯〉，《九江學院學報》。2009（1），頁 104—106。

◎ 王豔榮。2013。《1993：文學的轉型與突變》。北京：中國社會科學出版社。

◎ 王政。1995。〈美國女性主義對中國婦女史研究的新角度〉，鮑曉蘭編：《西方女性主義研究評介》。北京：三聯書店，頁 259—276。

◎ 王子野。〈種瓜得瓜，種豆得豆——重讀《三八節有感》〉，《文藝報》。1958（2），頁 7—8。

◎ 王安憶、陳思和。〈兩個 69 屆初中生的即興對話〉，《上海文學》。1988（3）。頁 75—80、69。

◎ 王妍。〈從女性主義角度談《水滸傳》的翻譯〉，《黑龍江史志》。2009（14），頁 82—83。

◎ 文紅霞。2010。《愛如玫瑰次第開：索解傳媒時代中國文學精神》。南京：南京大學出版社。

◎ 周遠成。〈唯女子與小人為難養也——孔子的女性觀辯證〉，《長德師範學院學報》。2002（5），頁 13—15。

◎ 詹威（Elizabeth Janeway）著，鄭啟吟譯。1984。〈婦女文學〉，《世界文學》編輯部譯：《美國當代文學》。北京：中國文藝聯合出版公司，頁 479—558。

◎ 戰菊。2006。〈語言〉，趙一凡等主編：《西方文論關鍵字》。北京：外語教學與研究出版社，頁 798。

◎ 張甜。2010。"Howard Goldbatt and His Translation of Ganxiaoliuji"。香港中文大學翻譯系學期論文。

◎ 張光年。〈沙菲女士在延安——讀丁玲的小説《在醫院中》〉，《文藝報》。1958（2），頁 9—11。

◎ 張抗抗。1980。《愛的權利：短篇小説集》。成都：四川人民出版社。

◎張抗抗。1981。《北極光》。天津：百花文藝出版社。

◎張潔。1980。《愛，是不能忘記的》。廣州：廣東人民出版社。

◎張潔。1983。《方舟》。北京：北京出版社。

◎張京媛。1992。《當代女性主義文學批評》。北京：北京大學出版社。

◎張清民。2005。《話語與秩序》。北京：中國社會科學出版社。

◎張向東。2010。《語言變革與現代文學的發生》。北京：人民文學出版社。

◎張辛欣。1985。《張辛欣小説集》。哈爾濱：北方文藝出版社。

◎張嚴冰。1998。《女權主義文論》。濟南：山東教育出版社。

◎張衛中。2013。《20世紀中國文學語言變遷史》。北京：中國社會科學出版社。

◎鄭丹丹。2011。《女性主義研究方法解析》。北京：社會科學文獻出版社。

◎鄭萬隆。1988。〈走出陰影〉，《世界文學》。1988（5），頁266—269。

◎朱虹、文美惠編。1989。《外國婦女文學詞典》。桂林：灕江出版社。

◎朱虹。〈美國當前的「婦女文學」——美國女作家作品選〉，《世界文學》。1981（4），頁280—281。

◎朱虹編。1983。《美國女作家短篇小説選》。北京：中國社會科學出版社。

◎朱虹編。1985。《奧斯丁研究》。北京：中國文聯出版公司。

◎祝敏青。2000。《小説辭章學》。福州：海峽文藝出版社。

◎祝琳。〈以女性主義的方式再改寫——翻譯中的性別因素解讀〉，《宜春學院學報》。2006（3），頁143—146。

◎朱霄華。2010。《本土，個人經驗及寫作》。昆明：雲南人民出版社。

◎作者不詳。1999。〈大毒草《出身論》必須連根剷除〉，徐曉、丁東、徐友漁編：《遇羅克遺作與回憶》。北京：中國文聯出版公司，頁152—162。

◎〈多麗絲·萊辛的代表作：《金色筆記》〉，《人民網》。http://

culture.people.com.cn/GB/58953/58961/104733/6368230.html，2007.10.11。

◎〈諾貝爾文學獎得主萊辛中國行：曾主動約張藝謀〉，《國際先驅導報》。http://www.ce.cn/culture/rw/wg/xw/200710/24/t20071024_13353226.shtml，2010.01.08。

◎〈國務院批轉文化部《關於加快和深化藝術表演團體體制改革意見》的通知〉，湖北省黃石市行政服務中心官方網站。http://www.hsxzzx.gov.cn/content_list.asp?id=1980&r=3&m=17&s=107，2009.10.16。

◎〈虹影、王幹答北京青年報記者譚璐問〉，《新浪讀書網》，2005.06.20。http://vip.book.sina.com.cn/book/chapter_39128_22727.html，2009.08.15。

◎〈今天，還有許多中國女性發不出聲音〉，《東方早報》，2006.10.20。http://read.anhuinews.com/system /2006/12/20/001632032.shtml，2009.10.04。

◎〈中共中央發出「關於進一步繁榮文藝的若干意見」〉，董兆祥、彭小華編：《中國改革開放 20 年紀事》。1998。上海：上海人民出版社，頁 768。

◎《韋氏詞典》在線版，http://www.merriam-webster.com/dictionary/repertoire，2008.09.15。

◎《牛津英語大詞典》（*The Oxford English Dictionary*）官方在線版，"dry" a. 13: http://dictionary.oed.com/cgi/entry/50070345?query_type=word&queryword=dry&first=1&max_to_show=10&sort_type=alpha&result_place=2&search_id=D33D-GseqrO-385&hilite=50070345，2010.07.18。

◎ Andone, Oana-Helena. 2003. "Gender Issues in Translation". In *Perspectives: Studies in Translatology*, edited by Cay Dollerup and Wang Ning. Beijing: Tsinghua University Press, pp130-145.

◎ Bach, Alice (Ed). 1990. *The Pleasure of Her Text: Feminist Readings of*

Biblical and Historical Texts. Philadelphia: Trinity Press International.

◎ Baker, Paul. 2008. *Sexed Texts: Language, Gender and Sexuality*. London ; Oakville, CT : Equinox Pub.

◎ Baker, Mona. 2014 "Translation as Re-narration" . In *Translation: A Multidisciplinary Approach*, edited by Juliane House. New York : Palgrave Macmillan, pp158-177.

◎ Baker, Mona (Ed). 2010. *Critical Readings in Translation Studies*. London ; New York: Routledge.

◎ Bassett, Susan and André Lefevere (Eds). 1990. *Translation, History and Culture*. London: Frances Pinter.

◎ Bassnett, Susan and André Lefevere. 1998. *Constructing Cultures: Essays on Literary Translation, Topics in Translation*. Clevedon; Philadelphia: Multilingual Matters.

◎ Bassnett, Susan. 1998. "The Translation Turn in Cultural Studies" . In *Constructing Cultures: Essays on Literary Translation*, edited by Susan Bassnett and André Lefevere. Clevedon; Philadelphia: Multilingual Matters.

◎ Beauvoir, Simone de. 1972. *The Second Sex*., translated by H. M. Parshley. Penguin : Harmondsworth.

◎ Beauvoir, Simone de. 2009. *The Second Sex*., translated by Constance Borde and Sheila Malovany-Chevallier. London : Jonathan Cape.

◎ Beauvoir, Simone de. *The Second Sex*. 桑竹影、南珊譯。1986。《第二性‧女人》。長沙：湖南文藝出版社。

◎ Bermann, Sandra and Catherine Porter (Eds). 2014. *A Companion to Translation Studies*. Hoboken : Wiley-Blackwell.

◎ Brenner, Athalya (Ed). 1997. *A Feminist Companion to the Bible*. Sheffield, England: Sheffield Academic Press.

◎ Brontë, Emily. *Wuthering Heights*. 方平譯。1989。《呼嘯山莊》。上海：上海譯文出版社。

◎ Brontë, Emily. *Wuthering Heights*. 楊苡譯。1990。《呼嘯山莊》。南京：譯林出版社。

◎ Brooks, Ann. 1997. *Postfeminisms: Feminism, Cultural Theory, and Cultural Forms*. London; New York: Routledge.

◎ Boase-Beier, Jean. 2011. *A Critical Introduction to Translation Studies*. London ; New York : Continuum.

◎ Budgeon, Shelley. 2011. *Third Wave Feminism and the Politics of Gender in Late Modernity*. Basingstoke, Hampshire ; New York : Palgrave Macmillan.

◎ Bulter, Judith. 1990. *Gender Trouble: Feminism and the Subversion of Identity*. New York: Routledge.

◎ Bulter, Judith. 2008. "Performance Acts and Gender Constitution: An Essay in Phenomenology and Feminist Theory". In *The Feminist Philosophy Reader*, edited by Alison Bailey and Chris Cuomo. New York: McGraw-Hill, pp97-107.

◎ Cameron, Deborah. 2000. "Styling the Worker: Gender and the Commodification of Language in the Globalized Service Economy". In *Journal of Sociolinsuistics* (4): 323-347.

◎ Cameron, Deborah. 2010. "Language, Gender and Sexuality". In *The Routledge Companion to English Language Studies*, edited by Janet Maybin and Joan Swann. London : Routledge, pp208-217.

◎ Carrington, Kerry. 2015. *Feminism and Global Justice*. London; New York: Routledge, Taylor & Francis Group.

◎ Casagranda, Mirko. 2013 "Bridging the Genders? Transgendering Translation Theory and Practice." In *Bridging the Gap between Theory and Practice in Translation and Gender Studies*, edited by Eleonora Federici,Vanessa Leonardi. Newcastle upon Tyne, UK : Cambridge Scholars Publishing, pp112-121.

◎ Chen, Ya-chen. 2011. *The Many Dimensions of Chinese Feminism*.

New York: Palgrave Macmillan.

◎ Colin, Gordon (Ed). 1980. *Power/Knowledge: Selected Interviews and Other Writings by Michel Foucault, 1972-77*. Brighton: Harvester.

◎ Collins, Adela Yarbro (Ed). 1985. *Feminist Perspectives on Biblical Scholarship*. Chico,Calif. : Scholars Press.

◎ Connell, Bob, Norm Radican and Pip Martin. 1987. "The Evolving Man". In *New Internationalist* (175): 18-20.

◎ Coates, Jennifer and Pia Pichler (Eds). 2011. *Language and Gender: A Reader*. Chichester, West Sussex, U.K. ; Malden, MA : Wiley-Blackwell.

◎ Daly, Mary. 1978. *Gyn/Ecology*. Boston: Beacon Press.

◎ Eagleton, Mary. *Feminist Literary Theory: A Reader*. 胡敏、陳彩霞、林樹明譯。1989。長沙：湖南文藝出版社。

◎ Elaine Tzu-Yi Lee. 2013. "Woman-identified Approach in Practice: A Case Study of Four Chinese Translations of the Novel The Color Purple." In *Bridging the Gap between Theory and Practice in Translation and Gender Studies*, edited by Eleonora Federici,Vanessa Leonardi. Newcastle upon Tyne, UK: Cambridge Scholars Publishing, pp75-85.

◎ Fallaize, Elizabeth. 2002. "Le Destin de la Femme au Foyer: Taduire "la Femme Mariée" de Simone de Beauvoir". In *Cinquantenaire du Dexième Sexe*, edited by C. Delphy and S. Chaperon. Paris: Editions Syllepse.

◎ Fiorenza, Elizabeth Schüssler. 1984. *Bread Not Stone: The Challenge of Feminist Biblical Interpretation*. Boston: Beacon Press.

◎ Flotow, Luise Von. 1991. "Feminist Translation: Contexts, Practices and Theories". In *TTR* 4(2): 69-84.

◎ Flotow, Luise Von. 1997. *Translation and Gender: Translating in the "Era of Feminism"*. Manchester [England] Ottawa: St. Jerome Pub.;

University of Ottawa Press.

◎ Flotow, Luise Von. 2004. "Sacrificing Sense to Sound: Mimetic Translation and Feminist Writing". In *Translation and Culture*, edited by Katherine M. Faull. Lewisburg: Bucknell University Press.

◎ Flotow, Luise Von. 2004. *Translation and Gender: Translating in the "Era of Feminism"*. Shanghai: Shanghai Foreign Language Education Press.

◎ Foucault, Michel. 1967. *Madness and Civilization: A History of Insanity in the Age of Reason*, translated by Richard Howard. London: Tavistock.

◎ Foucault, Michel. 1972. *The Archeology of Knowledge and the Discourse on Language*, translated by Sheridan Smith. New York: Pantheon Books.

◎ Foucault, Michel. 1978. *History of Sexuality I*, translated by Robert Hurley. New York: Penguin.

◎ Foucault, Michel. 1981. "The Order of Discourse", translated by Ian Mcleod. In *Untying the Text: A Post-Structuralist Reader*, edited by Robert Yong. London: Routledge & Kegan Paul, pp48-78.

◎ Foucault, Michel. *Discipline And Punish: The Birth of Prison*. 劉北成、楊遠嬰譯。1992。《規訓與懲罰》。臺北：桂冠。

◎ Foucault, Michel. *The History of Sexuality I*. 姬旭升譯。1999。《性史》。西寧：青海人民出版社。

◎ Foucault, Michel. *The History of Sexuality I*. 張廷琛、林莉、范千紅譯。1989。《性史》。上海：上海科學技術文獻出版社。

◎ Foucault, Michel. *The History of Sexuality I*. 佘碧平譯。2000。《性經驗史》。上海：上海人民出版社。

◎ Fraser, Nancy. 1997. "Equality, Difference and Democracy: Recent Feminist Debates in the United States". In *Feminism and the New Democracy*, edited by J Dean. London: Sage, pp98-109.

◎ Friedan, Betty. 1974. *The Feminine Mystique*. New York: Dell.

◎ Friedan, Betty. *The Feminine Mystique*. 程錫麟、朱徽、王曉路譯。1988。《女性的奧祕》。成都：四川人民出版社。

◎ Friedan, Betty. *The Feminine Mystique*. 陶鐵柱譯。1988。《女性的困惑》。哈爾濱：黑龍江教育出版社。

◎ French, Marilyn. 1986. *Beyond Power: On Women, Men and Morals*. London: Abacus.

◎ Freud, *Sexuality and the Psychology of Love*, pp187-188,

◎ Friedman, Susan Stanford. 1989. "Creativity and the Childbirth Metaphor: Gender Difference in Literary Discourse". In *Speaking of Gender*, edited by Elaine Showalter. New York: Routledge, pp73-100.

◎ Furman, Nelly. 1978. "The Study of Women and Language: Comment on Vol. 3, no. 3". In *Signs* (4):182-185.

◎ Gaboriau, Linda. 1995. "The Culture of Theatre". In *Culture in Transit: Translating the Literature of Quebec*, edited by S. Simon. Montréal: Véhicule Press.

◎ Gaag, Nikki van der. 2014. *Feminism and Men*. London : Zed Books ; Halifax : Fernwood.

◎ Gal, Susan. 1995. "Language, Gender, and Power: An Anthropological Review". In *Gender articulated : Language and the Socially Constructed Self*, edited by Kira Hall and Mary Bucholtz. New York : Routledge.

◎ Gimpel, Denise. 2015. *Chen Hengzhe: A life between orthodoxies*, Lanham ; Boulder ; New York ; London : Lexington Books.

◎ Glazer, Sarah. 2004. "Essay; Lost in Translation". In *New York Times*. (August 22), http://query.nytimes.com/gst/fullpage.html?res=9402EE D6163FF931A1575BC0A9629C8B63 (accessed July 4, 2008).

◎ Godard, Barbara. 1990. "Theorizing Feminist Discourse/Translation". In *Translation, History and Culture*, edited by Susan Bassnett and

André Lefevere. London; New York: Pinter Publishers, pp87-96.

◎ Godard, Barbara. 1985. "The Translator as She." In *In the Feminine: Women and Words/Les femmes et les mots*, edited by Barbara Godard. Edmonton: Longspoon Press, pp193-198.

◎ Goldblatt. Howard (2002, April 28). *The Writing Lif*e. The Washington Post, pp BW 10. http://www.washingtonpost.com/ac2/wp-dyn?pagename=article&node=&contentId=A51294-2002Apr25&notFound=true (March 2nd, 2008).

◎ Grosholz Emily R. (Ed). 2004. *The Legacy of Simone de Beauvoir*. Oxford: Clarendon.

◎ Halbach, Ana. 1994. "Sex War, Communism and Mental Illness: The Problem of Communication in Doris Lessing's The Golden Notebook". *Revista de Filologia de la Universidad de La Lagun*a (13): 153-159.

◎ Harding, Jennifer. *Sex Acts*. 黃麗珍、林秀麗譯。2008。《性的扮演》。臺北：韋伯。

◎ Hatfield, S.B.. 2000. *Gender and Environmen*t. London; New York: Routledge.

◎ Hatim, Basil and Ian Mason. 1990. *Discourse and the Translator, Language in Social Life Series*. London; New York: Longman.

◎ Henitiuk, Valerie. 1999. "Translating Woman: Reading the Female through the Male". In *Meta* 44 (3): 469-484.

◎ Hermans, Theo. 1985. *The Manipulation of Literature: Studies in Literary Translation*. New York: St. Martin's Press.

◎ Hoffman, Daniel. *Harvard Guide to Contemporary American Writing*. 《世界文學》編輯部譯。1984。《美國當代文學》。北京：中國文藝聯合出版公司。

◎ House, Juliane. 2014. *Translation: A Multidisciplinary Approach*. New York : Palgrave Macmillan.

◎ Hong, Ying. 1997. *Summer of Betrayal*, translated by Martha Avery. 1st American ed. New York: Farrar, Straus, Giroux.

◎ Hong, Ying. 1998. *Daughter of the River*, translated by Howard Goldblatt. 1st American ed. New York: Grove Press.

◎ Howard Goldblatt (Ed). 1995. *Chairman Mao Would Not Be Amused.* New York: Grove Press.

◎ Izwaini, Sattar (Ed). 2015. *Papers in translation studies.* Newcastle upon Tyne, UK: Cambridge Scholars Publishing.

◎ Jaggar, Alison M. 1992. "Feminist Ethics". In *Encyclopedia of Ethics*, edited by Lawrence Becker and Charlotte Becker. New York: Garland.

◎ Jiang, Rong. 2008. *Wolf Totem,* translated by Howard Goldblatt. New York: Penguin Press.

◎ Johnson, A.G.. 1997. *The Gender Knot, Unraveling Our Patriarchal Legacy*. Philadelphia: Temple University Press.

◎ King, Jeannette. 2013. *Discourses of Ageing in Fiction and Feminism: The Invisible Woman*. Houndmills, Basingstoke, Hampshire; New York: Palgrave Macmillan.

◎ Kinney, Anne Behnke. 2014. *Exemplary Women of Early China: The Lienü zhuan of Liu Xiang*. New York: Columbia University Press.

◎ Kolodny, Anntte. 1980. "A Map for Rereading: Or, Gender and the Interpretation of Literary Texts". In *New Literary History* (11): 460-463.

◎ Kwok-kan Tam, Kelly Kar-yue Chan (Eds). 2012. *Culture in Translation: Reception of Chinese Literature in Comparative Perspective*. Hong Kong : Open University of Hong Kong Press.

◎ Larson, Wendy. 1998. *Women and Writing in Modern China*. Stanford: Stanford University Press.

◎ Leclerc, Annie. 1999. "Woman's Word". In *Feminist Philosophies: Problems, Theories and Applications*, edited by Janet A. Kourany,

James P. Sterba and Rosemarie Tong. Upper Saddle River, N.J.: Prentice Hall, pp436-439.

◎ Lefevere, André. 1992. *Translation, Rewriting, and the Manipulation of Literary Fame*. London; New York: Routledge.

◎ Lessing, Doris. *The Golden Notebook*. 陳才宇、劉新民譯。2000,《金色筆記》。南京：譯林出版社。

◎ Lessing, Doris. 1962. *The Golden Notebook*. London: Joseph.

◎ Lessing, Doris. 1973. *The Golden Notebook*. London: Granada.

◎ Lessing, Doris. 1980. "One Off the Short List". In *Doris Lessing Stories*. New York: Vintage Books.

◎ Lessing, Doris. *An Unposted Love Letter*. 范文美譯。2003。《一封未投郵的情書》。臺北：一方出版有限公司。

◎ Lessing, Doris. *Ben, in the World*. 朱恩伶譯。2001。《浮世畸零人》。臺北：天培文化有限公司。

· Lessing, Doris. *How I Finally Lost My Heart*. 范文美譯。2003。《我如何最終把心給丟了》。臺北：一方出版有限公司。

◎ Lessing, Doris. *Love, again*. 瞿世鏡、楊晴譯。1999。《又來了，愛情》。上海：上海譯文出版社。

◎ Lessing, Doris. *One Man and Two Women*. 范文美譯。1998。《一個男人和兩個女人的故事》。廣州：花城出版社。

◎ Lessing, Doris. *One Off the Short List*. 程惠勤譯。1997。《唯一例外的女人》,《世界文學》。1997（5）,頁 5—36。

◎ Lessing, Doris. *Particularly Cats and More Cats*. 彭倩文譯。2006。《特別的貓》。臺北：時報文化。

◎ Lessing, Doris. *The Fifth Child*. 何穎怡譯。2001。《第五個孩子》。臺北：天培文化有限公司。

◎ Lessing, Doris. *The Golden Notebook*. 顧濤等譯。1988。《女性的危機》。瀋陽：遼寧人民出版社。

◎ Lessing, Doris. *The Golden Notebook*. 陳才宇、劉新民譯。2000。《金

色筆記》。南京：譯林出版社。

◎ Lessing, Doris. *The Golden Notebook*. 程惠勤譯。1998。《金色筆記》。臺北：時報文化。

◎ Lessing, Doris. *The Grass is Singing*. 一蕾譯。1999。《野草在歌唱》。南京：譯林出版社。

◎ Lessing, Doris. *The Old Age of El Magnifico*. 彭倩文譯。2002。《貓語錄》。臺北：時報文化。

◎ Lessing, Doris. *Walking in the Shade: Volume Two of My Autobiography, 1949-1962*. 朱鳳餘等譯。2008。《影中漫步》。西安：陝西師範大學出版社。

◎ Li Ziyun, 2002. "The Disappearance and Rivival of Feminine Discourse", In *Feminism/Femininity in Chinese Literature*, edited by Peng-hsiang Chen and Whitney Crothers Dilley. Amsterdam; New York : Rodopi, pp117-126.

◎ Lin, Shuming and He Songyu. 2010. "Feminist Literary Criticism in China since the Mid-1990". In *Gender, Discourse and the Self in Literature: Issues in Mainland China, Taiwan and Hong Kong*, edited by Kwok-kan Tam and Terry Siu-han Yip. Hong Kong: The Chinese University Press, pp35-52.

◎ Lotbiniere-Harwood, Susanne de. 1991. *Re-belle et Infidele: La Traduction comme Pratique de Reecriture au Feminin-The Body Bilingual: Translation as a Re-writing in the Feminine*. Montreal: Editions du Remue-menage.

◎ Lydia H. Liu, Rebecca E. Karl, and Dorothy Ko (Eds). 2013. *The Birth of Chinese Feminism : Essential Texts in Transnational Theory*. New York : Columbia University Press.

◎ Ma, Yuxin. 2010. *Women Journalists and Feminism in China, 1898-1937*. Amherst, N.Y. : Cambria Press.

◎ Maier, Carol and Francoise Massardier-Kenney. 1996. "Gender in/and

Translation〞. In *Translation Horizon: Beyond the Boundaries of Translation Spectrum*, edited by Marilyn Gaddis Rose. Binghamton: Suny Press.

◎ Maier, Carol. 2003. 〝Gender, Pedagogy, and Literary Translation: Three Workshops and a Suggestion〞. In *Beyond the Ivory Tower : Rethinking Translation Pedagogy*, edited by Brian James Baer, Geoffrey S. Koby. Amsterdam : Benjamins.

◎ Malhotra, Sheena and Aimee Carillo Rowe (Eds). 2013. *Silence, Feminism, Power: Reflections at the Edges of Sound*. Houndmills, Basingstoke, Hampshire ; New York : Palgrave Macmillan.

◎ Malmkjaer, Kirsten and Kevin Windle (Eds). 2011. *The Oxford Handbook of Translation Studies*. Oxford ; New York : Oxford University Press.

◎ Massardier-Kenney, Francoise. 1997. 〝Towards a Redifinition of Feminist Translation Practice〞. In *The Translator* 3(1): 55-69.

◎ McRobbie, Angela. 2009. *The Aftermath of Feminism : Gender, Culture and Social Change*. London : SAGE.

◎ Millán, Carmen and Francesca Bartrina (Eds). 2013. *The Routledge Handbook of Translation Studies*. Milton Park, Abingdon ; NY : Routledge.

◎ Mills, Sara. 2003. *Routledge Critical Thinkers: Michel Foucault*. London: Routledge.

◎ Moi, Toril. 2004. 〝While We Wait: Notes on the English Translation of The Second Sex〞. In *The Legacy of Simone de Beauvoir*, edited by E. Grosholz. Oxford: Clarendon.

◎ Moi, Toril. *Sexual/Textual Politics: Feminist Literary Theory*. 林建嶽、趙拓譯。1992。《性與文本的政治──女權主義文學理論》。長春：時代文藝出版社。

◎ Motschenbacher, Heiko. 2010. *Language, Gender and Sexual Identity:*

Poststructuralist Perspectives. Amsterdam, The Netherlands ; Philadelphia, PA : John Benjamins Pub. Co.

◎ Munday, Jeremy. 2001. *Introducing Translation Studies: Theories and Applications*. London; New York: Routledge.

◎ Munday, Jeremy. 2009. *The Routledge Companion to Translation Studies*. London; New York : Routledge.

◎ Newsom, Carol A. and Sharon H. Ringe (Eds). 1992. *The Women's Bible Commentary*. London: Westminster/John Knox Press.

◎ Orlinsky, Harry M. and Robert G. Bratcher. 1991. *A History of Bible Translation and the North American Contribution*. Atlanta, Ga.: Scholars Press.

◎ Orelus, Pierre W.. 2011. *Rethinking Race, Class, Language, and Gender: A Dialogue with Noam Chomsky and other Leading Scholars*. Lanham, Md.: Rowman & Littlefield Pub.

◎ Palumbo, Giuseppe. 2009. *Key Terms in Translation Studies*. London : Continuum.

◎ Perry, Elizabeth M. and Rosemary A. Joyce. 2005. "Past Performance: The Archaeology of Gender as Influenced by the Work of Judith Butler". In *Butler Matters: Judith Bulter's Impact on Feminist and Queer Studies*, edited by Margaret S. Breen and Warren J. Blumenfeld. Hampshire: Ashgate, pp113-126.

◎ Phelan, Shane. 1990. "Foucault and Feminism". In *American Journal of Political Science* 34 (2): 421-440.

◎ Pilcher, Jane and Imelda Whelehan. 2004. *Fifty Key Concepts in Gender Studies*. London; Thousand Oaks, Calif.: SAGE Publications.

◎ Powers, Penny. 2001. *The Methodology of Discourse Analysis*. Boston: Jones and Bartlett Publishers.

◎ Pratt, Annis. 1971. "The New Feminist Criticism". In *College English* 32(8): 872-878.

◎ Ramazano lu, Caroline (Ed). 1993. *Up against Foucault: Explorations of Some Tensions between Foucault and Feminism*. London; New York: Routledge.

◎ Rojas, Maythee. 2009. *Women of Color and Feminism*. Berkeley, Calif. : Seal Press.

◎ Russell, Letty M. (Ed). 1976. *The Liberating Word: A Guide to Nonsexist Interpretation of the Bible*. Philadelphia: The Westminster Press.

◎ Santaemilia, Jose. 2013. "Gender and Translation: A New European Tradition?" In *Bridging the Gap between Theory and Practice in Translation and Gender Studies*, edited by Eleonora Federici,Vanessa Leonardi. Newcastle upon Tyne, UK : Cambridge Scholars Publishing, pp4-14.

◎ Saldanha, Gabriela and Sharon O'Brien. 2013. *Research Methodologies in Translation Studies*. Manchester, UK : St. Jerome Publishing.

◎ Sarup, Madan. 1993. *An Introductory Guide to Post-structuralism and Postmodernism*. Athens: University of Georgia Press.

◎ Sawicki, Jana. 1991. *Disciplining Foucault: Feminism, Power, and the Body*. New York: Routledge.

◎ Schweickart, Patrocinio P. 1989. "Reading Ourselves: Toward a Feminist Theory of Reading" . In *Speaking of Gender*, edited by Elaine Showalter. New York: Routledge, pp17-44.

◎ Sheridan, Alan 1990. *Michel Foucault: The Will to Truth*. London; New York: Routledge.

◎ Showalter, Elaine (Ed). 1989. *Speaking of Gender*. New York: Routledge.

◎ Showalter, Elaine. 1989. "Introduction: The Rise of Gender" . In *Speaking of Gender*, edited by Eliane Showalter. New York: Routledge, pp1-16.

◎ Simon, Sherry. 1996. *Gender in Translation: Cultural Identity and the Politics of Transmission*. London; New York: Routledge.

◎ Simons, Margaret A.. 1983. "The Silencing of Simone de Beauvoir: Guess What's Missing from *The Second Sex*". In *Women's Studies International Forum* 6 (5):559-564.

◎ Sinclair, John (Ed). 2000. *Collins COBUILD English Dictionary*. Shanghai: Shanghai Foreign Language Education Press.

◎ Snell-Hornby, Mary. 1995. *Translation Studies: An Integrated Approach*. Rev. ed. Amsterdam ; Philadelphia: J. Benjamins Pub. Co.

◎ Snell-Hornby, Mary. 2006. *The Turns of Translation Studies: New Paradigms or Shifting Viewpoints?*. Amsterdam; Philadelphia, PA: John Benjamins.

◎ Spender, Dale. 1985. *Man Made Language*. London: Routledge.

◎ Stone, Alison. 2012. *Feminism, Psychoanalysis, and Maternal Subjectivity*. New York : Routledge.

◎ Sunderland, Jane. 2006. *Language and Gender: An Advanced Resource Book*. London; New York : Routledge.

◎ *The Holy Bible: Revised Standard Version Containing the Old and New Testaments* (Catholic Edition). 1966. Prepared by Catholic Biblical Association of Great Britain. London: Nelson House.

◎ Talbot, Mary M.. 2010. *Language and Gender*. Cambridge: Polity.

◎ Tam, Kwok-kan and Terry Siu-han Yip (Eds). 2010. *Gender, Discourse and the Self in Literature: Issues in Mainland China, Taiwan and Hong Kong*. Hong Kong: The Chinese University Press

◎ Tirrell, Lynne. 1998. "Language and Power". In *A Companion to Feminist Philosophy*, edited by Alison M. Jaggar and Iris Marion Yong. Malden, Mass.: Blackwell, pp139-152.

◎ Tolliver, Joyce. 2002. "Rosalía between Two Shores: Gender, Rewriting, and Translation". In *Hispania* 85 (1): 33-43.

◎ Tong, Rosemarie. 1998. *Feminist Thought: A More Comprehensive Introduction*. 2nd ed. Boulder, Colo.: Westview Press.

◎ Tong, Rosemarie. *Introduction to Feminist Thought*. 刁筱華譯。1996。《女性主義思潮》。臺北：時報文化。

◎ Toury, Gideon. 2012. *Descriptive Translation Studies—and Beyond*. Amsterdam ; Philadelphia : John Benjamins Pub. Co.

◎ Trible, Phyllis. 1978. *God and the Rhetoric of Sexuality*. Philadelphia: Fortress Press.

◎ Trible, Phyllis. 1984. *Texts of Terror: Literary-Feminist Readings of Biblical Narratives*. Philadelphia: Fotress Press.

◎ Venuti, Lawrence (Ed). 2012. *The Translation Studies Reader*. London; New York: Routledge.

◎ Venuti, Lawrence. 1995. *The Translator's Invisibility: A History of Translation*. London; New York: Routledge.

◎ Venuti, Lawrence. 1998. *The Scandal of Translation: Towards an Ethics of Difference*. New York: Routledge.

◎ Walby, Sylvia. 2011. *The Future of Feminism*. Cambridge : Polity Press.

◎ Watson, Barbara Bellow. 1975. "On Power and the Literary Text". In *Signs* 1(1): 111-118.

◎ Weedon, Chris. 1997. *Feminist Practice and Poststructuralist Theory*. 2nd ed. Oxford; Cambridge, MA: Blackwell Publishers.

◎ Weems, Renita. 1988. *Just a Sister Away: A Womanist Vision of Women's Relationships in the Bible*. San Diego, Calif.: LuraMedia.

◎ Wolf, Virginia. *A Room of One's Own*. 王還譯。1989。《一間自己的屋子》。北京：三聯書店。

◎ Xiao, Hong. 1982. *Selected Stories of Xiao Hong*, translated by Howard Goldblatt. Beijing: Chinese Literature.

◎ Xiao, Hong. 2005. *The Dyer's Daughter: Selected Stories of Xiao Hong*, translated by Howard Goldblatt. Hong Kong: The Chinese University

Press.

◎ Zhao, Henry. Y. H. 2003. "The River Fans Out: Chinese Fiction since the Late 1970s". In *European Review* 11 (2):193-208.

◎ Zhongli Yu. 2015. *Translating Feminism in China: Gender, Sexuality and Censorship*. Milton Park, Abingdon, Oxon ; New York, NY : Routledge.

附錄二：中國大陸結合性別意識和翻譯的期刊論文

篇名	作者	刊名	年份，期數
女性主義視域下李清照的詩詞的英譯研究——以《漁家傲》和《新荷葉》為例	馬宗玲	齊魯師範學院學報	2015，03
論女性主義視角下的翻譯忠實性	程佳佳	長春大學學報	2015，05
論女性主義視角下的翻譯主體性	程佳佳	齊齊哈爾大學學報（哲學社會科學版）	2015，06
從女性主義翻譯觀看性別歧視——以《洗澡》譯文為例	連曉華	現代語文（語言研究版）	2015，06
從《簡·愛》兩譯本的對比看譯文的精益求精	歐陽玲瓏	湖南工業大學學報（社會科學版）	2015，02

（續上表）

篇名	作者	刊名	年份，期數
Lady Windermere's Fan 漢譯本比較——基於女性主義翻譯理論	徐悅	浙江萬里學院學報	2015，03
探性別的寓意——以《道德經》兩個英譯本為例	高巍	長春理工大學學報（社會科學版）	2015，04
多維視角下的譯者主體性	李丹	湖北函授大學學報	2015，08
賽珍珠《水滸傳》英譯本譯者主體性探析	魯碩	廣西民族大學學報（哲學社會科學版）	2015，02
女性主義角度下的翻譯批評	張賢玲	商	2015，01
中和之美：張愛玲女性主義翻譯詩學的東方色彩	賀鴻莉	外國語文	2015，02
女性主義翻譯理論及翻譯策略研究	劉薇薇	開封教育學院學報	2015，05
女性主義視角下的詩歌翻譯與創作——基於凱瑟仿中國詩的個案分析	李游	湖南科技學院學報	2015，06
從女性主義翻譯理論的視角對比分析《一間自己的房間》兩個中文譯本	黃夢芝	語文學刊（外語教育教學）	2015，05
基於《老人與海》譯本的女性主義翻譯策略探究	李俊彥	名作欣賞	2015，11

（續上表）

篇名	作者	刊名	年份，期數
譯者的性別差異與翻譯——以《傲慢與偏見》的兩中文譯本為例	王珂	英語廣場	2015，04
具有中國特色的女性主義翻譯理論及其應用研究	陳保紅	信陽農林學院學報	2015，01
不可譯論的女性主義重釋	和靜	東北大學學報（社會科學版）	2015，02
女性主義翻譯研究對中國譯界的影響	朱運枚	科教文彙（上旬刊）	2015，02
女性主義翻譯理論關照下譯者的顯身——以陶潔譯《紫顏色》為例看女性主義譯者對文本的操控	黃梅	黑龍江教育學院學報	2015，03
女性主義譯本批評的探索性研究	黃敏	赤峰學院學報（漢文哲學社會科學版）	2015，02
女性主義翻譯觀的「她者操控」——以唐代女性詩作的重寫為例	王凱鳳	當代文壇	2014，06
「雙性同體」視角下的兒童文學翻譯研究	魏樂琴	上海理工大學學報（社會科學版）	2014，03
翻譯中的女性主義——以《鐘形罩》兩譯本為例	孔倩茹	品牌（下半月）	2014，08
女性主義翻譯理論對傳統譯論的顛覆及其翻譯策略研究	李奕	岳陽職業技術學院學報	2014，05

（續上表）

篇名	作者	刊名	年份，期數
女性主義翻譯理論及譯者主體性	于臻臻	天津職業院校聯合學報	2014，10
女性主義翻譯理論視角下《覺醒》兩個中譯本對比	張霞輝	河北聯合大學學報（社會科學版）	2014，05
從譯者視域看戴乃迭獨譯的譯者現身風格——以英譯本《愛，是不能忘記的》為例	花萌	江西師範大學學報（哲學社會科學版）	2014，04
基於女權主義翻譯理論談張愛玲的翻譯作品	李榮花	新鄉學院學報	2014，11
女性主義視域下的文學翻譯分析——以《簡·愛》的女性譯者譯本為例	林治勛	西安電子科技大學學報（社會科學版）	2014，03
《阿麗思漫遊奇境記》漢譯中譯者主體性的彰顯	施思	中外企業家	2014，15
女性主義翻譯理論與中國傳統譯論	劉翠娟	英語廣場（學術研究）	2014，10
淺析女性主義視角下的翻譯	張瓊	英語廣場（學術研究）	2014，10
女性主義視角下朱虹譯作研究	張鵬蓉	湘潭大學學報（哲學社會科學版）	2014，05
女性主義視角下的英語翻譯研究	蔚雯雯	濟源職業技術學院學報	2014，02

（續上表）

篇名	作者	刊名	年份，期數
基於女性主義翻譯理論下的譯作人物形象再建——以葛浩文《紅高粱家族》譯本為例	劉姿驛	教育教學論壇	2014，35
女性主義翻譯理論視角下的《小婦人》漢譯本的比較研究	席印蕊	海外英語	2014，15
《聊齋誌異》的女妖形象英譯——女性主義翻譯解讀	陳吉榮	浙江師範大學學報（社會科學版）	2014，04
《嘉莉妹妹》兩部中譯本的女性主義翻譯視角	趙慶慧	外國語文	2014，03
女性主義翻譯理論視角下的譯者主體性	陳衛紅	教育理論與實踐	2014，21
女性主義翻譯的倫理解讀——以賽珍珠譯《水滸傳》為例	黃秋香	重慶理工大學學報（社會科學）	2014，02
比較《人間失格》兩種漢譯本中對女性描寫的翻譯	馬千紅	大眾文藝	2014，12
女性主義翻譯理論本土化發展的定位和研究	劉夏青	牡丹江教育學院學報	2014，05
翻譯與性別——由女性主義觸發翻譯研究的反思	楊嫻	中北大學學報（社會科學版）	2014，03
女性主義翻譯對傳統譯論的發展及叛逆	朱桃英	衡陽師範學院學報	2014，02

（續上表）

篇名	作者	刊名	年份，期數
女性主義翻譯理論下《愛瑪》兩中文譯本的比較	陳瑩	科教導刊（中旬刊）	2014，05
從女性主義翻譯看張愛玲《怨女》的自譯	杜丘	大眾文藝	2014，08
斯皮瓦克的庶民研究與女性主義翻譯理論	張偉偉	山東行政學院學報	2014，03
女性主義敍事學在翻譯批評中的應用——以《在我的開始是我的結束》英譯為例	沈凝芬	懷化學院學報	2014，03
女性主義翻譯理論的核心內涵與功能價值研究	田巖	南陽師範學院學報	2014，02
張愛玲自譯作品中的女性主義干涉策略研究	王玲	宿州教育學院學報	2014，01
評《〈海上花列傳〉今譯與翻譯研究》	張小朋	內蒙古師範大學學報（哲學社會科學版）	2014，02
孔慧儀女性主義翻譯實踐特點——對其《小城之戀》和《荒山之戀》翻譯作品的解讀	胡敏捷	安徽文學（下半月）	2014，03
小議女性主義與翻譯	桂念	湖北廣播電視大學學報	2014，03
翻譯倫理對譯者主體性制約關係探究	劉新建	哈爾濱學院學報	2014，04

（續上表）

篇名	作者	刊名	年份，期數
論文學翻譯研究中的雙性視角	陳倩	黃岡師範學院學報	2014，01
從「雙性同體」視角看《簡愛》的中譯本	吳林	重慶科技學院學報（社會科學版）	2014，01
女性主義翻譯理論在中國的「旅行」	楊司桂	西華大學學報（哲學社會科學版）	2014，01
女性主義翻譯理論與李清照詞英譯	王丹	才智	2013，24
女性主義翻譯觀在作品《簡·愛》中的體現	楊帆	雞西大學學報	2013，10
女性主義翻譯理論在《水滸傳》英譯研究中的運用及評析	王丹	劍南文學（經典教苑）	2013，10
淺析譯者主體性的發展	徐艷	語文學刊（外語教育教學）	2013，09
女性主義視角下的譯者主體性	張春艷	英語廣場（學術研究）	2013，11
女性話語權力在翻譯中的爭奪——以評析祝慶英所譯《簡·愛》中文譯本為例	何渝婷	東華大學學報（社會科學版）	2013，02
從 Mrs Dalloway 兩個譯本的比較中探究譯者的女性意識	鄭川	海外英語	2013，16
女性主義視角下的譯者主體性在《飄》譯本中的影射	張睿思	吉林省教育學院學報（下旬）	2013，09

（續上表）

篇名	作者	刊名	年份，期數
女性話語權的延展：女性主義翻譯觀照下的譯者性別意識——以《簡·愛》兩中譯本為例	陳丹	劍南文學（經典教苑）	2013，09
從女性主義翻譯理論構建視角解讀《已故上尉的女兒》	楊年芬	海外英語	2013，17
女性主義翻譯視角下《紫色》漢譯本的評析	謝丹	現代婦女（下旬）	2013，08
淺析女性主義與翻譯研究	黃橙橙	長春教育學院學報	2013，07
談女性主義翻譯研究	韓紅偉	濟源職業技術學院學報	2013，02
女性翻譯之譯者主體性解讀	劉正霞	海外英語	2013，09
西方女性主義譯論的生態翻譯學修正	劉輝	吉林省教育學院學報（中旬）	2013，07
譯者性別身份與譯作人物形象再建——以《洛麗塔》兩個中譯本為例	陳瑛	外國語言文學	2013，02
女性主義視角下的戴乃迭譯介活動研究——對20世紀80年代中國女性文學的譯介	王惠萍	天津外國語大學學報	2013，03
我國女性翻譯史研究的缺失與補苴	吳書芳	河南師範大學學報（哲學社會科學版）	2013，04

(續上表)

篇名	作者	刊名	年份,期數
淺析女性主義翻譯理論	黃菲飛	科教文彙(上旬刊)	2013,06
「美人」該何去何從?——從女性主義視角解讀叛逆忠實觀	曾勝藍	英語廣場(學術研究)	2013,07
「美人應當忠於誰?」——論女性翻譯理論的顛覆	喬梁	成功(教育)	2013,05
女性主義翻譯理論視角下的譯者主體性——以張愛玲英譯《金鎖記》為例	魏夏春	劍南文學(經典教苑)	2013,04
女性主義對翻譯的影響	甄娟	山東行政學院學報	2013,03
甘於寂寞 永不滿足——女性主義視角下的翻譯研究	趙蕾	宿州教育學院學報	2013,02
女性主義翻譯研究表演範式探析	李欣	天津外國語大學學報	2013,02
從女性主義翻譯視角看電影字幕英譯	單慶鳳	文學教育(中)	2013,01
女性主義翻譯理論中國行	張鵬蓉	黑龍江教育學院學報	2013,04
女性主義翻譯理論及其在中國的實踐	李緒微	長江大學學報(社科版)	2013,04

（續上表）

篇名	作者	刊名	年份，期數
基於語料庫的譯者性別身份研究——以高慧勤《雪國》譯本為例	程子璐	柳州職業技術學院學報	2013，01
女性主義翻譯理論在中國的境遇及原因探析	李思樂	宜春學院學報	2013，01
女性主義翻譯觀及其實踐——以《紫色》為例	高曉博	山東省農業管理幹部學院學報	2013，01
女性主義視角下的譯者主體性——兼比較《飄》的兩個中譯本的人物描寫	張睿思	科技信息	2013，08
女性主義翻譯理論在中國的接受	胡作友	學術界	2013，03
女性主義譯者之「五位一體」	陳鈺	瓊州學院學報	2013，01
女性主義翻譯理論視角下女性翻譯實踐中的顯著特徵	趙君仡	南京廣播電視大學學報	2013，01
女性主義翻譯理論及其對翻譯研究的意義	趙洋	吉林省教育學院學報（下旬）	2013，03
社會意識形態與文學翻譯轉換策略——對《金瓶梅》兩個英譯本的描述性對比研究	夏宜名	海外英語	2013，04
性別視角下翻譯研究的本土化發展	鄭娟	湖南社會科學	2013，01

（續上表）

篇名	作者	刊名	年份，期數
女性主義翻譯之本質	李孝英	佳木斯教育學院學報	2013，02
試論「雙性同體」思想對女性主義翻譯的影響	竇國寧	佳木斯教育學院學報	2013，02
民國時期女性翻譯家研究概述	孫曉蓉	長春理工大學學報（社會科學版）	2013，01
論福柯「權力話語」下的經典譯介與流變	李燕霞	北京航空航天大學學報（社會科學版）	2013，01
賽珍珠：直譯的踐行者，女性主義翻譯的倡導者——論賽珍珠的翻譯風格	王嬋	當代教育理論與實踐	2013，01
譯者性別身份影響下的《到燈塔去》兩譯本相異性及歸因	于丙夕	湖北廣播電視大學學報	2013，01
張愛玲譯作的女性主義色彩探析	許敏	宜春學院學報	2012，10
性別：口譯跨文化交際研究的一個有效範疇	楊焱	江蘇外語教學研究	2012，02
顛覆與重建——後現代視角的女性主義翻譯策略與實踐方式	陸禮春	海外英語	2012，20
重寫——女性主義譯者主體性建構策略	呂曉菲	海外英語	2012，20

（續上表）

篇名	作者	刊名	年份，期數
琴瑟合鳴：女性主義翻譯與譯者主體性的契合	陳丹	經濟研究導刊	2012，33
女性主義翻譯觀對傳統譯論的顛覆與改寫	呂曉菲	文學教育（下）	2012，11
泰勒對《三國演義》性別稱謂體系的解構與重構	陳德用	天津外國語大學學報	2012，06
淺議女性主義在翻譯理論中的影響	李宏洋	產業與科技論壇	2012，11
女性主義翻譯中的差異與主體	陳曦	文學界（理論版）	2012，09
《傲慢與偏見》漢譯本中女性主義意識對比研究	黨倩	山西師大學報（社會科學版）	2012，S3
《飄》兩個漢譯本中的女性主義彰顯	艾小盈	劍南文學（經典教苑）	2012，09
西方女性主義翻譯倫理觀批判	張景華	溫州大學學報（社會科學版）	2012，05
從性別歧視角度對女性主義翻譯的解讀（英文）	王奶妮	語文學刊（外語教育教學）	2012，08
語言中的性別問題及女性主義翻譯策略	牟莉軍	科技信息	2012，25

（續上表）

篇名	作者	刊名	年份，期數
女性主義翻譯理論觀	張曼曼	劍南文學 （經典教苑）	2012，07
中國語境下女性主義翻譯的發展	鄭娟	河北聯合大學學報 （社會科學版）	2012，06
女性主義翻譯理論的發展	李宏洋	產業與科技論壇	2012，10
女性主義翻譯觀照下的譯者主體性	馬慶軍	德州學院學報	2012，S1
生態學視域的張愛玲文學翻譯調和	張秋云	海外英語	2012，15
女性主義視角下的翻譯研究——以《戀愛中的女人》的譯本為例	梁淑英	韶關學院學報	2012，07
中西女性主義翻譯對比下譯者主體性探析	楊金華	西安電子科技大學學報（社會科學版）	2012，04
女性主義翻譯理論視角下的譯者的主體性	李永玉	通化師範學院學報	2012，07
從女性主義翻譯理論看《弗洛斯河上的磨坊》兩個片段	杜艷芬	劍南文學 （經典教苑）	2012，06
淺談女性主義翻譯理論下的譯者主體性	賈竑	科技信息	2012，23

（續上表）

篇名	作者	刊名	年份，期數
淺談語言中的性別歧視及女性主義翻譯下的譯者主體性干預	尹麗麗	才智	2012，12
謝莉‧西蒙的女性主義翻譯「忠實」觀	胡月月	安徽文學（下半月）	2012，05
女性主義視角下的文學翻譯實踐——以《雪花與祕密的扇子》中譯本為例	張文	北京第二外國語學院學報	2012，04
轉換性形象：跨文化建構文學形象的理論視角	陳吉榮	海南大學學報（人文社會科學版）	2012，02
女性主義翻譯之譯者主體性策略及述評	楊金華	科技信息	2012，15
女性主義翻譯下的譯者主體性	楊金華	黑龍江科技信息	2012，15
羅比涅荷‐哈伍德的翻譯倫理觀探析	陳喜榮	外國語文	2012，01
從 God is a Girl 漢譯本分析透視女性主義翻譯觀	盧冬梅	遼寧教育行政學院學報	2012，02
女性視角下譯者主體性的發揮	趙艷芳	晉城職業技術學院學報	2012，02
性別與翻譯——翻譯中的女性主義	趙博	吉林省教育學院學報（上旬）	2012，03

（續上表）

篇名	作者	刊名	年份，期數
功能翻譯理論對女性主義翻譯批評的解釋力	那麗	西南農業大學學報（社會科學版）	2012，03
淺議女性主義翻譯理論在翻譯教學實踐中的運用	張鑫	科學大眾（科學教育）	2012，05
淺談女性主義翻譯觀照下的譯者主體性	陳黎	科技信息	2012，11
朱虹譯作中女性主義意識分析——以《女人的「一樣」和「不一樣」》為例	周慧婕	哈爾濱學院學報	2012，03
女性主義翻譯理論淺談	華靈燕	南昌教育學院學報	2012，04
國外翻譯理論對譯者任務的探討	高小晨	才智	2012，04
女性主義翻譯理論研究之淺探	馬麗娜	湖北函授大學學報	2012，02
從女性主義視角看譯者的再創造——以朱虹譯《並非夢幻》為例	郭芳	巢湖學院學報	2012，01
從 All Men Are Brothers 看賽珍珠的女性主義意識	王嬋	瓊州學院學報	2012，01
析朱虹譯《女人的「一樣」和「不一樣」》	陳鈺	唐山學院學報	2012，01

（續上表）

篇名	作者	刊名	年份，期數
從女性主義翻譯理論看張愛玲自譯《金鎖記》的言語風格與翻譯策略	李秀梅	時代文學（上半月）	2012，02
從女性主義的發展看我國翻譯研究	張敏	衡陽師範學院學報	2012，01
淺析西方女性主義翻譯語言	錢堃	南昌教育學院學報	2012，01
雕飾掛毯的另一面——張愛玲自譯作品中的女性主義翻譯策略	楊雪	英語研究	2011，02
譯者主體性探析	樊養才	陝西教育（高教版）	2011，12
中西方女性主義翻譯思想發展迥異之探討	劉爽	河南教育（中旬）	2011，02
英語語言中女性歧視的認知背景分析與翻譯策略	陳胤谷	內蒙古農業大學學報（社會科學版）	2011，06
朱虹及其女性主義翻譯思想研究——以《嬉雪》為例	熊婧	文學界（理論版）	2011，12
《名利場》中譯本女性主義意識的再現	陳梅霞	寧夏大學學報（人文社會科學版）	2011，06
關於女性主義翻譯觀的啟迪與反思	王寶珍	綿陽師範學院學報	2011，12

（續上表）

篇名	作者	刊名	年份，期數
翻譯：男女有別嗎？——評《翻譯中的性別與意識形態》	張道坤	英語教師	2011，12
雙性同體視角下李清照詞作英譯本比較研究	李志穎	寧夏師範學院學報	2011，05
淺析張愛玲譯作中的女性主義翻譯策略	吳娜	北方文學（下半月）	2011，12
消費文化下的女性主義翻譯——析 The Colour Purple 的中譯本	陳鈺	牡丹江大學學報	2011，11
多重文化身份下之戴乃迭英譯闡釋	傅文慧	中國翻譯	2011，06
從《一剪梅》英譯看翻譯中的「雙性同體」	陳丹	時代文學（上半月）	2011，12
淺析女性主義翻譯理論中譯者主體性的凸顯	郭玉麗	學理論	2011，32
從《第二性》談女性主義與翻譯	蔣雯雯	劍南文學（經典教苑）	2011，10
女性的抗爭——論西方女性主義翻譯理論	鄒瑞	湖北廣播電視大學學報	2011，11
翻譯倫理視角下女性主義翻譯的反叛	葉林	海外英語	2011，11

（續上表）

篇名	作者	刊名	年份，期數
譯者的性別身份流動——析 The Colour Purple 的中譯本	陳鈺	重慶科技學院學報（社會科學版）	2011，20
淺談性別與女性主義翻譯	陳勁帆	出國與就業（就業版）	2011，14
從女性主義的視角審視譯者的主體性	胡愛梅	淮海工學院學報（社會科學版）	2011，13
女性主義翻譯的理論基礎	龔艷	傳奇·傳記文學選刊（理論研究）	2011，03
女性主義視角下的翻譯觀	王華丹	宿州教育學院學報	2011，04
從女性主義翻譯研究的視角比較《一個陌生女人的來信》兩譯本	易春芳	西北大學學報（哲學社會科學版）	2011，04
淺談女性主義翻譯理論與傳統譯論	鄭鈺潔	大眾文藝	2011，13
小議女性視角下的翻譯忠實觀	張彩霞	出國與就業（就業版）	2011，12
張玲譯作中的女性主義干涉方式研究	王靜	銅仁學院學報	2011，02
女性主義翻譯中改寫興盛的原因	李艷	河北理工大學學報（社會科學版）	2011，04

（續上表）

篇名	作者	刊名	年份，期數
女性視角下看翻譯主體性	張亞楠	科教導刊（中旬刊）	2011，07
《飄》譯本的性別差異問題——女性視角下的女性人物外貌翻譯	王華	赤峰學院學報（漢文哲學社會科學版）	2011，06
西蒙的女性主義翻譯觀——女性身份認同與翻譯	杜華卿	教育教學論壇	2011，15
楊必《名利場》譯本的女性主義評析	王碩	黑河學院學報	2011，01
女性主義翻譯理論的語言觀	王華	湖北廣播電視大學學報	2011，05
從女性主義譯論視角看張愛玲《海上花》英譯	黃敏芝	文學界（理論版）	2011，03
叛逆還是創造——對翻譯主體性問題的探討	曾冠冠	遼寧教育行政學院學報	2011，02
西方女性主義翻譯理論淺探	徐翠波	長江大學學報（社會科學版）	2011，04
原文生命的延伸——談女性主義翻譯理論	宋占春	鄭州航空工業管理學院學報（社會科學版）	2011，01
淺議翻譯中的女性主義	王素娟	牡丹江大學學報	2011，03

（續上表）

篇名	作者	刊名	年份，期數
漫談女性主義與翻譯	邢慧娟	太原城市職業技術學院學報	2011，01
女性主義翻譯理論中的雙性同體概念	周文革	學海	2011，02
後殖民主義與女性主義翻譯觀的比較研究	薛沛文	吉林化工學院學報	2011，02
性別和女性主義翻譯	陳鈺	湖南科技學院學報	2011，02
對女性主體意識的張揚與遮蔽——以 The Color Purple（《紫色》）的兩個譯本為例	曹萬忠	信陽農業高等專科學校學報	2011，01
哲學詮釋學對女性主義譯論的解構	蔡曉東	解放軍外國語學院學報	2011，01
女性主義翻譯理論與翻譯實踐——《紫色》二譯本評析	李晨	牡丹江大學學報	2011，01
女性主義理論之於電影翻譯	張建萍	電影文學	2010，22
女性主義關照下的法律古文翻譯——以《呂刑》英譯本為例	熊德米	英語研究	2010，02
女性主義翻譯觀下的譯者主體性淺析	陳文榮	英語研究	2010，02

（續上表）

篇名	作者	刊名	年份，期數
淺析漢譯中女性主義翻譯觀實踐	曾淑萍	南昌教育學院學報	2010，04
「巧笑倩兮，美目盼兮」——蠹勺居士譯作中女性形象翻譯策略探析	張衛晴	外語教學	2010，04
斯皮瓦克之於後殖民翻譯思想探究	張建萍	綿陽師範學院學報	2010，12
淺談女性主義翻譯觀	魏憲憲	安徽文學（下半月）	2010，12
性別差異與翻譯——試論中國女性譯者的選詞特徵	曾麗馨	牡丹江大學學報	2010，12
女性主義翻譯理論在中國的研究回顧與述評	譚思蓉	高等函授學報（哲學社會科學版）	2010，12
女性主義翻譯對傳統譯論的解構及其局限性	胡嬋	黃石理工學院學報（人文社會科學版）	2010，06
論文學翻譯中譯者的女性主義意識——以呼嘯山莊兩中譯本為例	胡嬋	科技信息	2010，36
從女性主義翻譯理論角度解讀「不忠的美人」	王新杰	大連海事大學學報（社會科學版）	2010，06
從女性主義翻譯理論看譯者主體性	王素娟	赤峰學院學報（漢文哲學社會科學版）	2010，11

（續上表）

篇名	作者	刊名	年份，期數
女性主義視角下的女性譯者主體性——析朱虹譯《今天沒有太陽》	魏笑可	內蒙古農業大學學報（社會科學版）	2010，05
追懷易安「愁」譯苑放異彩——《聲聲慢》英譯本的女性主義意識	張江	綏化學院學報	2010，06
譯者性別身份流動性：女性主義翻譯研究的新視角	馬悅	解放軍外國語學院學報	2010，06
意識形態與文化詩學的一面鏡子——多麗絲·萊辛在中國大陸的譯介與接受	胡安江	南京社會科學	2010，11
女性主義翻譯觀視野下的翻譯標準再思考	程敏	南京曉莊學院學報	2010，04
簡論女性主義翻譯觀	梅群	燕山大學學報（哲學社會科學版）	2010，03
女性主義翻譯觀及其對翻譯理論的影響	李萍	安徽文學（下半月）	2010，09
淺談女性主義翻譯觀對文學翻譯譯者主體性的影響	吳凌燕	安徽文學（下半月）	2010，10
翻譯與政治的有機結合——斯皮瓦克翻譯思想的理論基礎探源	袁贊	科技信息	2010，29
女性主義意識對譯作風格的影響——《傲慢與偏見》兩個中文譯本比較	汪明珠	安徽商貿職業技術學院學報（社會科學版）	2010，03

（續上表）

篇名	作者	刊名	年份，期數
女性主義翻譯觀及其創造性叛逆	王曉曉	太原城市職業技術學院學報	2010，08
《浮生六記》譯本中女性形象的塑造	高巍	河北理工大學學報（社會科學版）	2010，05
「雙性同體」──女性主義翻譯的健康發展之路	初雪燕	現代交際	2010，07
女權主義翻譯理論與「雌雄同體」說	歐亞美	深圳大學學報（人文社會科學版）	2010，04
把「女性主義翻譯理論」引入通識課──一項基於女子高校外語課堂教學實證的研究	馬漪然	中華女子學院學報	2010，04
西方女性主義翻譯理論剖析	王穎平	知識經濟	2010，13
譯者主體性的發展歷程	何明明	聊城大學學報（社會科學版）	2010，02
「別樣的忠實」──論女性主義翻譯視角下的忠實觀	于珊珊	大眾文藝	2010，11
女性主義與翻譯	龔艷	邊疆經濟與文化	2010，06
女性主義翻譯理論與性別隱喻	吳冬冬	重慶科技學院學報（社會科學版）	2010，11

（續上表）

篇名	作者	刊名	年份，期數
淺談西方女性主義翻譯理論及策略	王婧錦	西安文理學院學報（社會科學版）	2010，02
父權統治下的語言建構——女性主義翻譯理論下的話語解構	許偉麗	遼寧工業大學學報（社會科學版）	2010，02
弗洛圖與翻譯的政治	張香宇	河南城建學院學報	2010，02
女性主義翻譯中的忠實問題	吳揚	黑龍江科技信息	2010，17
後現代美國女性描述性翻譯研究	李美陽	黑龍江科技信息	2010，17
談女性主義視角下翻譯批評的譯者主體性	李業霞	新西部（下半月）	2010，03
論女性主義翻譯的後現代性	周小玲	華南農業大學學報（社會科學版）	2010，02
女性主義語境下的譯者主體性	陳安英	湖北經濟學院學報（人文社會科學版）	2010，03
誰在翻譯？——女性主義譯論觀照下的譯者主體性	游晟	寧德師專學報（哲學社會科學版）	2010，01
女性主義翻譯理論及其對翻譯研究的啟示	陳斌	湖北民族學院學報（哲學社會科學版）	2010，01
從《簡愛》兩譯本看譯者的女性主義意識	吳文瀟	昌吉學院學報	2010，01

（續上表）

篇名	作者	刊名	年份，期數
權力關係與雜合翻譯	丁水芳	湖南醫科大學學報（社會科學版）	2010，01
斯皮瓦克女性主義翻譯觀與冰心女性主義翻譯視角的比較	胡丹	職業時空	2010，01
女性主義視角下的翻譯忠實觀	竇國寧	牡丹江大學學報	2010，02
淺析女性主義翻譯理論下的譯者主體性	朱素平	安徽文學（下半月）	2010，02
女性主義觀照下的譯者主體性——《簡・愛》漢譯案例分析	何明明	中國科技信息	2010，04
淺議女性主義翻譯理論重寫神話	李雪瑩	湖北廣播電視大學學報	2010，02
女性主義翻譯觀探析	黃青雲	焦作師範高等專科學校學報	2009，04
中國女譯者性別意識研究——一項基於《喜福會》中譯本的個案研究	陳向京、張佩佩	西北大學學報（哲學社會科學版）	2009，05
女性主義翻譯理論建構之詮釋	張舍茹	山西大學學報（哲學社會科學版）	2009，05
「性別語言」是否可被消除——論女性主義譯者對「性別語言」的操控	張曉芳	牡丹江大學學報	2009，09

（續上表）

篇名	作者	刊名	年份，期數
英美哲學傳統中的語用思維探究	吳夢婷	外語與外語教學	2009，10
翻譯研究中的性別問題	李緒微	長江大學學報（社會科學版）	2009，01
女性主義翻譯思想及在小說漢譯中的例證	林倩倩	滁州學院學報	2009，04
方興未艾的女性宣言書——女性主義的翻譯理論建樹	許偉麗、王海豔、王文利	遼寧工業大學學報（社會科學版）	2009，04
女性主義翻譯視角下譯者的主體性	張俏	安徽文學（下半月）	2009，09
關於女性主義翻譯理論的思考	王素娟	池州學院學報	2009，04
淺談女性主義翻譯觀及其翻譯策略	馬文芸	赤峰學院學報（漢文哲學社會科學版）	2009，07
從女性主義角度談《水滸傳》的翻譯	王妍	黑龍江史志	2009，14
解釋學視角下的女性主義譯論及其局限性	彭川	安順學院學報	2009，03
翻譯的交互主體性研究對女性主義翻譯理論的修正意義	羅丹	北京第二外國語學院學報	2009，06
試論後殖民主義與女性主義在翻譯中的「對話」	楊司桂	中國海洋大學學報（社會科學版）	2009，02

(續上表)

篇名	作者	刊名	年份,期數
女性主義對翻譯理論影響的中外話語	郭麗	時代文學（雙月上半月）	2009,03
談女性主義翻譯理論中「度」的問題	張建萍、趙寧	長江師範學院學報	2009,03
中國女性主義翻譯研究中的性別意識——張愛玲與朱虹翻譯之個案比較	劉文君	瘋狂英語（教師版）	2009,03
女性主義翻譯理論對傳統譯論的顛覆	李莉	才智	2009,14
女性主義翻譯理論的貢獻和局限	項紅梅	赤峰學院學報（漢文哲學社會科學版）	2009,04
「翻譯的性別」和「性別中的翻譯」——從女性主義翻譯理論談起	張建萍、趙寧	南京理工大學學報（社會科學版）	2009,02
從女性主義翻譯理論比較《名利場》譯本	鄧翠英	華章	2009,07
譯者主體性	張其海	湖北經濟學院學報（人文社會科學版）	2009,05
淺析謝莉·西蒙的女性主義翻譯思想	邱富英	才智	2009,05
女性主義翻譯的先鋒——芭芭拉·戈達爾德	李紅玉	外國語（上海外國語大學學報）	2009,02
女性主義立場視野下的女性主義翻譯觀	董海琳	河北理工大學學報（社會科學版）	2009,03

（續上表）

篇名	作者	刊名	年份，期數
從丁尼生無題短詩的翻譯看女性主義翻譯理論對中國翻譯實踐的影響	莫群俐	湘潭師範學院學報（社會科學版）	2009，01
女性主義對翻譯實踐的影響	劉歡	齊齊哈爾大學學報（哲學社會科學版）	2009，01
女性主義操縱下的文學翻譯——評《男人和女人女人和城市》英譯本	王欣	九江學院學報	2009，01
中國語境下的女性主義翻譯實踐	項紅梅、何明烈	和田師範專科學校學報	2009，01
女性主義翻譯研究	熊婷	法制與社會	2009，04
淺談女性主義翻譯觀及其翻譯策略	馬文蕓	赤峰學院學報（漢文哲學社會科學版）	2009，07
從茅于美的李清照詞作英譯看女性譯者的主體性優勢	莫群俐	湖南醫科大學學報（社會科學版）	2009，04
從女性主義角度談《水滸傳》的翻譯	王妍	黑龍江史志	2009，14
關於女性主義翻譯理論的思考	王素娟	池州學院學報	2009，04
翻譯的交互主體性研究對女性主義翻譯理論的修正意義	羅丹	北京第二外國語學院學報	2009，06

（續上表）

篇名	作者	刊名	年份，期數
解釋學視角下的女性主義譯論及其局限性	彭川	安順學院學報	2009，03
女性主義翻譯的先鋒——芭芭拉·戈達爾德	李紅玉	外國語（上海外國語大學學報）	2009，02
女性主義立場視野下的女性主義翻譯觀	董海琳	河北理工大學學報（社會科學版）	2009，03
博弈——論翻譯中的性別話語權力	劉傑、張迎肖、馬宏	河北農業大學學報（農林教育版）	2009，01
後現代語境下的譯者主體性	李淑傑	科技信息（學術研究）	2008，32
從多元系統論角度看女性主義翻譯	趙麗珠、趙寧	科技信息	2008，33
女性主義翻譯理論簡介（英文）	陳霞	語文學刊	2008，23
女性主義譯者的身份建構——兼比較 The Color Purple 的兩個中文譯本	呂曉菲	山西師大學報（社會科學版）	2008，06
性別差異與女性主義翻譯	黃荃	企業家天地	2008，10
從女性主義翻譯觀看譯者主體性	陳雪晴	齊齊哈爾職業學院學報	2008，04

（續上表）

篇名	作者	刊名	年份，期數
女性主義的「忠實」翻譯標準	項紅梅	綿陽師範學院學報	2008，12
西方女性主義翻譯理論及其批評	鄧璐璐	河北科技師範學院學報（社會科學版）	2008，04
女性主義意識的彰顯——以朱虹譯《並非夢幻》為例	李紅玉、穆雷	廣東外語外貿大學學報	2008，06
視野期待：雙性同體策略的本土翻譯實踐	朱凡希	佛山科學技術學院學報（社會科學版）	2008，06
《呼嘯山莊》譯本中的女性主義解讀	陳斌	西昌學院學報（社會科學版）	2008，01
西方女性主義翻譯策略在中國譯界現狀分析	劉彩霞	河南財政稅務高等專科學校學報	2008，03
女性主義與翻譯研究	張魯艷	社科縱橫（新理論版）	2008，03
《呼嘯山莊》兩個漢譯本中的女性主義彰顯	陳斌	山東文學	2008，09
語言與翻譯的政治——意識形態與譯者的主體身份建構	胡安江、周曉琳	四川外語學院學報	2008，05
找尋「失落」的群體——對我國女性翻譯史研究的思考	李永紅	牡丹江大學學報	2008，10

（續上表）

篇名	作者	刊名	年份，期數
女性翻譯主義的文本意義淺析	甘陽	科技信息 （科學教研）	2008，23
基於西方女性主義視角下的女性主義翻譯問題研究	袁峰	文教資料	2008，26
創造性叛逆——女性主義話語策略及其翻譯觀	陳濤	青海師範大學學報 （哲學社會科學版）	2008，04
意識形態與翻譯	任斐斐	吉林省教育學院學報	2008，09
從《傲慢與偏見》兩個譯本看翻譯中的女性主義	李瑩瑩、吳柳	合肥工業大學學報 （社會科學版）	2008，05
性別與翻譯——論女性主義翻譯理論對傳統譯論的顛覆及其局限性	苑廣濱	哈爾濱學院學報	2008，09
論翻譯中女性話語與性別意識的塑造	羅立佳、王靜	新西部（下半月）	2008，07
論翻譯的性別意識——女性主義翻譯	胡生琴	連雲港師範高等專科學校學報	2008，02
翻譯共性探析——後殖民主義與女性主義在翻譯中的對話	冒國安、楊司桂	貴州師範大學學報 （社會科學版）	2008，04
女性主義翻譯理論實質	馬玥	時代教育 （教育教學版）	2008，06

（續上表）

篇名	作者	刊名	年份，期數
淺析女性主義翻譯理論下的譯者主體性彰顯	王立英、岳東芳	商業文化（學術版）	2008，8
女性主義翻譯理論之初探	張曉宇	考試周刊	2008，31
女性翻譯主義的文本意義淺析	甘陽	經濟研究導刊	2008，09
多元系統下女性主義翻譯理論述評及前景探析	郭秋香	西南交通大學學報（社會科學版）	2008，03
女性主義視角下的翻譯研究	楊穎育	四川師範大學學報（社會科學版）	2008，04
新歷史主義與翻譯研究	張景華	當代文壇	2008，04
女性主義翻譯研究中的性別問題	趙晴	重慶科技學院學報（社會科學版）	2008，07
朱虹譯作《男人和女人，女人和城市》賞析	龐延輝、李灝	重慶科技學院學報（社會科學版）	2008，05
女性主義翻譯理論視角下的譯者主體性	馬福華	安陽工學院學報	2008，01
女性主義譯者在翻譯行為中的性別意識及其體現	韓雲霞	科技創新導報	2008，21
女性主義翻譯理論在中國語境下的理論新解	徐朝	商情（科學教育家）	2008，05

（續上表）

篇名	作者	刊名	年份，期數
翻譯性別他／她者——論譯者的雙性視角	李文靜、穆雷	四川外語學院學報	2008，03
功能翻譯理論在女性主義翻譯批評中的應用	陳梅霞	寧夏大學學報（人文社會科學版）	2008，03
譯者性別身份對翻譯結果的影響——對《簡·愛》二譯本的評析	楊艷	考試周刊	2008，21
西方女性主義翻譯與中國女性翻譯的比較——析朱虹翻譯的《男人和女人，女人和城市》	梁春鳳	懷化學院學報	2008，05
變譯論與女性主義翻譯思想之間的對話	魏家海	大連海事大學學報（社會科學版）	2008，03
女性主義翻譯理論視角下的譯者主體性	馬福華	重慶科技學院學報（社會科學版）	2008，06
淺議女性主義翻譯觀	張清華	黔南民族師範學院學報	2008，01
從翻譯策略、譯者主體性和語言看女性主義翻譯	陳洪萍	長沙鐵道學院學報（社會科學版）	2008，01
女性主義翻譯的語言策略及對傳統「忠實」的違背	匡曼麗	湘潭師範學院學報（社會科學版）	2008，03
翻譯：女性政治鬥爭的話語史	劉彩霞	山西財經大學學報	2008，01

（續上表）

篇名	作者	刊名	年份，期數
女性主義翻譯探究	王曉慧	牡丹江師範學院學報（哲學社會科學版）	2008，02
女性主義翻譯理論與有意誤讀	張莉	長沙大學學報	2008，01
後現代主義框架中女性主義翻譯理論及其局限性	劉瑾玉	內蒙古大學學報（人文社會科學版）	2008，01
從女性主義翻譯理論視角再看翻譯標準之「忠實」	韓雲霞	科技信息（學術研究）	2008，04
女性主義與譯者主體性	李曉巖	安徽文學（下半月）	2008，02
從女性主義角度對冰心譯文的研究	李梅	重慶交通大學學報（社會科學版）	2007，06
女性的抗爭──女性主義翻譯之我見	劉彩霞	河南商業高等專科學校學報	2007，06
為話語權而戰──論女性主義翻譯策略的合理性	趙穎	商丘師範學院學報	2007，10
女性視角的翻譯批評	李永紅	北京第二外國語學院學報	2007，12
論張愛玲女性主義翻譯詩學的本土化策略	陳吉榮、張小朋	外國語（上海外國語大學學報）	2007，06
試論女性主義視角下的譯者主體性	包相玲	讀與寫（教育教學刊）	2007，10

（續上表）

篇名	作者	刊名	年份，期數
女性主義和《聖經》翻譯——解析女性主義翻譯觀	張莉	南華大學學報（社會科學版）	2007，05
論女性主義翻譯理論對譯者風格的影響	張靜	四川教育學院學報	2007，09
從女性主義翻譯觀看譯者的主體性	楊朝燕、丁艷雯	武漢理工大學學報（社會科學版）	2007，04
西方女性主義翻譯理論的中國之旅	鄧琳超	宜春學院學報	2007，03
女性主義對翻譯實踐的影響	劉瑩	聊城大學學報（社會科學版）	2007，02
中國語境下的女性主義翻譯研究	楊柳	外語與外語教學	2007，06
語言的性別問題及女性主義翻譯	陳賀	宿州教育學院學報	2007，01
「另類的忠實」——論女性主義翻譯的創造性叛逆	王健	吉林師範大學學報（人文社會科學版）	2007，02
女性主義翻譯觀的啟示與反思	楊朝燕、劉延秀	北京航空航太大學學報（社會科學版）	2007，02
女性主義譯論下譯者地位的彰顯及其思考	張萬防	宜賓學院學報	2007，01
中西女性主義翻譯思想對比	呂曉菲、杜民榮	山西廣播電視大學學報	2007，03

（續上表）

篇名	作者	刊名	年份，期數
女性主義翻譯理論觀照下的翻譯實踐——《簡·愛》二譯本評析	趙耿林	世紀橋	2007，05
翻譯研究的生態女性主義解讀	孫寧寧	河海大學學報（哲學社會科學版）	2007，01
朱虹與女性主義翻譯觀下的女性譯者主體性	楊朝燕、胡素芬	湖北社會科學	2007，05
等效翻譯的女性主義批判	張碧慧	長春理工大學學報（高教版）	2007，01
翻譯與女性身份的重塑——談西方女性主義翻譯實踐的三個階段	潘學權、葉小寶	天津外國語學院學報	2007，02
論女性主義翻譯觀	邱明明	洛陽工業高等專科學校學報	2007，01
從文化學派角度看女性主義翻譯主體性	戴桂玉	西安外國語學院學報	2007，01
譯者的女性主義意識與《葬花詞》英譯	楊雪	上海大學學報（社會科學版）	2007，01
女性主義對翻譯理論的解構與重建	馬雪靜	理論界	2007，02
性別與翻譯——論翻譯中的性別視角在國內的發展與現狀	李紅玉	廣東外語外貿大學學報	2007，01
女性主義關照下翻譯理論基本問題的闡釋	余錦、呂雪松	河北理工學院學報（社會科學版）	2007，01

（續上表）

篇名	作者	刊名	年份，期數
「不忠的美人」——論女性主義翻譯理論對傳統譯論的顛覆	楊陽、屠國元	中南大學學報（社會科學版）	2006，01
女性主義翻譯理論研究淺探	包桂英	內蒙古師範大學學報（哲學社會科學版）	2006，02
女權主義翻譯理論的貢獻與局限性（英文）	王麗麗	語文學刊	2006，01
淺談女性主義對翻譯理論及實踐的影響	朱凌	揚州職業大學學報	2006，04
性別與隱喻：洛麗‧張伯倫女性主義翻譯理論述評	余演	理論月刊	2006，01
女性主義翻譯的創造性叛逆	張俏	甘肅農業	2006，09
翻譯的政治書寫——對女性主義翻譯理論的再思考	耿強、劉瑋	山東理工大學學報（社會科學版）	2006，04
以女性主義的方式再改寫——翻譯中的性別因素解讀	祝琳	宜春學院學報	2006，03
女性主義翻譯思想在中文譯本中的體現	劉茵、李晶晶	河南商業高等專科學校學報	2006，04
女性主義翻譯理論與實踐述評	祝琳	黃岡師範學院學報	2006，04
雌雄同體：女性主義譯者的理想	何高大、陳水準	四川外語學院學報	2006，03

（續上表）

篇名	作者	刊名	年份，期數
翻譯中的性別——論西方女性主義思潮與翻譯研究的結合	韓靜	社會科學論壇（學術研究卷）	2006，04
意識形態對女性主義翻譯觀的影響	張晶、聶海燕	佳木斯大學社會科學學報	2006，02
將女性話語譯出歷史地表	陳鈺	懷化學院學報	2006，01
重寫神話：女性主義翻譯觀及其翻譯策略	余錦	達縣師範高等專科學校學報	2006，03
女性主義視角下的翻譯忠實性及譯者主體性	劉芳	天津外國語學院學報	2006，02
女性身份‧翻譯行為‧政治行動——對女性主義翻譯觀的反思	劉愛英	四川外語學院學報	2006，01
顛覆與重寫——女性主義翻譯的實質	李麗華、吳歡	江西行政學院學報	2006，01
女性主義翻譯理論在中國	邵娟	棗莊學院學報	2005，06
女性主義與翻譯研究——以《簡‧愛》的中文譯文為例	耿強	宜賓學院學報	2005，10
女性主義翻譯理論與譯者主體性	金兵	鄭州航空工業管理學院學報（社會科學版）	2005，06
女性主義對翻譯理論的貢獻（英文）	姜衛強	宜春學院學報	2005，01

（續上表）

篇名	作者	刊名	年份，期數
談語言中的性別歧視及女性主義翻譯的干預	潘學權	宿州學院學報	2005，06
話語的女性主義重寫——兼比較《簡·愛》的兩個中譯本	陳鈺、陳琳	山西師大學報（社會科學版）	2005，06
女性主義翻譯理論及語言策略	張魁	寧波大學學報（人文科學版）	2005，05
將「信」的標準融入女性主義翻譯理論	郭慶、張媛	甘肅社會科學	2005，05
性別政治與翻譯的忠實	耿強	天津外國語學院學報	2005，05
翻譯權力話語中的性別歧視	周亞莉	甘肅科技	2005，06
帶着鐐銬的舞者——透視女性主義翻譯	黃江萍	邊疆經濟與文化	2005，06
加拿大女性主義翻譯理論的起源、發展和現狀	劉亞儒	天津外國語學院學報	2005，02
女性主義對翻譯研究的影響	蘭彩玉	華南師範大學學報（社會科學版）	2005，01
舞者，還是舞？——論女性主義翻譯觀與譯者主體性	馮文坤	四川師範大學學報（社會科學版）	2005，01
女性主義對傳統譯論的顛覆及其局限性	張景華	中國翻譯	2004，04

（續上表）

篇名	作者	刊名	年份，期數
在女性的名義下「重寫」——女性主義翻譯理論對譯者主體性研究的意義	徐來	中國翻譯	2004，04
女性主義對翻譯理論的影響	蔣驍華	中國翻譯	2004，04
女性主義翻譯理論研究的中西話語	劉軍平	中國翻譯	2004，04
近十年加拿大翻譯理論研究評介	陳琳	中國翻譯	2004，02
西方女性主義翻譯理論述評	耿強	西南科技大學學報（哲學社會科學版）	2004，03
性別譯者：主體性與身份建構	耿強	宜春學院學報	2004，03
中國譯論的性別角色雙重性	陳琳	四川外語學院學報	2004，04
女性主義翻譯之本質	葛校琴	外語研究	2003，06
當代西方的翻譯學研究——兼談「翻譯學」的學科性問題	潘文國	中國翻譯	2002，03
性別，女性主義與文學翻譯	王曉元	楊自儉編：《英漢語比較與翻譯》（上海：上海外語教育出版社）	2002，（頁618—630）

附錄三：結合性別意識與翻譯的碩士論文一覽表

論文題目	院校	年份
一間自己的屋子——女性主義翻譯理論的重要性	天津外國語學院	2005
論女性主義翻譯中的譯者主體性	江西師範大學	2005
翻譯中的性別：女性主義翻譯研究	首都師範大學	2005
性別和翻譯——冰心的翻譯研究	湘潭大學	2006
從中國文化語境視角出發解讀西方女性主義翻譯——中國女性主義翻譯研究批評	重慶大學	2006
女性主義翻譯理論的批判性研究	廈門大學	2006
論女性主義翻譯中的譯者主體性	湖南師範大學	2006
西方女性主義翻譯理論的貢獻性、局限性及其對中國女性翻譯的影響	上海大學	2006
從女性主義翻譯觀看譯者的主體性	華中師範大學	2006
《呼嘯山莊》兩種中譯本的比較研究——從女性主義翻譯理論的角度	合肥工業大學	2006

（續上表）

論文題目	院校	年份
女性主義翻譯研究——以祝慶英《簡·愛》中譯本為例	中南大學	2007
《簡·愛》兩中譯本對話翻譯對比研究——女性主義翻譯研究視角	中南大學	2007
叛逆的舞者——淺析女性主義翻譯理論	天津大學	2007
談翻譯與女性主義——朱紅對女性主義翻譯的實踐與張揚	遼寧師範大學	2007
女性主義視角下的翻譯研究——女性主義翻譯理論在《圣經》翻譯中的體現	遼寧師範大學	2007
從目的論的角度分析女性主義翻譯研究	湖南大學	2007
論文學翻譯中的女性主義翻譯及譯者主體性的顯現——以《呼嘯山莊》兩個中譯本為例	安徽大學	2007
意識形態對女性主義翻譯觀的影響	東北林業大學	2007
從女性主義翻譯研究角度看楊必《名利場》譯本中譯者女性身影的顯現	山東大學	2007
論譯者性別的隱身性和顯現性的和諧——從女性主義翻譯理論看《荒山之戀》英譯本	華中師範大學	2007
女性主義翻譯理論及其應用的研究	廣西大學	2007
女性主義翻譯理論視角下的譯者主體性——《水滸傳》英譯個案研究	中南大學	2007

（續上表）

論文題目	院校	年份
西方女性主義翻譯研究及其對中國的影響	首都師範大學	2008
女性主義翻譯理論及其在中國的影響	福建師範大學	2008
性主義翻譯視角下《傲慢與偏見》三個譯本的對比研究	瀋陽師範大學	2008
《簡愛》兩種中譯本的比較研究——從女性主義翻譯理論的角度	合肥工業大學	2008

附錄四：〈讀書無禁區〉

李洪林（1925—2016.06.01）

（《讀書》一九七九年創刊號首文）

在林彪和「四人幫」橫行的十年間，書的命運和一些人的命運一樣，都經歷了一場浩劫。

這個期間，幾乎所有的書籍，一下子都成為非法的東西，從書店裏失蹤了。很多藏書的人家，像窩藏土匪的人家一樣，被人破門而入，進行搜查。主人歷年辛辛苦苦收藏的圖書，就像逃犯一樣，被搜出來，拉走了。

這個期間，幾乎所有的圖書館，都成了書的監獄。能夠「開放」的，是有數的幾本。其餘，從孔夫子到孫中山，從莎士比亞到托爾斯泰，通通成了囚犯。誰要看一本被封存的書，真比探監還難。

書籍被封存起來，命運確實是好的，因為它被保存下來了。最糟糕的是在一片火海當中被燒個精光。後來發現，燒書畢竟比較落後，燒完了灰飛煙滅。不如送去造紙，造出紙來又可以印書。這就像把鐵

鍋砸碎了去煉鐵一樣，既增加了鐵的產量，又可以鑄出許多同樣的鐵鍋。而且「煮書造紙」比「砸鍋煉鐵」還要高明。「砸鍋煉鐵」所鑄的鍋，仍然是被砸之前的鍋，是簡單的循環；而「煮書造紙」所印的好多書，則是林彪、陳伯達、「四人幫」，還有王力、關鋒、戚本禹以及他們的顧問等等大「左派」的「最最革命」的新書。這是一些足以使人們在「靈魂深處爆發革命」的新書，其「偉大」意義遠遠超出鐵鍋之上。於是落後的「焚書」就被先進的「煮書」所代替了。

如果此時有人來到我們的國度，對這些現象感到驚奇，「四人幫」就會告訴他說：這是對文化實行「全面專政」。你感到驚訝嗎？那也難怪。這些事情都是史無前例的。

是的，對文化如此摧殘，確實是史無前例的。

兩千多年前，秦始皇燒過書。他燒了多少？沒有統計。不過那時的書是竹簡，寫在竹片上的，按重量說大概很不少，但是從種類和篇幅說，肯定比不上林彪和「四人幫」對書籍這一次「革命」的戰果如此輝煌。

燒的燒了，煮的煮了。剩下一些劫後餘生的書籍怎麼辦呢？大部分禁錮，小部分開放。

在「四人幫」對文化實行「全面專政」的時候，到底禁錮了多少圖書，已經無法計算。但是可以從反面看出一個大概。當時有一個《開放圖書目錄》，出了兩期，一共刊載文科書目一千多種。這就是說，除了自然科學和工程技術書籍之外，我國幾千年來所積累的至少數十萬種圖書，能夠蒙受「開放」之恩的，只有一千多種！

除了秦始皇燒書之外，我國歷史上清朝是實行禁書政策最厲害的朝代。有一個統計說清代禁書至少有二千四百餘種。蔣介石也實行禁書政策，他查禁的書不會少於清朝。但是，和林彪、「四人幫」的禁書政策相比，從秦始皇到蔣介石，全都黯然失色。理工農醫書籍除外（這類書，秦始皇也不燒的），清朝和國民黨政府查禁的書，充其量不過幾千種，而「四人幫」開放的書，最多也不過幾千種，這差別是多麼巨大！

在「四人幫」橫行的時期，凝集着人類文化的各種各樣的圖書，絕大部分終年禁錮在寒冷的庫房裏，只能和樟腦作伴。如果圖書都會呼喊的話，當人們打開書庫大門的時候，將要聽到多麼可怕的怒吼啊！

歷史是公正的。對人和書實行「全面專政」的「四人幫」，被憤怒的中國人民埋葬了。在中國的土地上，春天又來臨了。被禁錮的圖書，開始見到陽光。到了一九七八年春夏之交，一個不尋常的現象發生了。門庭冷落的書店，一下子壓倒美味食品和時式服裝的店鋪，成了最繁榮的市場。顧客的隊伍從店內排到店外，排到交叉路口，又折入另一條街道。從《東周列國志》到《青春之歌》，從《悲慘世界》到《安娜·卡列尼娜》，幾十種古今中外文學名著被解放，重新和讀者見面了。那長長的隊伍，就是歡迎這些精神食糧的行列。

這件事也引起外國客人的注意。通過重印世界文學名著和學術名著，更重要的是通過我們在文化、教育、科學、藝術各個方面撥亂反正的實踐，外國朋友們看出來了：粉碎「四人幫」之後，中國共產黨已經決心領導中國人民回到世界文明的大道，要把人類已經獲得的全部文化成就，作為自己的起點，用空前的同時也是現實的高速度，實現四個現代化。

像極度乾渴的人需要泉水那樣，一九七八年重印的一批名著，瞬息間就被讀者搶光了。經過十年的禁錮，中國人民多麼渴望看到各種各樣的好書呀！

但是，書的禁區還沒有完全打開。因為有一個原則性的是非還沒有弄清楚，「四人幫」的文化專制主義的流毒還在作怪，我們一些同志也還心有餘悸。

這個原則問題就是：人民有沒有讀書的自由？

把書店和圖書館的書封存起來，到別人家裏去查抄圖書，在海關和郵局檢扣圖書，以及隨便把書放到火裏去燒，放到水裏去煮，所有這些行動，顯然有一個法律上的前提：人民沒有看書的自由。甚麼書是可看的，甚麼書是不可看的，以及推而廣之，甚麼戲是可看的，甚

麼電影是可看的，甚麼音樂是可聽的，諸如此類等等，人民自己是無權選擇的。

我們並沒有制定過限制人民讀書自由的法律。相反，我們的憲法規定人民有言論出版自由，有從事文化活動的自由。讀書總算是文化活動吧。當然，林彪和「四人幫」是不管這些的。甚麼民主！甚麼法制！通通「打翻在地，再踏上一隻腳」！這些封建法西斯匪徒的原則很明確，他們要在各個文化領域實行「全面專政」，人民當然沒有一點自由。問題是我們有些同志對這個問題也不是很清楚。他們主觀上不一定要對誰實行「全面專政」，而是認為群眾都是「阿斗」，應當由自己這個「諸葛亮」來替人民做出決定：甚麼書應該看，甚麼書不應該看。因為書籍裏面，有香花也有毒草，有精華也有糟粕。人民自己隨便去看，中了毒怎麼辦？

其實，有些「諸葛亮」的判別能力，真是天曉得！比如，《莎士比亞全集》就被沒收過，小仲馬的名著《茶花女》還被送到公安局，你相信嗎？如果讓這種「諸葛亮」來當人民的「文化保姆」，大家還能有多少書看？究竟甚麼是香花，甚麼是毒草？應當怎樣對待毒草？這些年讓「四人幫」攪得也是相當亂。例如，《瞿秋白文集》本來是香花，收集的都是作者過去已經發表過的作品，在社會上起革命的作用，是中國人民寶貴的文化遺產，這已成為歷史，是客觀存在的事實。但是，後來據説作者有些甚麼問題，於是，這部文集就成了毒草。誰規定的呢？沒有誰規定《瞿秋白文集》應當變成毒草，而是「四人幫」的流毒，使人把它當作禁書。

文學書籍，被弄得更亂。很多優秀作品，多少涉及一些愛情之類的描寫，便是「毒草」，便是「封、資、修」。便是「資產階級生活方式」。「四人幫」這一套假道學，到現在也還在束縛着一些人的頭腦，因為它道貌岸然，「左」得可怕。以致有人像害怕魔鬼那樣害怕古今中外著名的文學著作。本來在社會生活中，「飲食男女」是迴避不開的客觀現實。在書籍裏面，涉及社會生活的這個方面，也是完全正常的現象，許多不朽的名著都在所難免。這並不值得大驚小怪。即

使其中有不健康的因素，也要看這本書的主要內容是甚麼。不要因噎廢食，不要「八公山上，草木皆兵」，把很多香花都看作毒草。

對於包含香花和毒草在內的各種圖書，應當採取甚麼政策？

任何社會，都沒有絕對的讀書自由。自由總以一定的限制為前提，正如在馬路上駕駛車輛的自由是以遵守交通規則為前提一樣。就是在所謂西方自由世界，也不能容許敗壞起碼公共道德的黃色書籍自由傳播，正如它不能容許自由搶劫、自由兇殺或自由強姦一樣。因為這種「自由」，勢必威脅到資本主義社會本身。任何社會，對於危及本身生存的因素，都不能熟視無睹。無產階級的文化政策，當然更不會放任自流。

不過一般地講，把「禁書」作為一項政策，是封建專制主義的產物。封建主義利於人民愚昧。群眾愈沒有文化，就愈容易被人愚弄，愈容易服從長官意志。所以封建統治者都要實行文化專制主義，要開列一大堆「禁書」書目。其實，「禁止」常常是促進書籍流傳的強大動力。因為這種所謂「禁書」，大半都是很好的書，群眾喜愛它，你越禁止，它越流傳。所以「雪夜閉門讀禁書」成為封建時代一大樂事。如果沒有「禁書政策」，是不會產生這種「樂事」的。

我們是馬克思主義者，對全部人類文化，不是採取仇視、害怕和禁止的態度，而是採取分析的態度，批判地繼承的態度。同時我們也有信心，代表人類最高水平的無產階級文化，能夠戰勝一切敵對思想，能夠克服過去文化的缺陷，能夠在現有基礎上創造出更高的文化。因此，我們不採取「禁書政策」，不禁止人民群眾接觸反面東西。毛澤東同志在二十二年前批評過一些共產黨員，說他們對於反面東西知道得太少。他說：「康德和黑格爾的書，孔子和蔣介石的書，這些反面的東西，需要讀一讀。」（《毛澤東選集》第五卷，第 346 頁）毛澤東同志特別警告說，對於反面的東西，「不要封鎖起來，封鎖起來反而危險。」（同上，第 349 頁）

連反面的東西都不要封鎖，對於好書，那就更不應當去封鎖了。

當然，不封鎖也不等於放任自流。對於書籍的編輯、翻譯、出

版、發行和閱讀，一定要加強黨的領導，加強馬克思主義的陣地。對於那種玷污人類尊嚴、敗壞社會風氣，毒害青少年身心的書籍，必須嚴加取締。因為這類圖書，根本不是文化。它極其骯髒，正如魯迅所說，好像糞便或鼻涕。只有甘心毀滅的民族和完全腐朽的階級，才能容許這種毒菌自由泛濫。當然這種毒品是極少的。對於研究工作所需而沒有必要推廣的書籍，可以少印一點。但是不要搞神祕化，專業以外的人看看也是完全可以的。世界各地的各種出版物，都要進口一點，以便了解情況。有的要加以批判，有的要取其有用者為我所用。不要搞鎖國主義，不要對本國保密，當然也不是去宣傳。至於古今中外的文學名著，則應當充分滿足人民的需要，這是提高我們民族文化水平和思想境界不可缺少的養料。不要前怕虎，後怕狼。要相信群眾，要尊重歷史，要讓實踐來檢驗書的品質。歷史上流傳下來的，人民群眾喜愛的書籍，必有它存在的價值。這是我們和書打交道時必須承認的一個客觀現實。

在書的領域，當前主要的問題是好書奇缺，是一些同志思想還不夠解放，是群眾還缺乏看書的民主權利，而不是放任自流。為了適應四個現代化的需要，我們迫切希望看到更多更好的書。應當打開禁區，只要有益於我們吸收文化營養，有助於實現四化的圖書，不管是中國的，外國的，古代的，現代的，都應當解放出來，讓它在實踐中經受檢驗。

世界上沒有絕對的「純」。空氣裏多少有點塵埃，水裏多少有點微生物和雜質。要相信人的呼吸器官能清除塵埃，消化道也能制服微生物。否則，只好頭戴防毒面具，光喝蒸餾水了。打開書的禁區之後，肯定（不是可能，而是肯定）會有真正的壞書（不是假道學所說的「壞書」）出現。這是我們完全可以預見也用不着害怕的。讓人見識見識，也就知道應當怎樣對待了。

附錄五：葛浩文譯作清單 [1]

一、單行本譯作

1. Chen Jo-hsi. *The Execution of Mayor Yin* (Nancy Ing, co-tr.). Bloomington: IUP, 1978. 200 pp. Revised edition, 2004 under Chen Ruoxi. (陳若曦《尹縣長》)

2. Hsiao Hung. *The Field of Life and Death* (EllenYeung, co-tr.) and *Tales of Hulan River*. Bloomington: IUP, 1979. 320 pp. (蕭紅《生死場》及《呼蘭河傳》)

3. Hwang Chun-ming. *The Drowning of an Old Cat*. Bloomington: IUP, 1980. 270 pp. (黃春明《溺死一隻老貓》)

4. *Selected Stories of Xiao Hong*. Peking: Panda, 1982. 220 pp. (《蕭紅短篇小說選集》)

5. Yang Jiang. *Six Chapters from my Life "Downunder"*. Seattle: UWP, 1984. 111 pp. (楊絳《幹校六記》)

6. Xiao Hong. *Market Street: A Chinese Woman in Harbin*. Seattle: UWP, 1986. 132 pp. (蕭紅《商市街》)

7. Li Ang. *The Butcher's Wife*. Ellen Yeung, co-tr. Berkeley: North Point Press, 1986. 144 pp. An expanded version, *The Butcher's Wife and Other Stories*, appeared from Cheng and Tsui Company, Boston, in August, 1995. 245 pp. (李昂《殺夫》)

8. Duanmu Hongliang. *Red Night*. Peking: Panda Books, 1988. 312 pp. (端木蕻良《紅夜》)

9. Zhang Jie, *Heavy Wings*. Grove Press, 1990. 308 pp. (張潔《沉重的翅

---

[1] 參考季進的〈我譯故我在——葛浩文訪談錄〉(《當代作家評論》2009〔6〕)，根據季進的說法，資料由葛浩文所提供。

膀》)

10. Pai Hsien-yung, *Crystal Boys*. Gay Sunshine Press, 1990. 330pp. (白先勇《孽子》)

11. Liu Binyan, *China's Crisis, China's Hope*. Cambridge: HUP, 1990. xxv + 150 pp. (劉賓雁《中國的危機，中國的希望》)

12. Ai Bei, *Red Ivy, Green Earth Mother*. Layton, UT: Peregrine Smith, 1990. xii + 146 pp. (艾蓓《紅藤綠度母》)

13. Jia Pingwa, *Turbulence*. LSU Press, 1991. Paperback edition published by Grove Press, 2003. 464 pp.[2] (賈平凹《浮躁》)

14. Mo Yan, *Red Sorghum*. Viking, 1993. 357 pp. Published simultaneously in Great Britain by Heinemann. Penguin Modern Classic, 1994. (莫言《紅高粱》)

15. Liu Heng, *Black Snow*. Atlantic Monthly Press, 1993. 281pp. (劉恆《黑的雪》)

16. Ma Bo, *Blood Red Sunset*. Viking, 1995. 370pp. Penguin Modern Classic, 1996. (馬波《血色黃昏》)

17. Mo Yan, *The Garlic Ballads*. Viking, 1995. 290pp. Penguin Modern Classic, 1996. (莫言《天堂蒜薹之歌》)

18. Su Tong, *Rice*. William Morrow, 1995. 266pp. Penguin Modern Classic, 1996. Perennial paperback, 2004. (蘇童《米》)

19. Gu Hua, *Virgin Widows*. Honolulu: UHP, 1996. 165pp. (古華《貞女》)

20. Wang Shuo, *Playing for Thrills*, William Morrow, 1997. 325pp. Published in UK by No Exit Press,1997. Penguin paperback, 1998. (王朔《玩的就是心跳》)

21. Li Rui, *Silver City*, Metropolitan Books, Henry Holt, 1997. 276pp. (李鋭《舊址》)

2　在季進文章的附錄中，此條記錄並無説明《浮躁》英譯本的總頁數，筆者在此加進去。

22. Wang Chen-he, *Rose, Rose, I Love You*, Columbia UP, 1998. 183pp.（王禎和《玫瑰玫瑰我愛你》）

23. Hong Ying, *Daughter of the River*, Bloomsbury (UK), 1998. 286pp. Grove Press (US), 1999.（虹影《飢餓的女兒》）

24. Chu Tien-wen, *Notes of a Decadent Man* (Li- chun Lin, co-tr.), Columbia UP, 1999. 169pp.（朱天文《荒人手記》）

25. Ba Jin, *Ward Four* (Haili Kong, co-tr.), China Books, 1999. xiv + 208pp.（巴金《第四病室》）

26. Mo Yan, *The Republic of Wine*, Arcade Publishing (US)and Hamish Hamilton (UK), 2000. 356pp.（莫言《酒國》）

27. Wang Shuo, *Please Don't Call Me Human*, Hyperion, 2000. 289pp.（王朔《千萬別把我當人》）

28. Huang Chun-ming, *The Taste of Apples*. Columbia UP, 2001. 251pp.（黃春明《蘋果的滋味》）

29. Liu Heng, *Green River Daydreams*. Grove Press, 2001. 332pp.（劉恆《蒼河白日夢》）

30. Mo Yan, *Shifu, You'll Do Anything for a Laugh*. Arcade, 2001. 189pp.（莫言《師傅越來越幽默》）

31. Alai, *Red Poppies* (Sylvia Li-chun Lin, co-tr.), Houghton Mifflin, 2002. 443pp.（阿來《塵埃落定》）

32. Li Yung-p'ing, *Retribution:The Jiling Chronicles* (Sylvia Li-chun Lin, co-tr.). Columbia UP, 2003.246pp.（李永平《吉陵春秋》）

33. Chun Sue, *Beijing Doll*. Riverhead, 2004. 224pp.（春樹《北京娃娃》）

34. Mo Yan, *Big Breasts and Wide Hips*. Arcade, 2004. 532pp.（莫言《豐乳肥臀》）

35. Su Tong, *My Life as Emperor*. Hyperion, 2005. 290pp.（蘇童《我的帝王生涯》）

36. Xiao Hong, *The Dyer's Daughter: Selected Stories of Xiao Hong* (bilingual). Chinese University Press of Hong Kong, 2005. 273pp.（蕭

紅《染布匠的女兒》）

37. Shih Shu-ching, *City of the Queen: A Novel of Colonial Hong Kong* (
Sylvia Li-chun Lin, co-tr.). Columbia University Press, 2005. 302pp.
（施叔青《香港三部曲》）

38. Chu T'ien-hsin, *The Old Capital*. Columbia UP, 2007. 221pp.（朱天心
《古都》）

39. Su Tong. *Binu and the Great Wall*. Canongate. 2007. 291pp.（蘇童《碧
奴》）

40. Bi Feiyu. *Moon Opera*. (Sylvia Li-chun Lin, co-tr.)Telegram Books
(UK). 2007; Harcourt (US). 2009.（畢飛宇《青衣》）

41. Jiang Rong. *Wolf Totem*. Penguin. 2008. 526pp.（姜戎《狼圖騰》）

42. Mo Yan. *Life and Death Are Wearing Me Out*. Arcade. 2008. 541pp.（莫
言《生死疲勞》）

43. Zhang Wei. *The Ancient Ship*. Harper Collins. 2008. 451pp.（張煒《古
船》）

二、選集

1. *The Columbia Anthology of Modern Chinese Literature*. Co - ed. (Joseph
S. M. Lau)and contributor. New York: Columbia UP, 1995. 726pp. 2d
ed. 2007.730pp.

2. *Chairman Mao Would Not Be Amused: Fiction from Today's China*. New
York: Grove Press, 1995. 321pp.

3. *Loud Sparrows*. Co-ed. (Aili Mu, Julie Chiu), trans., author. Columbia
University Press, 2006. 239pp.

後記

本書乃在我博士論文的基礎上修改而成。八年前我從廣州來到香港，就讀於香港中文大學性別研究課程，攻讀博士學位。這是一個跨學科的課程，除了修讀性別研究的科目以外，還必須修讀另一學科的課程，而我選擇的是翻譯學，因為我所感興趣的是文學翻譯，尤其是當代女性作家作品的翻譯。

我喜歡讀小説，來港前，也看過不少國內外女性作家的作品，然而彼時，對於何為「女性主義」，並無清晰的概念，對於「性別研究」這個新學科，更是覺得新鮮。帶着興奮、緊張而又期待的心情，我開始了在中文大學的讀書生涯。三年的時間，修讀兩邊的課程，大大地開拓了我的眼界。我每天遨遊在知識的海洋裏，飢渴地汲取養分，每天都有看不完的書，每天都有新發現，讀書的喜悦收穫是寂寞求學生活裏的一點慰藉。如今，回想起這段求學經歷，彷如昨日，而今日得以見到著作出版，自然感到歡喜，也滿懷感恩之情。

在港這麼多年，其中最幸運的一件事，是遇到童元方教授。不管在讀書上，還是生活上，童教授都給予我莫大的支持和鼓勵。在學習上悉心教導我，而生活上的關懷自不必説，時時給我指引、為我解惑，點滴心頭……感激之情，難以言喻。感謝上天，讓我在香港遇到童教授。

説感謝，其實言語不足以表達情意的千萬分之一，對於童元方教授及陳之藩教授的關懷，平時多是無言的感激與銘記。

還記得二〇一〇年元旦，那時我正沒日沒夜地做研究、趕寫論文，一人留在校園，昏天暗地。新年的喜慶、節日的到來似乎全與我無關。而童教授、陳教授念及我出門在外，怕我落寞，於是邀請我上他們家吃飯，一起過元旦。得到邀請，就像在冷寂的冬日裏感受到一股暖流，未上他們家，我早心生感激。一進門，見到坐在輪椅上的陳教授，已向我伸出了手，我立馬上前輕輕地把他的手握住，對他說：「陳教授，我來啦」，他握着我的手，看着我緩緩地說：「謝謝你能來。」一字一句很清楚。當時聽到這句話，竟一時語塞，眼淚差點掉出來⋯⋯

這種關懷，我一直銘感於心。

能順利完成學業，走到今天，要感謝的人很多。謝謝黃國彬教授。在中大求學的第三個年頭裏，有幸得黃教授的指導，讓我獲益良多。黃教授溫文爾雅，平易近人。從他身上，我也領略到嚴謹治學、兼容並蓄的學者風範。在中大求學的路上，我還得到性別研究課程和翻譯系眾多師長的關懷和鼓勵，謹此鞠躬致謝！衷心感謝性別研究課程的黃慧貞教授、蔡寶瓊教授、Lynne Yukie NAKANO 教授、以及譚少薇教授的關懷和愛護；感謝翻譯系方梓勳教授、何元建教授、陳善偉教授平日裏的關心。另外，感謝香港大學的潘漢光教授以及香港中文大學的黎明茵教授。

感謝樹仁這個大家庭，感謝英國語言及文學系的同仁。特別感謝胡懷中副校長對出版此書的支持和鼓勵。還有，感謝英文系系主任王建元教授。自加入英文系以來，王教授一直持開放、包容、乃至讚賞的態度支持我的研究工作，對性別及女性

主義議題毫無偏見，讓我得以心無旁騖，投入我所感興趣的領域，鑽研學術。

特別感謝華南師範大學的伍小龍老師。謝謝伍老師的賞識與栽培。謝謝廣東外語外貿大學莫愛屏老師、穆雷老師。

感謝葛惟昆教授、鄭會欣教授對出版此書的支持和幫助！也感謝香港樹仁大學謝宇瑩博士幫忙校對全書。

感謝中華書局（香港）有限公司總編輯李占領先生以及本書責編，他們辛勤、負責任的工作使本書得以完成，順利出版。

最後，感謝家人。感謝父母。感謝天。

劉劍雯

2016 年 6 月 20 日於香港寶馬山